ヌサリ

nusari

伊集院一馬
ijuin kazuma

八千代出版

ヌサリ

カバーデザイン　山竹善樹

プロローグ

瞭子。

今のわたしの気持ちをあなたは想像できますか？　八年ぶりに届いた親友からの手紙を手にしたわたしの気持ちを。

わたしの胸は疑問符でいっぱいです。

あなたは何処で暮らしているのですか？　今まで何をしていたのですか？　一人で住んでいるのですか？　あれ以来、島へは帰っていないのですか？

でも答えは要りません。顔を見せて下さい。今でもわたしのことを親友と思っていてくれるのなら、三十二歳になった現在のありのままのあなたの姿を見せて下さい。

わたしはあの夏を鮮明に記憶しています。眼を閉じると沖之島の強烈な色彩が弾けるように浮かんできます。道端に咲いているハイビスカスの紅、凝視していると吸い込まれそうなほど深い海の青、そして鋭利な刃物を思わせる陽の光、まるで透明な針が降り注いでくるようで目眩《めまい》を覚えます。

ヌサリ

そんな輝くような自然の中をあなたは軽自動車で案内してくれました。満潮時には潮を噴き上げるという絶壁に穿《うが》たれた噴水穴。足下に気を付けながら恐る恐る歩いた鍾乳洞。風化した岩と蘇鉄《そてつ》が作り出す岬の景観。わたしは生涯これらの風景を忘れないでしょう、微笑を浮かべて佇んでいるあなたの姿と共に。

瞭子。

今のわたしは生まれながらに罪を贖《あがな》っている人もいるのではないかと考えています。規範から外れれば罪という名を与えられますが、人にはあえて規範の外で生きざるを得ないこともあるのだと思います。規範は社会がつくるものです。親と子の関係を考えるまでもなく、その絆は社会の規範を越えて存在するはずだからです。わたしは沖之島でそのことを学びました。

瞭子、あなたはわたしが大学の講師をしていることを知っているのかしら？　それとも、知らずに比嘉《ひが》研究室気付で手紙をくれたのでしょうか？

非常勤講師なので生活は苦しいけれど、文化人類学を教えるというよりは、わたし自身が楽しんで講義をしています。あなたの助けを借りて仕上げた論文がわたしの人生を大きく変えたようです。

振り返ってみると、あなたと別れたあの一日だけが心残りです。自然に溶け込んでいる沖之島の時の流れのように、わたしの胸の中でも記憶がゆっくりと流れ去り、今では人生の一日として思い返されるだけです。たった一つ、あなたがわたしの前から姿を消した一日を除いて。わたしの人生にぽっかりと空いたその一日を埋められるのは、瞭子、あなただけです。八年前に戻って、再びあなたと親友として語り合うことがわたしには必要なのです。そして、それはあなたにも必要なはずです。だからこそ、あなたは八年の歳月を置いて手紙を書いたのでしょう？ 待っています。

必ずあなたが笑顔で訪ねて来てくれることを信じて。

一

一九八九年七月。

梅雨明け間近の空から鈍い陽が射している。夏を目前にして、その勢いの無さを恥じるかのように、路面の薄い影が揺れる。

三枝《さえぐさ》百合《ゆり》はJRお茶の水駅の改札を抜けると空を見上げて深呼吸をした。駅前のスクランブル交差点では、行き交う自動車の騒音と楽器店から流れるロックが張り合い、人々は気怠《けだる》げに信号が変わるのを待っている。百合は縦横に動き始めた人の波に呑まれながら緩慢に足を運んだ。

大淵教授からの呼び出しだった。楽しい話の訳がない。眉間に深い皺《しわ》を寄せ、低い嗄《しわが》れ声で物憂そうに話す教授の声が耳に響く。遠近両用眼鏡の上半分から睨み付けてくる眼がいやでも思い出される。

「今日は機嫌が良さそうだったから、保証はしないけど、悪い話じゃないと思うよ」

電話をしてきた専任講師の比嘉《ひが》は慰め声でそう言ったが、大淵研究室へ通い始めてまもなく二年になる百合は、その言葉を鵜呑みにするほど初心《うぶ》ではなかった。

「呼び出しはわたしだけですか？」

「いや、僕も顔を出すように命じられたよ。他には伊集院だ。もっとも彼の場合は良くない話と保証できるけどね」

短く笑い声を洩らした百合に、

「夜勤明けで気の毒だけど、あの嗄れ声を天の声と思って四時までに来て下さい」

比嘉はそう言って電話を切った。

天の声？　冗談に聞こえないのが比嘉さんの不幸だ。それとも徒弟制度を生き抜くための方便？　百合は比嘉の柔らかな声の余韻を追いながら、呼び出しの理由を考えてみたが思い当たることは何もなかった。

三十五歳になる比嘉は大淵研究室の番頭的存在だった。ひとたび教授命令が下ると門下生たちへ迅速に下達すると共に、命令を完璧に遂行すべく行動しなければならない。論文指導からカラオケの予約まで、すべてを比嘉は講義の傍らこなさなければならなかった。

比嘉は研究室へ出入りする大学院生たちの生活を詳細に把握していた。看護婦として働きながら大学院へ通う百合には特に細やかな気遣いをしてくれる。先刻の電話でも開口一番、夜勤明けを労《いたわ》ってくれたことからすると、比嘉は病院の勤務表をも記憶しているに違いなかった。

百合は駿河台下へ向けて緩い坂道を歩いた。前期試験が始まっているのか、学生たちが群れをなしてやって来る。流行の服装を身にまとい屈託のない笑顔の女子学生を見ると、百合は自分がひどく年老いたように感じる。辺境の地へ社会調査に出掛ける時となんら変わらないジーンズにTシャツ。運動靴をサンダルに履き替えただけの相変わらずの服装だ。華やかさとは無縁の生活をしているとつくづく思い知らされる。

城北大学駿河台校舎は雑多なビルに囲まれてある。学生の姿がなければ一見して大学とは知れない。狭い敷地内に色褪せたコンクリート壁の建物が肩を寄せ合う中で、ひときわ目立つのが研究棟だった。三年前に建てられた白亜のビルは十六階の高さがあり、研究室はもちろん、視聴覚室、資料室、会議室などすべての機能が集中している。

百合は守衛室の二人の男に会釈をして正門を入り、五階建ての一号館を通り抜けて研究棟へ向かった。建物を迂回するとほぼ二倍の時間を要するのだ。勝手を知る者は迷路のような廊下を幾度も曲がって一号館裏の研究棟へと辿り着く。

研究棟のエレベーター前で百合は腕時計を見た。三時二十八分。指定の時刻にはまだ余裕がある。百合は十一階にある比嘉の研究室へ寄ることにした。院生たちにとって比嘉は教授とのパイプ役であり、また気の好い兄貴分でもあった。比嘉研究室には暇を持て余した院生たちがいつでも屯《たむろ》している。

エレベーターが来るのを待ちながら百合は壁の掲示板に画鋲で止めてある幾つかのチラシを目で追った。大学院生を対象とする奨学金の案内や、大手企業の学術助成金の応募要項と共に、消費税の導入を知らせる購買部からの通知が貼り出してある。書籍を購入する際には別途三パーセントの消費税が加算されるとの注意書きだ。そして末尾にはいまだに馴染めない平成という年号が記してあった。

研究室の扉は開け放たれていた。百合は一度部屋を覗き込んでからノックをした。背を向けて椅子に座っている比嘉は振り向きもせずに、

「どうぞ。少し待って下さい。すぐに終わらせますから」

ぶっきらぼうに言った。百合は黙って入ると粗末なソファに腰を降ろした。比嘉は書き物をしているらしく右手が忙しく動いている。百合はその背中を眺めた。仕事をしている男の背中は魅力的だった。

十五分ほど過ぎてから比嘉はようやく振り返った。

「なんだ、三枝君か。声を掛けてくれればいいのに」

比嘉はソファの方へ椅子を引きずって来た。

「仕事の邪魔をしては悪いですから」

「てっきり連中だと思ったから無視したんだ。あいつらに付き合っていると論文など書けないからね」

連中というのは伊集院一馬を筆頭に遊びを最優先する三人組のことだ。研究会には遅れて来て、その後の飲み会では率先して騒ぐ、大淵研究室の落ちこぼれである。本人たちもそれは自認しているらしく、日頃から教授の側には近寄らないように努めている。

「論文ですか?」

百合は机の方へ視線を送って尋ねた。

「次の紀要に五十枚くらいのものを出すように教授から言われているんだ。編集委員を命ずる、というオマケまで付いてね」

「締切はいつですか?」

「十一月末日がタテマエ。編集委員なら締切から一月の延長は許容範囲かな。これは教授から学んだ悪知恵だ」

「お手伝いできることがあったら言って下さい。比嘉さんと違って、わたしは時間なら持て余すほどありますから」

「これは心強い言葉を聞いた。しっかり記憶しておくから後悔しないでくれよ」

比嘉は左の口許だけを引き締めて薄く笑うと、

「さあ、時間だ」

腕時計を百合に示しながら立ち上がった。

百合は比嘉の後に従いて研究室を出た。扉は開け放したままである。比嘉は文字通り研究室を院生たちに開放しているのだ。

長身の比嘉は痩せ気味の体を前に傾《かし》げるようにして足早に歩く。エレベーターの前を素通りして脇の階段を登った。十二階にある大淵教授の研究室へ出向くには階段を行くものと決めてでもいるのか躊躇《ためら》いがない。

比嘉は研究室の前で立ち止まると、振り向いて百合に頷いて見せた。気合いを入れるかのように短く息を吐く。二人で呼吸を合わせて泥棒にでも入るみたい、と百合は不謹慎なことを考えた。

ノックに応えて中から言葉にならない声がした。初めての者ならノブに手を掛けたものかどうか迷うに違いない。

「比嘉です。失礼します」

百合は比嘉に続いて部屋に入りながら挨拶をした。椅子に坐ってこちらを見ている教授の姿があった。四角いテーブルを挟んで教授と向き合っている後ろ姿は伊集院だ。その肩の落ち具合が伊集院の心を表している。

大淵教授の研究室はおよそ十二畳ほどの広さである。左右の壁は天井まで作りつけの本棚になっていて、溢《あふ》れるほどの書籍が隙間なく詰め込んである。奥の窓際には書き物机があるが、資料や本が乱雑に積み上げてあり、ようやく原稿用紙を広げられるくらいのスペースしか空いていない。そして部屋の中央には十人ほどが向き合えるテーブルとパイプ椅子がある。このテーブルを隔てて大淵教授と伊集院は対峙《たいじ》している格好だ。もっとも頭を少し下げれば顔を隠せるほど資料が積まれているのは奥の机と変わらない。

百合と比嘉は本棚を背にしてパイプ椅子に坐った。百合が伊集院に視線を向けると、会釈を装いながら教授から顔を隠した伊集院は大げさに溜息を吐いて応えた。続いて大淵教授を見ると資料の陰からビール瓶を取り出しグラスに注いでいるところだった。

「比嘉君もどうだね?」大淵教授はぼそりと言い、「君たちも勝手にやりなさい」

珍しく眼差しを緩めて百合を見た。教授の笑いには段階がある。眼を和ませる、片頬を崩す、口許を緩め小鼻を膨らませる、この三段階だ。それ以上の笑いを見せることはない。

電話での比嘉さんの予想は当たっている。百合は素早く立ち上がって部屋の隅にある冷蔵庫からビールを取り出して来た。

五十代半ばの大淵教授は日本民俗学協会の重鎮である。若い頃は奄美・沖縄のイエ制度をテーマとして次々に論文を発表し、一作ごとにその評価を高めていったという伝説さえある。著書は五十冊を越し、民俗学関係の辞典には編集委員として必ず名を連ねている。その名前に憧れて城北大学の社会学科に入学する者も少なくなかった。百合が聴講生として大淵教授の講義を受け始めたのも、『東アジアの文化人類学』という教授の編集した本を読んだのがきっかけだった。

気難しい、というのが大淵教授の一般的な印象だが、反面、些細なことには拘らない寛容さも持ち合わせている。民俗学をやる人間が最初に覚えなければならないのは酒だ、というのが教授の持論だ。酒は初対面の者を急速に親しくさせるというのである。言葉の通じない土地での社会調査も酒があれば言葉は必要でなくなる、と百合は酒の席で教授から聞いたが、これはあやしいものだ。

「三枝君」

不意に名前を呼ばれた百合は慌ててグラスをテーブルに戻して教授を見た。

「去年、君が出した論文、『沖之島におけるイエ制度に関する一考察――ニーセイの結婚観を中心に』だけどね、その後、継続調査はしているのかな?」

百合は思わず体を硬くしていた。話の展開がまるで読めなかった。大淵教授の眼差しが学問に関しては決して妥協しない冷徹な学者の眼に変化している。

「継続調査、ですか?」

「あれで完成したつもりではないだろうね? 君が調査して書いたのは、ニーセイ、つまり青年たちの結婚観が現在のイエ制度に及ぼす影響の一面でした。なかなか良い論文です。しかしながら、あのままでは氷山の一角を示したに過ぎません。かつて僕が奄美群島を調査した時に、唯一踏み込めなかったのが沖之島です。あの島には特異な要素があります。言葉、習俗、思考方法、すべてに薩摩と琉球の影響を受けながらも、頑《かたく》なにすべてを拒んでいる空気があるんですね。

君の論文を読んで僕が興味を持ったのは、家系を辿ることによってその思考方法が浮かび上がるのではないか、ということです。結婚は現実的なことです。時代背景の異なる各世代を辿ることによって、特異な思考方法が現れてくるかもしれません。沖之島の家系調査は意義のある仕事だと思いますよ」

「家系、ですか？」

百合は大淵教授の語尾を引き取って呟いた。視界の隅に好奇心を露わにした伊集院の顔が映った。悄然としていた先刻の姿はなく、身を乗り出すようにして聞き入っている。

「次の紀要の締切は十一月の末日です。それまでにあの論文を下敷きにして百枚くらいに仕上げて下さい。幸い比嘉君が編集委員だから、原稿段階でよく相談をしてから発表しなさい」

「百枚！　ですか？」

「このテーマには百枚は必要です。通常は紙面の都合もあり五十枚が限度ですが、特別に許可します。枚数がいくらか増加しても比嘉君が適当に処理してくれるはずです。楽しみにしていますよ」

百合の頭は混乱を極めていた。社会調査の真似事をして、真似事の論文を強制的に発表させられたのは去年の秋である。原稿枚数は四百字詰用紙で五十枚だった。その時にも小学生時代に宿題を八月の末日まで残していた情けない気分を思い出しながらようやく仕上げたのだ。とても書けるとは思えない。百合がその気持ちを口にしようとして姿勢を正すと、

「比嘉君、明日の『カリキュラム改訂に関する会議』は延長になったようだね？」

百合への話は終わったとでもいうように、のんびりとした大淵教授の声がした。

「ええ。あれは文部省の思惑を先走りして取り上げられた議題ですが、本学では三年後のテーマかと思います。今から考えても仕方がないと事務局も気付いたのでしょう」

比嘉はそつなく応えている。百合のことなどまったく念頭にない様子だ。

百合は比嘉に腹を立てていた。日頃は教授からの言葉を補って説明してくれる比嘉が、今日は何も言わないのだ。

「どうだね、明日は久しぶりに『たき』にでもいこうか？」

「いいですね。先生の『夢一夜』が聞けますね、楽しみです」

「たき」は大淵研究室がひいきにしているスナックである。百合の心痛とはお構いなく話は飲み会の相談に移っている。

「君は心にもないことをよく素面《しらふ》で言えるね。いつも僕の歌など聞いていないじゃないか」

そう言いながらも大淵教授の表情は笑いの第二段階に移行している。

「カラオケは究極の自己表現、と言ったのは先生ではありませんか。私たちは先生の歌声にいつも自己表現を感じているんです」

「君、それは誉めているのかね？」

「もちろんですよ」

即座に返した比嘉は楽しげである。他人には窺い知れない呼吸が二人の間には通い合っているのだろう。百合は溜息を吐《つ》く気にもなれなかった。やるせない思いを訴えるべく伊集院を見ると、何を想っているのか、伊集院は胸の辺りにVサインを作って見せるのだった。

二

「すごいことなんですよ。悩むことなんか何もないじゃないですか」

伊集院がうんざりした口調で言った。

そうかもしれないとは思いながらも、百合はわが身を奮い立たせることができなかった。どう考えても荷が重すぎる。

大淵教授に呼び出され、論文提出を命じられた日から一週間が過ぎていた。先刻、百合が比嘉《ひが》の研究室を覗くと、伊集院が珍しく一人でぼんやりとソファに坐っていたのだ。百合は「破門宣告」を受けた伊集院が気の毒でもあり、慰めるつもりで駅近くの喫茶店へ誘ったのだった。

「なんで僕が先輩を慰めなければならないんです？　救われないのは僕の方でしょう？　不条理ですよ」

口吻《くちぶり》ほどの悲壮感はない。他愛のない話をしては高笑いをするいつもの伊集院である。

「いくら教授命令でも、できないものはできないわよ」

百合はそう言って深々と溜息を吐いた。

「先輩。相手は大淵憲次郎ですよ。書く能力のない者に論文提出を勧めることなど絶対にありえません。比嘉さんも言ってたじゃないですか、この十年間で教授自ら声を掛けたのは三枝百合だけだと。日本民俗学の権威が認めたんですから、これはすごいことなんですよ。書けない訳はありません」

「あのねえ、伊集院君。書くのはわたしなのよ」

「当たり前じゃないですか。だから書けるんでしょう?」

伊集院は憤然とした様子で椅子の背に体を凭《もた》せ掛けた。論理も何もあったものじゃない。どこまでが演技なのか判然としない伊集院の態度に百合は思わず吹き出してしまった。

メタルフレームの眼鏡を掛け、長髪を指先で梳《す》く仕草は、いかにも育ちの良い秀才を想わせる。鹿児島の名門私立高校から城北大学に現役で合格し、挫折を知らずに大学院へ進学したという伊集院一馬は、世の中の出来事を楽観的に捉える才能にも恵まれているらしい。「君には学問の道より他に適性があるかもしれませんよ」との大淵教授の忠告も、伊集院にかかれば「破門宣告」という言葉になり、却って楽しんでいるふうさえある。伊集院にとって興味の対象となるのは眼の前にある現実だけのようだった。

百合が一月ほど前に中国で起きた衝撃的な事件を話題にした時も、

——国が違うんですから、日本で大騒ぎしても仕方ないでしょう。

と対岸の火事を決め込んでいた。民主化を求めて天安門前広場に結集した学生や市民に対し、戒厳部隊二十万人が戦車などを動員して強制排除した事件である。死者が推定で三千人以上も出たとの報道があった。写真に捉えられた学生たちの表情はどれも一途に輝いていた。その真剣な眼差しに百合は微かに羨望さえ覚えたものだ。

「調査に少なくとも二週間は必要ですねえ。それから資料を整理して書き始めるとしても、正味三ヶ月。楽じゃないですねえ」

伊集院の口調はいかにも他人事である。百合がその脳天気さを咎めようとして口を開き掛けると、

「不肖・伊集院一馬に手伝えることがあったら何なりと言って下さい。僕は先輩と違って、時間なら腐るほど持ち合わせてますから」

百合の開き掛けていた口から思わず短い叫びが洩れた。

「どうしたんです？　そんなに驚くようなことを僕は言いましたっけ？」

「ちょっと思い出したのよ」

伊集院の言葉は一週間前に百合が比嘉に向けて言ったものだった。時間なら持て余すほどあると言って論文の手伝いを買って出たのは百合自身である。けれども、それどころではなくなった百合は、比嘉の前で深い溜息を吐き、嘆き続けていたのだった。

いっそ比嘉さんに決めて貰おう、百合はそう結論すると、

「わたし、大学へ戻るわ」

口早に言い置いて立ち上がった。伊集院が呆然と見上げていた。百合は挨拶代わりに伝票を振って見せてから伊集院に背を向けた。

「どうしたらそこまでわがままに振る舞えるんです？　救いが必要なのは僕の――」

伊集院は小声で呟きながらも百合の後を追って来た。


その夜、百合は沖之島の瞭子に電話を掛けた。お互いに気が向いた時にしか連絡を取らないから最後に話してから一ヶ月が経っている。

百合が紀《き》瞭子と急速に親しくなったのは、城北女子大学で二年生に進級してからである。頻繁に顔を合わせていたのはわずか一年くらいなのに、親友と認め合うほど親しくなれたのはどうしてだろう？　真の友人を得るのに時間の長さは関係ない、百合は今更ながらそう思う。

三学年への進級を前にして百合の生活は大きく変化した。福島県の漁師町に住んでいた母が再婚し、それまで僅かながらもあった送金が途絶えると、アルバイトだけでは暮らしが成り立たなくなったのだ。兄弟のない百合は自分一人で生きていくしかなかった。技術を身に付けたいと考えた百合は、大学を中退して看護学校への入学を決めたのだった。

百合の退学によって会える時間は大幅に減少したものの二人の関係が疎遠になることはなかっ

た。やがて母親に呼び戻されて瞭子が沖之島へ帰り、電話と手紙での交信になったが、東京と沖之島の距離は却って互いの信頼を深めさせる結果となっていた。

電話に出た瞭子の兄と短く近況を語り合った。百合が改めて去年の夏に世話になった礼を言うと、

「今年もどうですか？　変わり映えのしない島ですけど」

健吾はその人柄を滲《にじ》み出させて言うのだった。百合はいかにも島人らしく黒く陽焼けしていた健吾の顔を思い浮かべた。

「実は、またお世話になりたくて電話したんです。去年の調査をもう一度しなければならなくなりまして——」

「そうですか？　また百合さんに会えるとは思いませんでした。楽しみですよ。待って下さい、瞭子に代わりますから」

健吾は弾む口調で言い、送話口を塞ぐこともなく傍らにいたらしい瞭子に話し掛けた。

百合さんからだ。今年も来るそうだ。遠慮なく泊まるように言えよ。ひと月でもふた月でもかまわないからな。

「百合？　聞こえた？」

健吾の声に被せて瞭子が言った。

「うん、ありがとう」

「単細胞の兄貴をもっと妹は赤面してしまうわよ。また社会調査？」

「そうなの。去年の論文を書き直すように教授から言われたのよ。ギルド社会では教授命令から逃げることはできないし、開き直ってやってみることにしたの」

「理由はどうでも、百合に会える機会ができて嬉しいわ。まだ隣に立っている人と同じよ――」

つまらないことを言うんじゃないぞ、と健吾の声が遠くから聞こえた。

「休みはとれるの？　婦長の許可は取ったの？」

百合の生活を知る暸子は思いやるふうに尋ねた。

「明日の夜勤の時にでも話すつもり」

「そんなことだろうと思ったわ。もっとも、すでに走り始めている、って感じがするけどね。それがあなたの流儀なんだから」

暸子は揶揄《やゆ》するように笑いを含ませて言った。

「いつでもいいわよ。予定が決まったら電話して。兄貴と二人で空港まで迎えに行くわ」

百合が礼を言うと暸子はあっさりと電話を切った。無駄口を嫌う暸子らしい淡泊さだ。

暸子に指摘された通り、百合は長期休暇が取れなかったら病院を辞める気持ちになっていた。看護婦不足の折から再就職も難しくはないはずだ。いずれにしろ百合の二十四年の人生にけじめを付けるターニングポイントには違いなかった。

夕刻、百合に相談を受けた比嘉は、

「僕に勧められる選択肢はないよ。君にとって大きなチャンスであると共に、これまでの生活を変えざるを得なくなるかもしれない。大淵教授のことだ、何喰わぬ顔で三枝百合を試している可能性もある。君の決心次第では僕にも助言できることはあるだろうが、どちらを選択するかは君自身で決めるべきだ」

そう言ったのだ。比嘉の言葉を充分に反芻した後に、百合はようやく暸子へ電話を掛けたのだった。

百合の勤める清風会病院は東京都板橋区にある。私鉄の最寄り駅からは徒歩で十分の距離だが、ベッド数五十の規模にしては繁盛している方だろう。その要因は早くから形成外科を売り物にした副院長の手柄かもしれない。飽食の時代を迎えた女性の更なる欲求をいち早く察知し、美容と整形の専門病院としてのイメージを世間に与えたのだ。

国道沿いの歩道を外れて住宅街の狭い道を歩きながら、百合は婦長に切り出す言葉を考えていた。いかなる理由であれ笑顔で許可をくれるとは思えない。ましてや三週間もの長期休暇だ、嫌味の段階で収まるはずはなかった。

百合は急患用のドアを入ると人影のまばらな待合室へ眼を向けた。薬待ちの人々が二、三人いるだけだ。カウンター内の職員にも終業を控えた寛《くつろ》ぎが感じられる。百合はその情景から院内に異常のないことを確認した。

仮眠室を兼ねている詰め所で制服に着替えた百合はナースステーションで婦長を待つことにした。部屋にいた中年の同僚が怪訝そうに挨拶の言葉を口にした。

婦長の山崎が回診から戻って来たのは二十分を過ぎてからだった。山崎は百合の姿を見ると少し眉を上げて不審感を無言で伝えてきた。珍しいわね。どういう風の吹き回し？　百合はすかさず、

「婦長にお話がありまして――」と日頃になく早い出勤を説明し、「少し時間をいただけないでしょうか？」

率直に願い出た。山崎は瞬きを止めて百合を見返した。どういうことかしら？　というほどの意味だろうか。すぐには返事をせず、顔の一部を動かして牽制のジャブを放つのが婦長の癖だ。

山崎は壁に二つ並んでいる机の方へ百合を手招き、

「ここでかまわないかしら？」

と尋ねた。百合はカルテ棚の整理をしている先輩が気になった。これから話す事柄は明日には全職員に伝わるに違いない。何よりも噂話の好きな人なのだ。百合は覚悟を決めて頷いた。

山崎は椅子を引き出して腰を降ろした。百合にも手振りで坐るように促し、

「引継の時間を考慮して手短にお願いね」

壁の時計に眼を走らせて言った。

「実は夏の休暇に関して折り入ってお願いがありまして――」

山崎は微かに顎をしゃくる動きを見せ、無言で次の言葉を待っている。

「昨年のこともあり本当に恐縮なんですが、八月下旬から三週間ほど休みをいただけませんでしょうか？」

「三週間？」

婦長の目がゆっくりと閉じられるのを百合はスローモーションビデオを観るように眺めた。三秒……五秒……ようやく開かれた目には見誤ることのない怒りが浮かんでいた。

「理由は？」

婦長の言葉は必要最小限になり、冷ややかさを増している。

「大学関係のことで、調査のために最低でも三週間の休暇が必要になりまして——」

「最低でも？」

「ご迷惑をお掛けするのは心苦しいのですが、どうしても許可していただきたいのです」

「三枝さん、あなたは看護婦なの？　学生なの？」

百合は無言を決め込んだ。そして返事の代わりに深々と頭を下げた。

「あなたから大学へ通いたいという話を聞いた時に、わたしは婦長としての立場から忠告したはずですよ、勤務の支障にならない限りで認めます、と」

そして婦長はこう続けたのだった。

看護婦として働きながら学問をする、たいへん素晴らしいことです。これからは生涯学習の時代です。いろいろな分野で見聞を広めることは将来必ず役に立つでしょう。頑張って下さい、応援しますからね。わたしはあなたのような部下を持てたことを誇りに思いますよ。

「それがどうですか？　去年は十日間、そして今年は三週間ですって？　あなたが抜けた跡は誰かが補わなければならないのよ、大いに支障を来しているじゃないの。三枝さん、いったいあなたは病院と大学とどちらが大切なの？」

答えられる訳がなかった。それは百合自身、ずっと考え続けている命題なのだ。

百合は看護婦という職業が好きだった。患者から信頼されるのが何よりも嬉しかった。百合の仕事は端的に患者の表情や態度に映し出される。そこには充足感があった。

けれども、大淵ゼミの研究会での討論や、比嘉の研究室へ屯《たむろ》する他の院生たちとの語らいには、また別の充足感があった。少しずつ民俗学への理解が深まるにつれ、百合の知識欲はいっそう肥大化し、最近では焦燥感にも似た興奮を覚えるのだった。

「特例をつくることはできません。趣味のために三週間もの休みを願い出るなんて、非常識も甚だしいわ」

生涯学習は趣味のレベルでなら結構、という訳だ。怒りを懸命に抑えているらしい婦長を見ながら、百合は頭の片隅でそんなことを思った。

「つまり、許可できない、ということでしょうか？」

「当たり前でしょう。そんなわがままを認めることはできません」

山崎は次第に語気を強め、

「三枝さん、あなたのような人はこの清風会には相応しくないかもしれませんね」

最後は吐き捨てるように言った。

三

鹿児島空港からバスで市内へ向かいながら、百合は壊れ物かしらと思った。運送会社が競ってより良いサービスを心掛ける時代なのだ、どのような品物であれ送れないはずはない。それをわざわざ百合に頼むのだから、繊細で貴重な品と考えざるを得ない。

一昨夜、旅行支度をすませた百合は、沖之島の瞭子へ確認の電話を入れた。すると珍しく言い淀む口調で瞭子が言ったのだった。

「百合、鹿児島で一泊する余裕はないかしら？　市内に住んでいる親戚の家に寄って、受け取ってきて欲しいものがあるのよ」

「いいわよ、時間を気にしなくても良い身分になったからね、おやすいご用よ」

「やっぱり辞めたの？」

「かたちは保留だけど、似たようなものよ。品物は何？」

「わたしも知らないのよ。直接手渡したいと言われたので、あなたに寄ってもらおうと思い付いたの。一番の親友だと言って説明してあるから——」

「説明してある、ということはわたしが病院を辞めることを予想していたのね。あなたのことだから、すでに飛行機の変更も手配済みでしょうね？」

「翌日の一便を押さえてあるわ。空港で名前を言えばすぐに発券されるはずよ。この時期でしょう、一枚の切符を手に入れるのに少ないコネを総動員しちゃったわ」

「で、あなたのシナリオによると、わたしは何処の、誰を、訪ねることになっているの？」

瞭子は快活な笑い声を上げ、老夫婦の名前と住所を告げたのだった。

百合は西鹿児島駅でバスを降りた。駅前から乗り込んだタクシーの運転手は五十年輩の実直そうな男だった。百合が住所を書き記した紙片を見せると、

「その町は古くからの人たちが住んでいる一画でね、ひどく判り難いところなんですよ。何か目印になるような建物を知らんですか？」

慣れない標準語を使っているらしいことがその抑揚から知れた。ルームミラーに柔和な眼が映っている。

「近くで降ろしてもらえれば結構ですから」

そう応える百合に、

「この暑さの中を歩いて探すのはしんどかですよ。近くまで行ったら表示を見ながら徐行しまし

ようかね」

運転手は笑顔で車を走らせた。

確かに判り難い場所だった。住居表示を頼りに町内を一周りしたが、近付いたかと思うと躱《かわ》されているというふうで、入り組んだ路地の中に目的地はあるらしかった。百合は運転手に礼を言って車を降り、微かに饐《す》えたような臭いの立ちこめている路地に足を踏み入れた。

老朽化した木造家屋が軒を重ねて建ち並んでいた。開け放した窓から通りを眺めている老人の顔が幾つもあった。玄関の脇に手作りの表札を掲げてある家が多く、どれも判読し難いまでに文字が薄れている。不審そうな目付きで百合を見る老人たちに軽く会釈を返しながら歩いて行くと、

「百合さんかね?」

いきなり嗄《しわが》れ声が飛んで来た。百合は思わず躰を硬くした。大淵教授を連想していた。百合が声のした方を見ると、教授よりは少し年輩らしい肉体労働者を想わせる男の顔があった。

「三枝百合《さえぐさゆり》さんじゃなかかね? わしは紀《き》徳次ですが」

百合が訪ねるべき暸子の親戚だった。百合はあわてて笑顔を返してから頭を下げた。紀徳次は陽焼けした顔を綻《ほころ》ばせ、目尻に幾つもの皺《しわ》を浮かべて頷いた。

「朝から待ってたですよ」早口の女の声が窓の奥から聞こえ、「暸子の親友が東京から来ると言うんで、徳さんと二人で朝から大騒ぎですが」

白髪の老女が徳次の横から顔を見せた。髪の白さが異様に思えるほど、その顔には張りがあり、表情に幼さを残している。老女は満面に笑みを浮かべ、玄関の方へ百合を手招く仕草をした。

一時間が過ぎた頃、百合はすっかり寛いでいた。掛け布団を取り去っただけの炬燵を挟んで百合は老人たちと向き合っていた。二人の老人は饒舌だった。会話が途切れるのを恐れるかのように、次々に話題を転じるのだった。キエと呼ばれる老女が半ば問わず語りに話したところによれば、二人とも沖之島の出身であり、内地へ出て四十年が過ぎているらしかった。

しばらくして百合の胸には微かな疑問が生じた。二人は百合の周囲にいる夫婦とは少し感じが違うのだった。互いに「徳さん」「キエさん」と名前を呼び合い、相手への言葉遣いが妙に丁寧である。二人はいかにも仲睦まじく、時おり眼を見交わしては互いの思いを確認するふうだった。

百合はしきりにビールを勧める徳次の酌を気持ちよく受けながら、頭の片隅で暸子を起点とする紀家の家系を辿っていた。暸子の家は代々教職者だったと聞いたことがある。祖父の源市は数期にわたって町長を勤めた島の功労者であり、権力者として百合の記憶には位置付けられている。徳次はその弟にあたるはずだ。苦労の跡を忍ばせる徳次の顔を見ていると、百合はその境遇が腑に落ちなかった。一族が助け合うのが沖之島の慣習である。徳次は紀家との関係を絶っているのだろうか。そんな疑問を百合は抱いたのだった。

「一度も島へは帰らなかったのですか?」

百合は努めて軽い口調で尋ねた。意図的に帰らなかった、という意味をさりげなく添えておく。純朴な者ほど微妙なニュアンスの違いに傷付きやすい。

「戦後まもなく内地へ出て来たが、苦労の連続のうちに歳をとってしまった。幾度か島に戻る機会はあった。しかし、叶《かな》わんかったな」

徳次は眼を宙に泳がせて言った。その横に坐っているキエも心持ち寂し気な顔をしている。

「四十年ですか。……わたしには想像もできないくらい長い時間です。戦後の日本では食料が著しく不足して、闇米を拒否して餓死した検事がいたという話を本で読んだことがあります。沖之島ではどうだったのですか?」

百合は調査に先立って関連文献にはできるだけ眼を通していたが、それはあくまで文字の知識に過ぎなかった。戦前の沖之島、そして敗戦時の沖之島を語れる人物を目の前にすると、百合の中に研究者としての意識がむくむくと沸き起こるのだった。

「沖之島は小さな島です。周囲五十キロに満たない点のような島では、アメリカさんにとって軍事的な魅力はありゃしませんが。でもね、それが幸いして、戦後も飢えることはなかったですよ。同じ島でも沖縄とはえらい違いだったですよ」

「戦後八年間、沖之島はアメリカ軍の占領下に置かれていました。内地への渡航は難しかったのではありませんか?」

内地への永住を希望する者や復員者には定期便への乗船が優先的になされたが、それ以外の者は申請後数ヶ月も軍政府の許可を待たなければならなかったとの文献の記述を百合は思い出していた。

「何もかもお上《かみ》の許可が必要な時代だったですが。わしらポンポン船で島を出たとですよ。十トンにも満たない小さな船です」

「闇船と呼ばれた密貿易船ですよね？　危険を冒して船を出す人は多かったのでしょうか？」

「一攫千金を夢見て闇商売をする者は後を絶たなかったですよ。本土の親戚を頼って密航する人は闇船の船底に隠れて島を発ったとです。占領下にある不安が人々の気持ちを駆り立て、軍政府の許可を取らずに本土へ渡る人も多かったですよ」

徳次の口調には戦争を知らない世代へ戦争を語る者の苛立ちが微かに感じられた。

「わしは学問がないんで馬鹿なことを考えるんだが、沖之島が日本でなかったらどんなに良かったろうと、時々、本気で想像してしまうんですが」

キエが小さな笑い声を上げた。おそらく幾度か聞かされているのだろう。子どものいたずらを寛容に見守る母親の顔になっている。

「そうしたら戦争もなく、役人が内地の事情を押し付けることもなくてね、人は生きるのに必要な知識だけを学んで、家族が生活できるだけの畑仕事をして……。敵は台風だけですが」

百合はキエと眼を合わせ、心からの笑いを洩らした。徳次は教職者になるべき人だったかもしれない。嗄れ声で訥々《とつとつ》と話す口振りから生来の知恵が感じられた。

「徳さんは、出征なさったのですか?」

「一年ほど引っ張られました」

徳次は目を閉じてゆっくり頭を振った。

「鹿児島の歩兵連隊に取られ、ブーゲンビルという島へ送られましたが。……負け戦を承知で戦地へ赴く情けない気持ちは、百合さんの世代には理解できんでしょうなあ」

「百合さんは看護婦をなさりながら大学へ通っていると聞きましたが」キエが話の流れを断ち切るように言った。「えらかもんですね」

「いえ、大学へ通っているといっても、正式な大学生じゃないんです。聴講生といって、好きな講義を聴かせてもらうだけの学生なんですよ」

「沖之島で何かの調査をなさるとか?」

徳次は百合の言葉を謙遜と捉えたのか盛んに首を振りながら言う。

「家系の調査をさせてもらうつもりなんです。内地と違って、島ではイエ同士の繋がりが強いですよね。また人と人の繋がりをみんなが大切にしていて、部落の人たちは親戚以上の付き合いをしているように感じられます。どうしたらそんな素晴らしい社会ができるのか、その原因を知りたいと思うんです」

「それは学問の一つですかの?」

キエが不思議そうに尋ねた。

「大学では民俗学と呼ばれています」

「そうですか。沖之島の部落が学問になるとですか……」

二人の老人は短く息を吐いた。百合は調査の目的を余りにも簡略化して話したことが気になったが、老人たちを見るとそれ以上の説明は不要と思われた。徳次の視線は炬燵板の一点を見詰めたまま動かず、キエは放心したように微笑を凍り付かせていた。

「ごめんなさい……。わたし、何か気に障ることを言いましたか?」

「いや、すまんことでした。つい昔のことを思い出しておりましたが。気にせんで下さい」

徳次は俄《にわ》かに笑顔をつくり、勢い良くビール瓶を百合に差し出した。

「今日はゆっくりしていって下さい。百合さんが来てくれて、わしら嬉しくて、いろんなことを思い出すですが」

徳次はそう言って同意を求めるようにキエを見た。

「そう言って下さるのはすごく嬉しいのですが、明日の都合もありますからそろそろ失礼します」

百合は老夫婦を気遣い、語調から名残惜しさが伝わるように努めた。

「もしよろしければ、帰りにも寄らせてもらえないでしょうか?」

百合は本心からの思いを口にした。調査の一環として老夫婦からテーマに関わる話をぜひとも聞きたかった。

「それはいつでも喜んで……。百合さん、こんなむさ苦しいところですが、泊まってもらっても構わんのですが……本当にまた来てくれますか？」

徳次の声は真情を伝えきれないもどかしさに潤んでいた。百合は思わず目頭が熱くなり、

「必ず寄らせてもらいます」

眼を瞬きながら声を高めて言った。

「百合さん、約束ですよ」キエは優しい眼差しで百合を見ていた。「わたしの命はあと半年なんだそうです。ガンなんですよ。自分では一ヶ月か二ヶ月くらい、それくらいの気がしていますが。百合さん、瞭子と二人で来て下さいね。本当に、最後の楽しみですが」

百合は眼を見開いたまま返す言葉がなかった。

キエは躰を傾けて炬燵の下を覗き込むと小さな紙箱を取り出した。掌に載るほどの箱である。かなり古いものらしく、角はすれて毛羽立ち、全体に薄黒く変色している。

「これを瞭子に」小箱を百合に差し出し、「母親の形見ですが」

キエは言い添えた。

母親の形見？　百合は聞き違いではないかと思った。昨年、沖之島で会った瞭子の母は、実の母親ではないということなのだろうか。百合は疑問を胸に納めた。瞭子から直接聞きたかった。

「差し支えなければ中身を教えていただけませんか？」

百合は掌の重みから指輪を想像していたが、貴重品を預かるにはその中身を知っておきたかった。

「開けて見て下さい」

キエはそう言って促すように微笑んだ。百合は慎重に箱を開けた。

ペンダントがひとつ、無造作に納められていた。高価な品物には見えない。デザインも古めかしく、若い娘の胸には似合いそうもない。百合は鎖を指先で摘んで目の前に垂らした。

「その中に写真があるとです」

キエがピーナツの殻を割る仕草をした。飾りの施されたロケットの中には若い女の顔写真が塡《は》め込んであった。百合は思わず親友の名を呟いていた。

「暸子……」

――ではなかった。眼の光が暸子のものではない。けれども、双子と言っても良いほどよく似ている。百合が問い掛ける眼を向けると、

「暸子の死んだ母親ですが」

キエがぽつりと言った。

四

眼下に沖之島の全景が捉えられる。六十人乗りＹＳ11機は海岸線に沿って南下すると急旋回をして着陸態勢に入った。琉球民謡が放送され始めた。百合は飛行機のプロペラを透かして一年ぶりの沖之島を眺めた。

暑い！　百合はタラップを降りて思わず呟いた。足下から熱気が立ち上って来るかのようだ。まったくの無風状態。肌に痛みを覚えるほどの強烈さで陽光が降り注いでいる。乗客は空港ロビーまで百メートル余りを歩かなければならない。そのわずかな距離に陽炎が立ち、先を行く人の姿が揺れて見えるのだった。

空港ロビーは混雑を極めていた。百坪ほどの空間に売店、発券カウンター、手荷物預かり所などがあり、中央には八脚の長椅子が並べてあるのだから文字通り立錐の余地もない。

「一日二回、三十分間だけの沖之島渋滞よ」

とは去年聞いた暸子の説明である。沖之島では内地からの人を迎えるのに、一族の手の空いている者すべてが空港へ来るのだ。そのため一時的に人口が過密になり、出迎えの挨拶が終わって人々が駐車場へ向かうまで、空港ロビーは喧噪に包まれることになる。

百合は金属探知機を抜けてロビーへ出た。飛び交う島言葉が機械音のように聞こえる。

「百合さん」

声の方へ顔を向けると紀健吾が手を振っていた。周囲の人々より頭ひとつ突出している健吾は、その長身を生かして人々の頭越しに、直接出口へ向かうように手振りで指示した。

「よく来てくれましたねえ」

建物の出入り口で待ち構えていた健吾は、百合の手から大ぶりのバッグを奪い取って破顔した。その顔が見事なほど黒く陽に焼けている。端正な顔立ちの健吾は、役場の窓口にいるよりは、舞台に立った方がよほど見栄えがするに違いない。

「お世話になります」

百合はそう言って頭を下げた。

「そんな水臭い挨拶は抜きにして、百合さん、今度は一月くらい泊まってもらえるんですか？キャンプをしましょう。夜釣りにも案内しますよ」

「休暇は三週間なんです」

「たったの三週間ですか？　まあ、これからは台風の季節だから、三週間後には飛行機が欠航続きになることを願いましょうかね」

健吾は真顔で言って周囲を見回した。その仕草に呼応して警笛が短く二度鳴り、白い軽自動車が彼らの傍らへ滑り込んで来た。

「YAH《ヤア》」

助手席の窓から顔を覗かせて暸子が言った。

「YAH《ヤア》」

百合も挨拶を返した。健吾が唖然として二人の会話ともいえない会話を聞いている。暸子は助手席の背凭れを前に倒して後部座席に乗り込めるようにしながら、

「早く乗って。立ち話をするのに気持ちの良い日じゃないんだから」

と健吾を促した。

空港を出て島の中心部への道をゆっくりと進む。メーターは時速四十キロの辺りを上下している。暸子の軽自動車は他の車を追い越すこともなく、追い越されることもない。

——あまり早く走ると、あっという間に島の反対側に着いちゃうからね。

との暸子の言葉が冗談とも思えない。

「内地では、やあ、という挨拶が流行っているんですか?」

後部座席から身を乗り出して健吾が尋ねた。健吾はいかにも窮屈そうに足を折り曲げている。

「やあ、じゃなくて、YAH、よ」暸子の発音はまったく同じである。「百合との挨拶はこれですべての気持ちを含んでいるの」

「英語のYAHを二人だけの合い言葉にしたんです」

百合が説明すると、

「そうでしたか。いやぁ、便利なものですね」

健吾は腑に落ちない表情ながらも頷いていた。

「健さん、いまの発音、良かったわよ」

瞭子がすかさず茶々を入れた。

いかにも仲の良い兄妹を見ながら、百合の胸に一瞬の翳りが生じた。百合のバッグの中には形見のペンダントが納められている。瞭子の死んだ母親ですが、呟くように言ったキエの声が思い出された。

健吾を町役場の前で降ろし、百合と瞭子は紀家のある和地《わち》部落へ向かった。海岸沿いにある町一番の大通りから車で五、六分の距離である。両側を畑に挟まれてアスファルト道が単調に延びている。

「わざわざ出迎えに来てくれたけど、健さん、仕事は大丈夫なの？」

「あれで結構要領は良いからね」瞭子は顔を向けてニッと笑い、「今ね、部落にケーブルテレビを引くためのプロジェクトを始めているらしいの。その責任者だからかなり忙しいんだけど、その分自由になる時間もあるらしいのよ。きっと打ち合わせなどという名目で抜け出したに違いないわ」

「有線テレビなんてすごいじゃない」

「来年はＮＨＫに研修に行くはずだから、その時はよろしくね。渋谷がどこにあるかも知らない人だから」

「研修？　カメラを習うの？」

「何でもよ。カメラの技術から番組の作り方、そしてアナウンサーまで一人でやらなければならないんだから」

瞭子はことともなげに言った。

「先に爺様に挨拶しとこうか？」牛舎脇の駐車場へ軽自動車を乗り入れると瞭子が言った。「気難しい人だからね」

百合は瞭子の後に従いて門の方へ歩きながら紀《き》源市の顔を思い浮かべた。背筋を伸ばし文机に向かっている姿が記憶に残っている。公職を退いてからは町会誌に雑文を書いたり、歴史の文献を読むことで一日を過ごしているらしい。郷土史研究家としても名を知られているらしかった。

沖之島の住居は台風を考慮して道路から一段低い場所に建てられることが多い。周囲にはガジュマルなどの樹木を植え込み防風林としている。紀家の門を入りゆるやかな坂道を下って行くと、居間と台所の一棟があり、渡り廊下で結んで人々が寝起きをする母屋がある。そしてその隣に源市の暮らす別棟が建っている。離れは書斎として造られたもので部屋数も三間しかなく、食事は台所から瞭子の母が運ぶのだという。

戸を開け放した部屋に一人の老人が座っていた。読書をしているらしく、少し俯いた横顔が厳しい。

「爺様」瞭子が縁側から呼び掛けた。「友達の百合を迎えて来ました。今日から三週間、母屋に泊まります」

源市は百合に視線を向けて小さく頷き、一息入れるふうに立ち上がって縁側に来た。

「三枝百合です。お世話になります」

「去年の人だね？」

「はい。昨年は有り難うございました」

「遠慮なく過ごしなさい」

源市はそう言って背中を向けた。再び文机に向かうまでの一連の挙措が流れるようだった。まるで昔の武士みたい、百合は感心してその後ろ姿を見ていた。

「百合は爺様に気に入られたようね」

母屋に腰を落ち着けると瞭子が言った。十人が向き合えるほど大きな座卓が置いてある。

「自分から声を掛けるなんて珍しいことなのよ。民俗学を研究している学者の卵、と説明したのが利いたのかな？　本人も学者のつもりだから、仲間意識があるのかもね」

「よくそんな出鱈目《でたらめ》が言えたわね。爺様の側には寄れないじゃないの」

百合は本当にそう思っていた。郷土史研究家の質問に応じられるほどの知識は持ち合わせていない。

「ユタのことは知ってるわよね？」

瞭子が唐突に尋ねた。

「知識としてわね」

「今晩、ユタを頼んであるの。父の命日なのよ。親族が集まっての儀式は明日なんだけど、まあ、一種の余興というところ」

「ほんと?」

百合の声は思わず弾んでいた。願ってもない機会だった。文献でしか読んだことのない占い師を実際に見ることができるのだ。

「民俗学の研究者としては大いに興味深いでしょうけど、あまり期待するとガッカリするわよ」

「島の人たちはユタの言葉をどのくらい信じるの? ユタの躰に霊が乗り移るという話だけど——」

「百合が新宿の街角で見てもらう手相占いと似たようなものよ。あなたは占い師の言葉を信じる?」

「都合の良いところだけね」

「どこの人もそうよ」

瞭子は面白がる口振りで言った。

紀家の人々が母屋に集まったのは七時にまもない時刻だった。百合が渡り廊下を通って母屋に行くと、襖を取り払った二十畳ほどの部屋の奥に源市の姿が見えた。一分の隙もない、とはこのような雰囲気を指すのだろうと百合は思った。竹刀で撃ち掛かっても爺様はひらりと身をかわすに違いない。

床の間の横に作りつけの神棚がある。半間ほどの高さに観音開きの扉があり、その中から線香の煙が漂ってくる。手前には抽斗《ひきだし》が付いているらしく、供え物や陰膳が置いてある。そして鴨居には額に入った写真が五枚、部屋の人々を見下ろすように並んでいる。手前の二十歳くらいの青年の写真は数年前に事故死したという暸子の兄だろうか。

神棚の前で暸子の母が幾つかの品を点検していた。風呂敷大の純白の布、徳利が二本、升に入っている生米、半紙が二枚、それらを用意しておくようにユタに命じられているのだ。

健吾と暸子は爺様の後方に並んで坐っている。百合は本当の兄妹にしか見えない暸子と健吾の顔立ちを見比べた。二人とも彫りが深く細面ではあるが、健吾が欧米風なのに対し、暸子は南方系、それも沖縄の人々の容貌を彷彿《ほうふつ》させる。二人の最も際立った相違は眼だった。暸子の眼は人を射竦めるような強い光を宿していて、いつでも黒く輝いているのだった。鹿児島の老夫婦の家でペンダントの写真を見た時も、百合が一瞬の後に違うと感じたのは、その眼に光を見出せなかったからだ。

玄関に現れたユタを見たとき百合は少なからず落胆した。初老のユタは半白の髪を無造作に束ね、痩せぎすの躰を粗末な服に包んでいた。鬼気迫るという雰囲気はない。島のどこでも見掛ける普通の女である。

ユタは瞭子の母に案内されて着替えをするために別室へ姿を消した。十分ほどで戻ってきたユタは白装束をまとい、髪の結びを取り払っていた。肩に垂れた髪が振り子のように揺れ動いた。ユタは床の間を背にして源市と向き合って坐り、

「本日はどなたの霊をお呼びすれば良いのでしょうか？」

と尋ねた。

「私の長男をお願いします。名は紘一です」

ユタはゆっくりと頷いた。他には何ら問い掛けることもなく、一礼をして神棚の前へ移動した。そこには祈禱に必要な品々が揃えてある。ユタはまず白布を広げた。次に二枚の半紙を扇形に折ってそれぞれを徳利に刺し、位置を計るのか慎重な手つきで布の両端に置いた。そして最後に、生米を手で掬《すく》い少しずつ布の中央にこぼした。直径十五センチほどの米の山ができた時、ようやく準備を終えたようだった。

ユタの呟きが聞こえ始めた。時おり「紘一」という名が発せられた。次第に躰が揺れ始め、五分を過ぎた頃、いきなりユタの小柄な躰が横倒しになった。髪の毛が飛び散るように拡がった。

「父《アチャ》よ、父《アチャ》よ」

苦し気な声だった。ユタは床に顔を俯けたまま呼び掛けともつかぬ声を上げている。百合はそっと手帳を取り出した。聞き取れる島言葉を記録して置きたかった。

「我《ワヌ》には出来《デキ》らむ（わたしにはできない）……タエ叔母《アマ》は苦《クル》しさむ……子《クワ》が傍《ソバ》ち来《キ》ちむ、抱《ダ》ちむ

出来《デキ》らんどや……。我《ワヌ》には如何《イチャ》むならん（どうにもならない）、辛《ツラ》さあんど……」

百合は「クワ」と走り書きをし、「抱けない？」と書き添えた。その二つの単語は理解できた。しかし、子供を抱けない、とはどういうことだろう。

「父《アチャ》よ……苦《クル》しさむ……汝《ナタ》ぬ立《タ》ちゅぬ影《ハジ》が見《ミ》ゆん（あなたの立っている姿が見える）、弧里《コリ》ぬ海《ハ》岸《マ》に見《ミ》ゆん……汝《ナタ》ぬ子《クワ》が（あなたの子が）見《ミ》ゆん……」

ユタは出任せを語っているのだろうか、と百合は疑った。紘一の霊がユタに乗り移っているのなら、「アチャ」と呼び掛けられているのは源市のはずだ。弧里とは島の南端にある地名に違いない。「ナタ」は目上の者への呼称である。あなたの子供、とは誰のことなのか。百合は身を震わせ肩で息をしている老婆を凝視した。

「早《ヘエ》さ為《ナ》さにば（早くしなければ）、汝《ナタ》が早《ヘエ》さ為《ナ》さにば……孫《マガ》が……孫《マガ》が……」

百合にはこれ以上の分析は不可能だった。島言葉の知識が少なすぎる。

突然、獣の咆吼を思わせる叫び声がした。百合は躰を強ばらせてユタを見た。ユタの髪は波打ち、全身が痙攣《けいれん》していた。霊が抜け出ていくところなのだろう、と百合は思った。

静かに息を吐く音が幾つも聞こえた。誰もが祈禱の終わりを感じ取り、奇妙な不安感から解放されることを望んでいるのがわかった。しかしユタの呟きは続いていた。

「我《ワヌ》が子《クワ》は名《ナ》む無《ナサ》しが（わたしの子には名もない）……土《ツチ》が重《ウム》さむち（土が重たいと）、泣《ナ》ちゅんどや……」

百合はもう考えることを諦めていた。耳に届く単語は「クワ（子）」だけだった。

「絶《タ》たにばならん（絶たなければいけない）……子《クワ》ぬ骨《ホネ》を祀《マチ》らななら ん（子の骨を祀らねばならない）……ヌサリどや（宿命なのだ）……」

百合は手帳をしまい込むと部屋の中を見回した。人々は重苦しい空気から一刻も早く逃れたがっている。ただ一人、瞭子の顔は蒼ざめ、その眼は異様な輝きを放ってユタを見詰めていた。

五

「島ではね、ほら話のことをユタムニと言うんです」健吾が言った。「爺様はあれでちょっとした有名人ですから、紳士録にも載っていますしね、うちの家系を調べるのは簡単なことなんですよ」

無知な内地人にやさしく説明するというように健吾はおおらかな口調で話した。ユタムニはユタの語る言葉であり、その言葉はまったくの作り話ということらしい。ユタは予め紀家の家系を調べ、その知識を元にして話をしたと健吾は言うのだ。

百合には納得できなかった。祈禱を終えた時のユタの顔が思い出された。憑《つ》き物がとれたとしか形容し難かったユタの表情、あれは演技だったのだろうか。

日曜日の朝だった。百合は昨夜のユタに関して健吾に幾つかの質問をした。タエという名をユタはどうして知ったのかと不思議がる百合に、健吾は笑いながらユタムニという島言葉を教えたのだった。

「昨日、ユタが呼び出したのは、亡くなられた健さんのお父様、ですよね?」

縁側に健吾と並んで腰を降ろすと、百合は源市とユタの会話を思い出しながら尋ねた。

「そうですよ」

「あれは本当にお父様だったんでしょうか?」

「はあ? どういうことですか?」

「たしか、子供が抱けない、と言ってましたよね? お父様が子供を抱けないとはどういう意味なんですか?」

健吾は唖然とした顔で百合を見返した。その眼には純粋な戸惑いが浮かんでいる。健吾は視線を庭へ転じ、黙って記憶を探るふうだった。

「ユタの言ったことは俺にもよく理解できなかったし、間違いもあるので説明し難いけれど、思い出すままを言いますよ。

紘一というのは俺の親父です。その親父の霊は、タエ叔母を救いたいのだけど、それができなくて辛いと言っていました。タエ叔母という人は爺様の弟の嫁だと思います。その人は子供が側にいるのに抱くことができない、という意味です」

百合は手帳に要点を書き付けた。弟というのは鹿児島で会った徳次に違いない。するとあの二人の老人はやはり夫婦ではないのだ。健吾は百合の手の動きが止むのを待ってから続けた。

「俺は会ったこともないけれど、爺様の弟夫婦はまだ生きているはずですよ。だからユタの言ったタエというのは間違いです。死んだのは妹の方です。双子の姉妹だからユタは名前を間違ったんでしょう」

「キエさん、ですか？」

健吾は問い返す眼で百合を見た。

「爺様の弟は、徳次さんですよね？」百合は貧しげな老人たちを思い出しながら言った。「わたし、鹿児島でお二人に会って来たんです。徳次さんとキエさんに。確かにキエという名前でした」

「俺の記憶違いですかねえ。戦争で死んだのだと思いますけど、後で爺様に聞いてみたらいいですよ。喜んで教えてくれます、そんなことばかり調べている人ですから」

百合は思わず首を振った。健吾は珍しくいたずらな目付きをし、

「百合さんも爺様が苦手のようですね？」

と楽しげに言った。苦笑いを返す百合に、

「いいですよ。俺が聞いておきますから。……爺様の弟のことは暸子から聞いたんですか？　わざわざ会いに行ったのは調査のためですか？」

健吾は不審そうな顔で質問を重ねた。百合は正直に答えるのが躊躇《ためら》われた。健吾は暸子が実の妹でないことを知っているのだろうか。暸子に一刻も早く確かめたかった。秘密を抱えてしまったようで落ち着かない気分だった。百合は健吾の質問には肯定することで応えて話の先を促した。

「爺様が弧里の海岸に立っているのが見える、と言ってましたね。どういう意味ですかね？ それから爺様の子が見える、とも言いましたが、俺には理解不可能です。まったくのユタムニですよ」

健吾は頭を振って言い、

「孫という言葉も聞こえましたけど、その後の叫び声に気を取られて何のことか考えもしませんでした。……でも、ひとつ気になったことがあるんですよ」

急に表情を硬くして百合を見た。百合は手帳に落としていた眼を上げて健吾の言葉を待った。しかし健吾は口を閉ざしたまま百合を見詰めている。眼に逡巡が読みとれた。隠し事のできない人だ、百合は思った。

「百合さん、約束してくれますか？ 俺の話すことは決して余所で喋らないって」

百合は小さく首肯した。健吾はそう言いながらもまだ迷っているふうだった。

「俺には弟がいたんですが、三年前に事故で死にました。スキューバダイビングに凝っていて、帰省したときに一人で潜りに行き、ボンベの管を珊瑚に引っかけたんです。大学の四年生で就職先も内定していたので、最後の夏を楽しむつもりだったんでしょうね、毎日のように出掛けていました。その弟は役場には行方不明として届けられましたが、実際には遺体は見つかっていたんです。弟を溺愛《できあい》していた爺様は半狂乱になりましてね、自分の手で遺体を祀ると言って隠密裡に処理しました。土葬にしたんです」

「土葬？　法律で禁じられているんじゃないですか？」

「ええ、沖之島でも土葬は二十年ほど前から禁止されています。火葬を義務づけられていますから爺様の行為は犯罪です。爺様は自然信仰とでも言うのですか、人間の魂がこの世を去るには時間が掛かる、土葬にして祀らなければ成仏できないと信じているんですよ。土葬にした遺体が白骨化した頃に墓を掘り返し、洗骨をして清め、改めて墓に戻すのが昔ながらの習慣です。近日中に弟の骨は掘り返されることになっています」

庭では蟬が鳴き、陽光が次第に強くなり始めている中で、百合は背中に悪寒を覚えていた。沖之島の葬制に関しては幾つもの文献を読み土葬の手順は承知している。歴史として語られていた世界が目の前で展開されようとしているのだ。法を犯しているからには内密に行われるに違いない。百合はなんとしても改葬の儀式に立ち会いたかった。

「ユタの話で気になっていることと土葬が関係あるのですか？」

百合は逸《はや》る気持ちを抑えて尋ねた。

「ユタが最後に言った島言葉の意味はこうです。土が重たいと言って、名もない子が泣いている。子供の骨を祀らなければならない。宿命なんだ、と。弟の遺体を土葬にしたこと、そして墓を掘り返す準備をしていたところなので、いくらユタムニとはいえ少し気味が悪かったのです」

「子供に名前がない、とはどういうことでしょう？　亡くなられた弟さんの名は確か悠太さん？

……」

「そうです、悠太です。……ですからユタが叫び声を上げた後で語ったのは、親父の霊ではありません。誰か別の者の霊が語りかけて来た言葉なんです。さっき百合さんから質問を受けて、改めて思い返したときに、ふと気付いたことなんです」

健吾はそう言うと疲れたように溜息を吐いた。紀家の秘密ともいえる事柄を百合に話したことが後悔されるのか、首を傾《かし》げたまま鬱蒼と茂る樹木へ視線を投げている。

「ごめんなさい、健さん」

小声で詫びる百合に、

「もし百合さんが望むのでしたら、爺様には内緒で、墓を掘り返す日には見物できるようにしますからね」

健吾はあわてて笑顔をつくり、大仰な仕草で手を振って見せた。

午後になって健吾が青年会の寄合に出掛けると百合は一人になった。瞭子は友人の結婚式の打ち合わせで早朝から出ている。瞭子の母は広い屋敷の何処にいるのか食事の時にしか顔を合わせない。百合はバッグに詰め込んできた資料を取り出し、再び縁側へ行って腰を降ろした。ここは人と話したり、考え事をするには最適の場所だ。気持ちの良い風が柔らかく躰を包んで吹き抜けていく。

百合は調査ノートを開いて質問項目を順に確認した。単一世代の結婚観を調査した昨年は、いま思い返せば何の努力もせずに完了したと思う。健吾や瞭子に適齢期の者、つまり友人を紹介してもらい、聞き取り調査を行えばそれで良かった。百合と同年輩ということもあり友人たちは心安く話してくれたものだ。けれども三世代にわたる今回の調査は、考えるだけでも心が萎えてしまうほど難しい要素を含んでいる。

仮に紀家の人々を想定してみても気が重くなるばかりだ。健吾や瞭子はともかく、何を考えているのか知れない母親、そして超然としている爺様だ。大淵憲次郎といえどもあの爺様を前にすれば二の足を踏むに違いない。百合は去年接した人たちを改めて紹介してもらい、家系を踏まえた上での結婚観を聞き出すことから調査を始めることにした。三世代にわたるデータを揃えるには三週間の休暇はあまりにも短く感じられる。

瞭子が帰ってきたのは三時を過ぎてからだった。門からの坂道を歩いて来て母屋の縁側に坐っている百合に気付くと、

「ごめん」

瞭子は小走りに近付きながら言った。短く切り揃えた髪型の瞭子は、二十歳の頃の印象とほとんど変わらない。

「健さんはどうしたの？　ちゃんと相手をするように言い付けておいたのに」

「青年会の寄合に出掛けたわよ」

「まったく……。肝心なところで要領が悪いんだから。当然、恋心を打ち明けるなんて場面はなかったわよね？」

百合が答えるのを待たずに暸子は笑い声を上げた。

「百合、買い物に付き合ってくれる？」暸子は百合の脇に積まれている資料の束に眼を落とし、

「去年の連中には声を掛けておいたからいつでも大丈夫よ。今晩にでも健さんを交えて追加分の相談をすれば良いでしょう？」

百合の悩みを吹き払うように言った。

沖之島は北の上城《かみぐすく》、南の下城《しもぐすく》の二つの町からなる。城をグスクと読むのは琉球支配時代の名残りだ。和地《わち》部落を含む上城町の繁華街は、海岸線に沿って商店の立ち並ぶ一画であり、わずか三百メートルの長さしかない。暸子は海岸近くの空き地に車を止め、

「結婚式で新郎新婦の馴れ初めを紹介する寸劇をやることになったの。あそこのホテルがその会場」

そう言って指で示した。見ると海岸端に何の変哲もない三階建てのビルがある。沖之島シーサイドホテル、屋上には文字を書き付けただけの看板が据えてあった。

「新婦は内地の人なの。夏休みに遊びに来て新郎と知り合ったというわけ。ある日、二人で海へ

行ったんだけどね、泳ぎの得意でない新婦は足を痙攣させて溺れそうになったの。それを見た新郎はてっきり冗談だと思い込み、新婦の躰を抱き寄せて救出ごっこを始めたのは良いのだけど、遊びだと信じ込んでいるからいつまでもその状態を楽しんで、おまけにプロポーズまでしたんですって。新婦は死にそうな思いをしているのに」

瞭子はそこで言葉を切って百合の反応を見るように顔を向けた。

「ワラをも掴む、という芝居？」

「わたしもコメディの方が好きなんだけどね」瞭子は笑いを含ませて言い、「これをロマンスに仕上げなければならないのよ。年寄りの出席者が多いから、単純で泥臭くしないと受けないしね」

「で、あなたが小道具を担当するの？」

瞭子はゆっくりと首を振った。

「脚本、演出、小道具、そして主演女優も兼ねてるからたいへんよ。競泳二百メートルの群島記録を持つわたしが溺れる練習もしなければならないし」

百合と瞭子は声を合わせて笑った。

文房具店で岩場を演出するための紙を買い、沖之島の澄み切った海を現出させるべく布地を求めて探し歩いた。たかが余興にすぎないのにと百合は思いながらも、友人の結婚式を盛り上げるために懸命な瞭子の姿が微笑ましかった。

「センパーイ」

大声で呼び掛ける声がした。伊集院一馬だった。

伊集院はサングラスを外しながら駈け寄って来た。Tシャツに半ズボン、サンダル履きの姿は、どこから見ても内地から遊びに来た軽薄な学生だった。

「いやぁ、こんなに早く会えるとは思いませんでした。沖之島は狭いですね」

「なぜ伊集院君がここにいるの？」

「教授から破門宣告を受けて、いろいろ考えてみたんですけど、小説を書くことにしたんです」

「小説？　あなたが？」

「伊集院一馬は小説家をめざすことにしました。そこで故郷の英雄・西郷隆盛についての資料収集に来島したという訳です。と、これは表向きの理由で、本当は先日の約束通り、先輩の調査の手伝いをも兼ねているんです。どうです？　目途は立ちましたか？」

「伊集院君、わざわざそのために来てくれたの？」

「そうですよ。感動しました？」

伊集院は長髪を指先で梳《す》き上げながら無邪気な眼を百合に向けている。他人の社会調査を手伝うために離島まで訪ねて来る伊集院の性格は百合には理解し難かった。その屈託のない笑顔を見ていると、駿河台の通りで立ち話をしている錯覚に捉われた。

百合は傍らの暸子を紹介した。暸子に向けられた伊集院の眼に一瞬、珍しく真面目な光が浮かんだ。

「紀《き》さんですか？　暸子さんの祖先はひょっとして遠島人ではありませんか？」

暸子は唐突な伊集院の質問に戸惑う顔をした。微かに首を傾《かし》げてまっすぐな眼差しを伊集院に向けている。伊集院は落ち着かない様子で補足した。

「一八六二年に西郷隆盛が流罪になった際に、数名の武士が共に遠島になっています。二年たらずで西郷は許されて鹿児島に戻りましたが、そのまま島に居着いた人も何人かいました。彼らは一種の教養人ですから、学習塾のようなものを開いて生計を立てた、との記述が文献にあるんです。その中に紀という名前がありました」

「先祖に南洲翁の門下生がいる、とは祖父に聞いたことがあります」

「もっとも薩摩藩時代には島役人に許された名字は一字姓だったということですから、大方の家は一字姓だったのでしょう。後に朝鮮人と間違えられるとの理由から二字姓に変更した人が多いようです」

伊集院は研究発表でもする口調で話している。百合が見慣れている伊集院ではなかった。案外、これが本来の姿なのかもしれなかった。

「よかったら明日にでも家にいらっしゃいませんか？　祖父は島の歴史に詳しいですから、何かの参考になると思います。伊集院さんが話し相手になって下さったら祖父もきっと喜びます」

「必ず伺います」伊集院は頬を紅潮させて百合を見ると、「不肖・伊集院一馬にも運が向いて来たような気がしますね、先輩」

無邪気に言った。爺様と伊集院、おもしろい取り合わせになるに違いないと百合は笑いを噛み殺して思った。

伊集院一馬の創作ノート（一）

一九八九年八月二十日（日曜日）
南洲翁・西郷隆盛を絡ませて小説を創る。思い付きは悪くないが、未だ頭の中はカラッポ。西郷を描いた小説は数え切れないほどある。いまさら書くほど新事実があるとも思えないし、作品に仕上げても末席を汚す（この言葉は良い意味に使うんじゃないか？）程度だろう。まあ、やることもないことだ、西郷流罪の地を訪ねれば何かの足しになるかと考え、親父から調査費をせしめたまでは上々。兄貴の愛車シルビアも拝み倒して借りてきたことだし、環境も万全。
昨日の夕刻に鹿児島港を出て沖之島到着が今日の午後一時。（退屈で退屈で……よく正気で過ごせたものだ。海に飛び込んでいても不思議はなかった）その足で真っ赤なシルビアで島を廻った。目立つ。いかにもこの車は沖之島には似合わない。趣味の悪い兄貴だけは持ちたくないものだ。

バス停があったので車を止めて時刻表を確認した。一日に三便。これじゃ歩く方が速い。そう言えば島を廻りながら一度もバスに出会わなかった。本当に運行しているのだろうか？　趣味の悪い車でもこの地では何ものにも代え難いことに気付く。

南洲翁ゆかりの地を訪ねても仕方がない。大方は銅像があって、解説文を記した板が立て掛けてあって、それだけだ。町役場発行のパンフレットにすべて写真も解説も載っている。自分の目で見たからといって感慨を覚える性格でないことは誰よりも自分が知っている。大淵教授に忠告されるのも無理はない。民俗学は調査を面倒臭がっていては成り立たない学問なのだから。

それにしても、先輩、三枝百合、三枝先輩、百合さん、百合先輩、百合に出会ったのには驚いた。こんな偶然はそうそうあるものじゃない。小さな島のことだ、車を走らせていれば何処かで見掛けるだろうとは思ったが、来島三時間にして叶《かな》うのだから運命的なものを感じる。

沖之島シーサイドホテルにチェックインして商店街（街はこの字でいいのか？　相応しくないなあ、どうも）へ出てみると、百合（呼び捨てというのは案外難しい。せめて同じ年齢であって欲しかった。愛があれば歳の差なんて、なんてそううまくいく訳がない。悪文の見本）の後ろ姿が目に飛び込んで来たのだ。肩で切り揃えた髪が歩調に合わせて揺れ、ジーンズで闊歩する姿は研究棟の中で幾度も目にし、網膜に焼き付いている。運動靴を履いていてもお尻の位置は上にあり均整のとれていることがわかる。着飾ってハイヒールで街を歩けば男たちの目を引くことは間違いないのに、民俗学に狂っているのが唯一の欠点だ。

それ以上に驚いたのが百合の友人だ。ゴダールの傑作「勝手にしやがれ」に出ていた女優みたいな短髪なのに却って女を感じさせる。百合よりは少し背が低く、華奢な印象を受けるが、なんとも言い表せない目の輝きで見詰められると、躰が震えそうになって困った。あれは沖縄系の顔立ちだ。あんな人を嫁さんにして、毎日あんな目で見詰められたらどんな気持ちがするだろう？沖之島にあんな美人がいるとは思わなかった。類は友を呼ぶ、ということか？（適切さに欠ける気がするが、まあ、いいか）

以下、小説風に。

初めて見る目の光だった。Kをまっすぐに見上げる視線には静寂が宿っていた。鋭利な刃物に当たって光が跳ね返されるように、Kはその澄み切った瞳に己の姿が映し出される思いだった。

――祖先は遠島人ではありませんか？

その人は目に戸惑いの色を浮かべた。遠島人とは犯罪者である。その罪名はさまざまであるが、良い響きで耳に届くことはない。Kは後悔した。冤罪を着せられての流罪であっても、子孫は拘りを残しているのかもしれない。Kは文献を調べるうちにその人の苗字を発見したのだと説明した。

――先祖は南洲翁の門下生、と聞いたことがあります。よろしければ祖父を訪ねていらっしゃいませんか？　祖父は郷土史を研究しています。

Kは胸に沸き起こる感情を口にしなかった。その人はKが会見を望んでいた男の孫娘に違いなかった。一字姓の苗字、郷土史研究家、この要素を満たす人物は限られる。

——ぜひ伺わせて下さい。お爺様にもよろしくお伝え下さい。

——祖父もきっと喜びます。

Kは美しさの中に強い意志を感じさせるその人の顔を見返しながら、『南洲翁伝説』の著者・紀源市の容貌を想い描いてみるのだった。


こんな文体で書いたら二頁目には息切れを起こしそうだ。軽く書いて、リアリティを備えさせること。呼吸をするように言葉を紡《つむ》ぐ（いい表現だ！）、自分の呼吸で文章を書くことだ。いっそ百合との恋愛ものにしたらどうだろう？　等身大で書ける訳だから呼吸も自然になるに違いない。日本で私小説が幅を利かせたのは、この自然呼吸のためかもしれない。

母親を見て娘を想像するのは可能だが、孫娘から祖父を想像するのは不可能だ。紀源市とはどんな人物だろう？　『南洲翁伝説』を読んだ限りでは、かなり思い込みの激しい人らしい。論旨が多少歪んできても、強引に結論づけている箇所が散見された。まあ、素人の書く文章だからその辺は許容範囲だろうが、その押しの強さにある種の気迫が感じられたのは確かだ。

『南洲翁伝説』は西郷隆盛に関わる話を纏《まと》めたわけじゃなくて、紀家の先祖が西郷と親しい関係にあったという事実（？）を軸に、紀源市の思いを綴った、いうなればエッセイである。こんな紛らわしいタイトルが付けられているので間違って購入したにすぎない。しかし何が幸いするかわからない。作者の孫娘が百合の友人だというのだから世の中は狭い。

明日は紀源市からあの本の執筆動機でも聞くことにしよう。あれだけの思い入れで書いているのだから、他人に話したいことは山ほどあるはずだ。これを機縁に紀瞭子と親しくなる可能性も気になるのは別れ際の百合の表情だ。ヘンに優しい目をしていた。これまでの経験から推測するに、陰気な楽しみを待ち受ける顔だった。たとえば、「伊集院君、大淵教授が捜していたわよ」と知らせてくれる時の目だった。

六

懐中電灯の光を頼りに坂道を下って行くと、漆黒の闇の中で居間は淡い輝きを発していた。開け放した戸の向こうに健吾が横顔を見せて坐っている。ビールでも飲んでいるらしく片手がゆっくりと口許へ運ばれる。

百合の聞き取り調査は夕食を終えてから行われることが多かった。健吾や瞭子の紹介ということもあり、人々は煩わしい質問に答えてはくれるが、誰もが協力的に語ってくれるというわけではなかった。お礼を口にする百合に、「元町長の頼みとあったら断れねえが」と紀源市の後ろ盾を強調する者もあった。

それでも調査は順調な滑り出しを見せていた。昨年百合が会った人々は今年は仲間として百合を迎え入れてくれ、父母や祖父母への調査の橋渡しを勧めてくれるのだった。微妙なニュアンスの島言葉で語られる感情を四苦八苦の末に内地言葉に訳して百合へ伝えてくれるのである。百合は資料が着々と揃えられていくことよりも、一介の学生のために時間を割き、親身に手を差し伸べてくれる人々に胸を熱くしていた。

「おかえりなさい」健吾が庭の闇に向けて声を掛けてきた。文字通り一寸先が見えない闇である。

「ビールでもどうですか?」

「ありがとうございます。資料を置いてから伺います」

百合は闇の中から声を返した。

「毎晩遅くまでたいへんですね」

巨大な座卓を挟んで向き合うと、健吾は身を乗り出してビールを注ぎながら言った。壁時計の針は十一時を回っている。健吾は百合の帰りを案じながら待っていたのだろう、その言葉に安堵感が滲んでいた。

「暸子はもう寝たのかしら?」

「ええ。明日が早いらしいです。県庁から視察団が来るらしくて、その準備だそうです」

瞭子は健吾と同じく町役場に勤めているが、部署が違うので顔を合わせることはほとんどないらしかった。職業の限られている小さな島である。最も安定している職場に兄妹で勤めることができるのはやはり紀源市の力なのだろうか。

「百合さん」声を潜めて健吾が言った。「月曜日に墓へ行きますが、どうしますか?」

「迷惑でなければぜひ……」

百合は躊躇《ためら》いがちに答えた。迷惑に違いなかった。沖之島における改葬はごく少数の親族のみで行われることを百合は承知していた。埋葬した場所を掘り返すのに男が二人、洗骨を行う女が二人、合計四人が普通である。それも人目を避けて早朝に行われると文献には記してあった。

「百合さん、土葬に関しては何か知っていますか?」

健吾が尋ねた。

「本から仕入れた知識ですが、だいたいの手順は知っています」

「俺は初めてなんですよ。子供の頃、戒名を書いた板のようなものを持たされて墓まで歩いた記憶はあるんですがね……その後で棺を穴に降ろして、花を投げ込んだんです」

「改葬に立ち会うのは健さんに瞭子、それにお母様……」

百合はそこまで言って問う眼を健吾に向けた。古稀を迎えた源市が自らスコップを握ることはないだろう。棺は地中一メートルくらいに埋めてあるはずだ。健吾一人で掘り返せるものではない。

「それだけです」健吾は平然と応えた。「ごく近い親族も知らないのです。他人の力を借りることはできません」

「それでは穴を掘り返す作業は……」

「俺が一人でやります」健吾はそう言って笑顔を見せた。「小さなショベルカーを借りることになっているんですよ。もちろん使用目的は別の理由を付けましたけどね。爺様に建設会社の社長へ直接電話を入れてもらいました。この島には爺様に恩を受けた人間は多いですからね、ショベルカー一台を調達するくらい、なんでもないんです。日曜日の夕方にトラックで運ぶ予定です」

「健さん、ショベルカーの免許も持っているんですか？」

「免許はありませんけど、何度もいじってますから、動かすのは訳ありません」

健吾は澄ました顔で言った。免許に関して何ら注意を払っていないらしい健吾が百合にはおかしかった。

「夜明け前に俺が穴を掘り返します。一時間もあれば終わるでしょう。そうしたら暸子を迎えに戻しますから、いっしょに来て下さい。洗骨は母と暸子の仕事ですが、棺を引き上げる時だけ百合さんに手伝ってもらうかもしれません。ロープを渡して四方から引き上げますから」

「女の力でだいじょうぶでしょうか？」

「骨だけですからね。重いはずはありません」

健吾は断言しながらも微かに不安な表情を見せた。

墓を掘り返すには最悪の日だった。

トタン屋根を打つ雨音がする。先刻まで健吾と瞭子の囁き声が居間の方でしていたがそれも今は止んでいる。百合は手探りで枕元の蛍光時計を摑んだ。午前三時を過ぎたばかりだ。雨音はときおり弱まりはするものの止む気配はなかった。

勤めのある月曜日にあえて改葬を行うのは、慣習を守り、日を選んだ結果なのだろう。改葬には寅《とら》、あるいは申《さる》の日が良いとされる。それも庚《かのえ》、辛《かのと》の日が良く、戊《つちのえ》、己《つちのと》は好ましくないと言われている。また閏年に墓を掘ってはいけないとの言い伝えがあったり、内地の葬儀と同じく友引を避けるなど、いくつもの禁忌があるらしかった。

百合の眼はすっかり覚めていた。紀家の墓地で行われている作業を想像すると気が高ぶって来るのだった。百合は雨が止むことを願いながら瞭子が迎えに来るのを待った。

三時間が無為に過ぎた頃、渡り廊下を踏んで母屋に来る足音がした。百合は身支度をすませていつでも外出できる格好だった。

「百合?」

囁くような瞭子の声に応えながら素早くウィンドブレーカーを羽織った。百合が襖を開けると色濃く疲労感を漂わせて瞭子が立っていた。

「どうしたの?　顔色が悪いわ」

「だいじょうぶよ」

瞭子はうっすらと笑みを見せたが生彩のない表情だった。

瞭子の軽自動車で墓地へ向かった。共同墓地は部落の外れにあり、車で五分の距離である。畑中の一隅に石垣で囲ってある墓地はおよそ四坪の広さで家ごとに区画されている。敷地内には白砂が敷き詰められ、二墓ないし三墓が立ち並んでいるのが一般的だ。

県道を逸れて赤土の道に入り二百メートルくらい進むと、瞭子はショベルカーを運んできたらしいトラックの後に車を止めた。煙るような霧雨が辺りを包み込んでいる。

墓地の中程に雨合羽を来た長身の健吾が立っていた。小型のショベルカーが道端に置いてあり、土の付着したスコップが立て掛けてある。百合が無為に過ごしていた時刻に、健吾は雨の中で機械を操り懸命に穴を掘り進めていたのだ。泥に汚れた長靴が労働の厳しさを示している。

紀家の墓地には赤土の小山ができていた。片隅では母親の和恵がしゃがみ込み、開いた傘の陰で手を動かしている。その躰の隙間から大振りの桶が見えた。

「棺にロープを渡してあります」健吾が説明する口調で言って視線を穴に向けた。「足場が悪いですから引き上げる時は注意して下さい」

百合は穴を見下ろして頷いた。急に早く打ち始めた鼓動が耳元で鳴るようだった。

健吾の指示に従って女三人はそれぞれ棺を見下ろす位置に立った。足下には長くロープが伸びている。

「いいですか？　まずロープをぴんと張るように持って下さい」健吾が百合を見て言った。「そうしたら俺の声に合わせてゆっくり引き上げます。棺が斜めにならないように気を付けて下さい」

三人の女が同時に頷いた。健吾は見本を示すようにロープを手に取った。

「静かに力を入れて下さい、ゆっくりですよ」

百合は腕に力を入れて引き上げた。思いがけない軽さだった。健吾の声に合わせて棺は一段ずつ浮上してくる。やがて棺に手を触れられるほどロープが短くなった。

「そのまま穴の外へ運びます。ゆっくり右側に移動して下さい」健吾が顎で方向を示しながら言った。「そうです。移動させ終えたら一度棺を降ろします」

棺を無事に降ろすと百合は深々と息を吐いた。大仕事を終えたような虚脱感を覚えていたが、まだ儀式の始まりにすぎないことは頭の中で理解していた。

棺の蓋は改葬を考慮して釘を簡単に打ち付けてあるらしかった。黒く変色した上蓋にはショベルカーの爪先で付けられた傷跡が生々しく残っている。健吾は素早く四隅の釘を抜き、少し蓋をずらしてそのままの状態で百合の側へ来た。

「ここからの作業は母と暸子が行います。他の者は離れた場所で見守るのが仕事です。気分は悪くないですか?」

健吾は気遣うふうに尋ね、百合の肘を引いて墓地の隅へ導いた。

和恵が二つの開いた傘を棺の横に据え置き、それぞれの傘の陰に水の入っている桶を用意した。瞭子は母親に言われるまま緩慢な動作で手伝っている。吐き気を堪えているのか、顔が蒼ざめ、微かに指先が震えていた。

桶の側に積み上げられた緑の葉が鮮やかに眼に映る。健吾は高さ五十センチほどの甕《かめ》を墓地の外から運んで来て二つの傘の間に置いた。緑の葉はマーヲ（真芋）だろうかと百合は思った。骨に付着している肉をマーヲの葉で削ぎ落とし、桶の海水で濯《すす》いで甕に納めるのが手順である。百合は文献の記述を思い出しながら意識を集中した。

「珍しく瞭子が緊張していますね。あいつは子供の頃から物に動じるなんてことはないんですがね」

健吾が小声で言った。

棺の蓋が取り払われた。和恵と瞭子は棺に寄り添って合掌をした。霧雨が静かに流れていた。その白濁した情景の中に仰臥《ぎょうが》した姿勢で悠太の遺骨があった。引き上げる際に移動したものか、脚の部分が捻《ねじ》れていた。百合は合掌して短い黙禱を捧げた。

押し殺した泣き声がした。百合が眼を開けると瞭子が棺に被さるようにして肩を震わせていた。

「瞭子！」

和恵が鋭く娘を叱りつけた。百合は怒りを含んだその声に驚いた。食事の間も無駄口をきくことはなく、仕事を終えれば自室に引きこもってしまう瞭子の母は、病気がちのためか弱々しい声で語る姿しか百合は見たことがなかった。和恵の華奢な体躯から気迫が感じられた。

百合は暸子の手元を見詰めていた。暸子は遺骨の上腕部にあったテニスボール大の骨を両手で掬《すく》い上げた。それを胸に引き寄せ、一瞬抱くような仕草を見せた。そして壊れるのを恐れるのか、腕を甕の中に差し入れて慎重に骨を移した。

百合は違和感を覚えていた。頭の中で何かが違うと感じながら、その原因を突き止めることができなかった。百合は目の前の映像を脳裏に焼き付けるべく凝視し続けた。

「マーヲの葉を使う必要がないくらい、きれいに白骨化していますね。お袋の話だと、天候や体型にもよるんでしょうけど、かなり肉が付いていることもあるらしいですよ」

健吾が世間話をするように言った。

遺体を挟む格好で棺の両側から和恵母子は作業を続けている。遺体の足下から順に骨を拾い上げ、それを桶の海水で洗い、甕《かめ》の中へ納めていく。大きな骨を先に拾い、小骨は掌で掬ってそのまま移し替える。しばらくすると暸子の手付きにもリズムが備わっていた。あるいは感情を押し殺した末に生じた無意識の動きだったかもしれない。

「不思議なものですね」健吾が言った。「俺は墓を掘り返すのは初めての経験なんですけど、怖いという気持ちは少しもなくて、子供の頃、二人で遊んだことなどを思い出していたんです。弟だからそう思えるんでしょうかね」

百合は健吾の思いが素直に理解できた。親しい者の遺体を土中に埋めて一定の年月を経て掘り返す。そして白骨化した者の生前の姿を思い出しながら、改めて身近に感じる作業は、別れの儀式として理に叶っているのかもしれない。健吾の胸には弟への愛しさが沸き起こっているのだろう。健吾は穏やかな表情で儀式の進行を見守っていた。

和恵が頭蓋骨を両手で抱えて甕へ移して洗骨の作業は終わった。瞭子と和恵は甕を見詰めたまま坐っている。瞭子の眼は涙で濡れているが、母親の目には一滴の涙もなく、その瞳は冷たい印象さえ与える。

健吾が甕を軽自動車へ運んだ。女三人は桶の水を道路脇へ捨て流し、マーヲの葉をひとまとめにした。空になった棺が初めて異様な光景として百合の眼に映った。悠太の白骨化した遺体を眼にした瞬間の微かな驚きと、その直後に胸に沸き上がった違和感、あれは何だったのだろう。

健吾が再び棺に蓋を載せて釘を打った。棺は引き上げられた時と逆の手順で穴の底へ降ろされた。その上にマーヲの葉を投げ捨て、土を元通りに返せばすべての作業を終える。

遺体の入っていない棺を土中に埋める、現実にはありえない行為が展開されていた。これは犯罪なのだろうか、と百合はふと思った。永遠に掘り返されることのない土葬の儀式がいま完了する。

七

翌日の火曜日、百合は電話を借りて沖之島シーサイドホテルの伊集院一馬を呼び出した。時刻は午前七時四十分。伊集院の日頃の生活を考えればまだ寝ている可能性の方が高かったが、百合は待つことができなかった。少し気が高ぶっているようだ、と百合は呼出し音が鳴り続けるのに苛立ちながら自己分析をした。

電話口に出たのはのんびりとした声の老人だった。百合が伊集院の名を告げると、

「一馬さんはまだ寝とられると思いますが」

共通の知人の話でもするように親しげな口調で言った。一日中ロビーにいる話好きのオーナー、伊集院の呼称を用いれば「親父さん」らしかった。どうやら一週間も泊まり続けているうちに伊集院は歳の離れた友人を得たらしい。

伊集院の声は不機嫌そのものだった。

「このホテルにもモーニングコールなんてしゃれたものがあるんですか?」と悪態をつき、「親父さん、何時だと思ってるんです?」

半ば怒りを含んだ語調で言った。

「ごめんなさい、伊集院君。三枝です」

「……先輩？　いったい何事ですか？」

「至急会いたいの。車で迎えに来てくれない？」

「僕も先輩と会いたいですよ。でも、お願いですから、昼からにしてもらえませんか？」

「待てないのよ。どこか静かなところで話がしたいの」

「お言葉は身に余る光栄ですが――」

「伊集院君！」百合は鋭く言い放った。「一時間以内に来なかったら絶交よ」

「それを言うなら、死ね、と言ってくださいよ。わかりました、一時間以内に参上します」

百合は受話器を戻しながら含み笑いをした。まるで掛け合い漫才だわ。ボケにしろツッコミにしろ、どちらの資質も持ち合わせていないことを百合は祈った。

メロディ付きの警笛が尾を引いて聞こえた。幟《のぼり》を立てて走れば暴走族の車を彷彿させるに相違ない真っ赤なシルビアの到着を知らせる合図だ。縁側に坐って待ち構えていた百合は門へ向かって駈け出した。

「ドライブの行き先は何処にします？」

助手席のドアを内側から開けながら伊集院が言った。百合は素早く乗り込むと、

「まっすぐに走らせて。十分もしたらどこかの海岸に着くわ」

そう応えながら伊集院に語る事柄を順序立てて考えていた。

上城中学校近くの海岸に辿り着くまで伊集院は一言も話し掛けて来なかった。相手の表情を的確に読み取り、見事に対応できるのは天性のものかもしれない。伊集院はフロントガラスを透して海が見渡せる場所に車を止めた後も黙って百合の言葉を待っていた。

岩場に挟まれた小さな海水浴場のようだ。浜辺の白い砂が朝日を受けて輝いている。人影のない海岸は、岩と砂と海が作り出す絵の世界だった。

百合は伊集院を促して車の外へ出た。潮の香りが風に乗って躰を包み込む。潮騒の他に耳に届く音はなかった。

岩場に並んで腰を降ろすと、百合はまず沖之島へ着いた日に見聞したユタの話をした。ユタの語った島言葉の意味を手帳を見ながら正確に説明した。そして紀家では三年前に次男を土葬にしたこと、その改葬が昨日の早朝に行われたことを順を追って話した。他言しないという健吾との約束は、重大事に直面した今は意味を持たないと考えた末のことだった。

墓地から紀家に戻った後も、百合は漠然とした不快感を覚えていた。思い出しそうで思い出せない、そんな記憶を辿るようなもどかしさだった。悠太の白骨体を見た直後に頭の片隅に巣喰った感覚だ。何かが違うと思った。いったい何だったのだろう。百合は一日を焦慮にとらわれて過ごした。

その原因に思い当たったのは、寝ようとして躰を床に投げ出した時だった。棺の蓋を開けた瞬間に記憶に止めた映像——瞭子が白骨体の上腕部の辺りからテニスボール大の骨を拾い上げた

——、この一齣が百合の胸に影を落としていたのだ。

洗骨に際しては足から始めるのが手順である。それを瞭子は知らなかったのだろうか。悠太の頭蓋骨は最後に和恵の手で甕へ移された。では、あのテニスボール大の骨はどの部位のものだろう？　そんな疑問を幾度も頭の中で反芻するうちに、ふと思い付いたのがユタの言葉だった。

「棺を開けてみたら骨が増えていた、ということですか？　可愛がっていた猫でもいっしょに埋めたんじゃないですか」

伊集院は明快な判断を下した。昨夜から考え詰めていた百合は肩すかしを喰った気分だった。言われてみれば、そうかもしれない、と思う。

「でも、生きている猫を棺に入れたりするかしら？」

弱々しく反論を試みる百合に、

「猫が後追い自殺をしたのでいっしょに埋めたんでしょう、きっと。——先輩、こんな話を聞かせるために、七時四十五分に僕を起こしたんですか？」

「伊集院君、ユタの話と合わせて考えてみてくれない？　ユタはこう言ったのよ。わたしの名もない子が、土が重いと言って泣いている。子の骨を祀《まつ》らなければならない。ねえ、どう思う？状況がぴったりだとは思わない？」

「先輩。占いの本質は抽象性にあるんです。抽象的な言葉を並べておけば、信者の方で勝手に関連付けてくれますからね。考えすぎですよ。誰が何の目的で子供の骨を棺に入れるんですか？

不自然極まりない話です」

「不自然でもわたしは確かに見たのよ、この眼で。――それに瞭子の様子もいま思い返せばおかしかった。何かを思い詰めているような顔をしていた」

「先輩。少し冷静に考えてみましょう。いいですか？　まず土葬自体が犯罪なんですよ。秘密裡に、迅速に処理されたはずです。ごく一部の者しか土葬の事実を知らないんでしょう？　それを利用して何者かが小細工をした、と仮定するには相当な無理があります。なぜなら、実際に骨が増えていたのなら、それは紀家の人間の仕業と考えられるからです。あるいは密かにそれを知った人間ですが、この可能性はかなり低いと思われます。とすれば、これらを承知で先輩を改葬に立ち会わせたことになります。そうでしょう？　無意味を絵に描いたような話ですよ。白骨死体を見たがる若い女性がいると考える人はそうそういないのと同じように、犯行現場へ証人をわざわざ案内する間抜けな犯人はいません」

伊集院はそう断言すると胸ポケットから煙草を取り出した。寝不足が言葉尻に現れるのか、その声には軽い苛立ちが感じられる。煙草は感情を抑える小道具らしかった。

「名探偵・伊集院一馬の登場する場面はなさそうですが、とりあえずその犯行現場へ案内してもらえますか？　先輩」

おもねることなくこんな台詞をさらりと言えるのが伊集院の取り柄だ。百合はとっておきの笑顔ですでに立ち上がっている伊集院を見上げた。

紀家の墓地は掘り返した痕跡もなく、きれいに均されていた。墓地の内側には白砂が敷き詰められ、整然としている。百合は心底驚いた。昨日、棺を穴の底へ降ろした後、女三人は瞭子の軽自動車で引き上げたのだ。健吾は一人で穴を埋め、砂を敷き詰めたのだろう。そして八時過ぎには家に戻り慌ただしく朝食を摂って役場へ向かったのだった。

改葬の模様を説明し、棺のある場所を教える百合に、

「状況証拠はキャタピラの跡を残す赤土と、白砂を撒《ま》いて日を経ていないことくらいですね。墓地内には一枚の木の葉もなく、風による砂の動きも見られませんからね」

伊集院は欠伸《あくび》を洩らしながら言った。

その日に限って健吾と瞭子の二人から帰宅が遅くなる旨の電話が入った。百合は和恵と差し向かいで言葉少なく食事をすませた。

和恵は無愛想というほどではないが、自ら語り掛けてくることはほとんどない。眼が合うと小さく笑みを浮かべ、待ち受けるような様子を見せるのだ。百合はその度に話題を捜して忙しく頭を働かせなければならなかった。

百合は夕刻に目撃した光景を思い出していた。頭上に載せたバケツを両手で支えて坂道を下って来る和恵の姿だった。その慎重な足運びから相当な重量を運んでいることが察せられた。

かつて沖之島では、共同の泉から清水を運んで甕《かめ》に蓄え、厨房はもちろん洗面や風呂に利用し

ていた。藁《わら》で編んだ輪を頭上に敷いてバケツで水運びをする女の写真を百合は本で見たことがある。けれども現在では多くの家庭に水道が設備されているはずだ。興味を覚えた百合は庭の隅にある風呂小屋へ向かった。

和恵がバケツの水を大振りの甕に移していた。木の扉は開け放され、薄闇の中で小柄な躰が影絵のように動く。

――おばさま。

百合は背後から呼び掛けた。和恵が険しい顔で振り返った。息が軽く弾んでいる。

――お手伝いできることはありませんか？

和恵は黙ったまま首を横に振った。

――泉から水を運んでいるのでしたら、頭に載せるのは無理ですけど、手に提げて運ぶことはわたしにもできますから。

――これは嫁の仕事なのです。

――清水を何に使うのですか？　特別な行事でもあるのでしょうか？

和恵は口の端に皮肉な笑いを浮かべた。

――清めの水です。爺様が毎朝躰を清める水は、泉から沸く清水でなければいけないのです。

百合は絶句した。目の前にある甕に清水を満たすには家と泉を数往復しなければならないだろう。和恵は紀家に嫁入りしてから毎日、爺様が躰を清める水を黙々と泉から運んでいたのだろうか。老人の自然信仰を満足させるために理不尽な労働を強いられているとしか百合には思えなかった。和恵は空のバケツを頭上に載せると再び薄闇に包まれた坂道を登って行った。

九時過ぎに疲れた顔で帰宅した健吾は、居間に一人で坐っている百合を見て心から恐縮する様子だった。

「瞭子はまだ帰っていないんですか？　仕方のない奴だな、お客さんを一人にするなんて」

「健さん、わたしは客ではありませんから気を遣わないで下さいね」

「百合さん、もう五分待ってもらえますか？　急いでシャワーを浴びて来ますから。それからビールを付き合って下さい」

健吾はそう言い残して足早に風呂場へ向かった。

言葉通り五分で戻って来た健吾は手際よく台所からビールとつまみを食卓に運んだ。

「すみません、こんなものしか見つかりませんけど」

そう言いながら笊《ざる》に入れた落花生を差し出した。殻付きの落花生は塩水で茹《ゆ》でてあり、百合が沖之島で初めて口にした味覚のひとつだった。

「調査は捗っていますか？」

百合の向かい側に腰を降ろすと健吾が尋ねた。その屈託のない眼差しを見て、健さんではない、と百合は直感した。棺に何者かの骨を隠した人間がわざわざ他人を改葬に立ち会わせることはありえない。

「お陰様で思い掛けないほど順調に進んでいます。今日は昼にニシバルの新田さんを訪ね、ツル婆さんからいろいろ話を聞かせてもらいました。話好きのお婆さんで五時間も引き留められてしまいましたけど、貴重な結婚式の写真なども見せてもらえました」

「ニシバルの婆さんの話好きは有名なんですよ。道で顔を合わせたら三十分は立ち話に付き合わされますからね」

健吾は愉快そうに笑った。

沖之島ではそれぞれの家に屋号があり、相手を苗字で呼ぶことは稀である。紀家はイーチという呼称であり、百合は聞き取り調査に訪れる家の玄関で、「イーチの健吾さんの紹介で伺いました三枝です」というふうに声を掛ける。他にはアガリ、ウフ、メイマなど興味深い屋号もあり、その由来を調べることもひとつの研究テーマとなりそうだった。

「今日、お墓に寄ってみたんですけど、きれいに整地されているので驚きました。健さんが一人で均したのでしょう?」

健吾は不審そうな表情を見せた。改葬の翌日に百合が墓を訪ねたことが解せないのだろう。

「車で通り掛かったので、なんとなくお参りしておきたい気持ちになったんです」

百合は言い添えた。

「そうですか。掘り返す作業に比べればずっと楽でしたよ。あのショベルカーで土を戻すだけですから十分で終わりました。それからトラックに積んであった砂をこれもショベルカーで撒いたんです。これにはちょっとした高等技術が必要ですがね」

健吾は得意げな顔になり、腕を突き出してショベルカーに模すると、

「こうして軽く揺すりながら砂を落とすんです。上下運動と移動を同時にやると簡単に砂撒きができるんです。俺は役場を辞めても建設会社で働けそうですよ」

笑いながら実演して見せた。百合は笑顔を返しながら、二人が夫婦として夏の宵を過ごしているような錯覚を覚え、ひとり顔を赤らめた。

暸子の帰宅は遅くなる日が続いていた。平日の夜や休日にも短時間の外出が多く、悩み事を抱えている様子があった。百合はそんな暸子が気掛かりだった。

「暸子は残業なんでしょうか?」

「あいつのところは残業とは縁のない部署ですから、結婚式の打ち合わせじゃないですかね。人の結婚式より自分の結婚を考えてくれると良いのですが。付き合っている男がいる気配もありませんから困ったものです」

健吾は彼自身の結婚は棚上げし、保護者然として嘆いた。

「百合さん、これ――」

健吾が一枚の紙を食卓に置いた。見ると家系図が簡略に描いてある。百合は手元に引き寄せて注意深くその関係を追った。

「爺様に聞いて俺が書いたものです。どういうふうに書いたら良いのか分からなかったので、男

を黒丸、女を白丸で表してあります。×印は死亡、あるいは行方不明の人です」

健吾の祖母・トヨ、父の紘一、弟の悠太、そして徳次の妻タエの妹キエ、徳次とタエの長女・瑞恵に×印が記してある。

「やはり死亡しているのは双子の妹、キエの方ですね。戦争で死んだのではなくて、戦後まもなく病気で亡くなられたようです」

「では、わたしが鹿児島で会ったのは――」

「そうなんです。百合さんから話を聞いていたので俺も変に思って戸籍を調べたんです。間違いなくキエが抹消されていました」

「どういうことかしら？　姉が妹の名を騙《かた》る必要もないでしょうし――。爺様の弟・徳次さんが結婚したのは確かに姉のタエですよね？」

「それも確認しました。徳次とタエの間に瑞恵という長女が生まれていますが、この人は失踪として処理されていました。行方不明です」

百合は改めて家系図を見ながら考えを纏《まと》めようと試みた。けれども一枚の紙からうかがえるのは時間の流れだけだった。

「瑞恵の失踪は何時のことですか？」

「一九六五年です。百合さんが生まれた年ではありませんか？」

百合はぼんやりと頷いた。二十四年前に一人の女性が失踪し、死んだはずの叔母キエが生きて

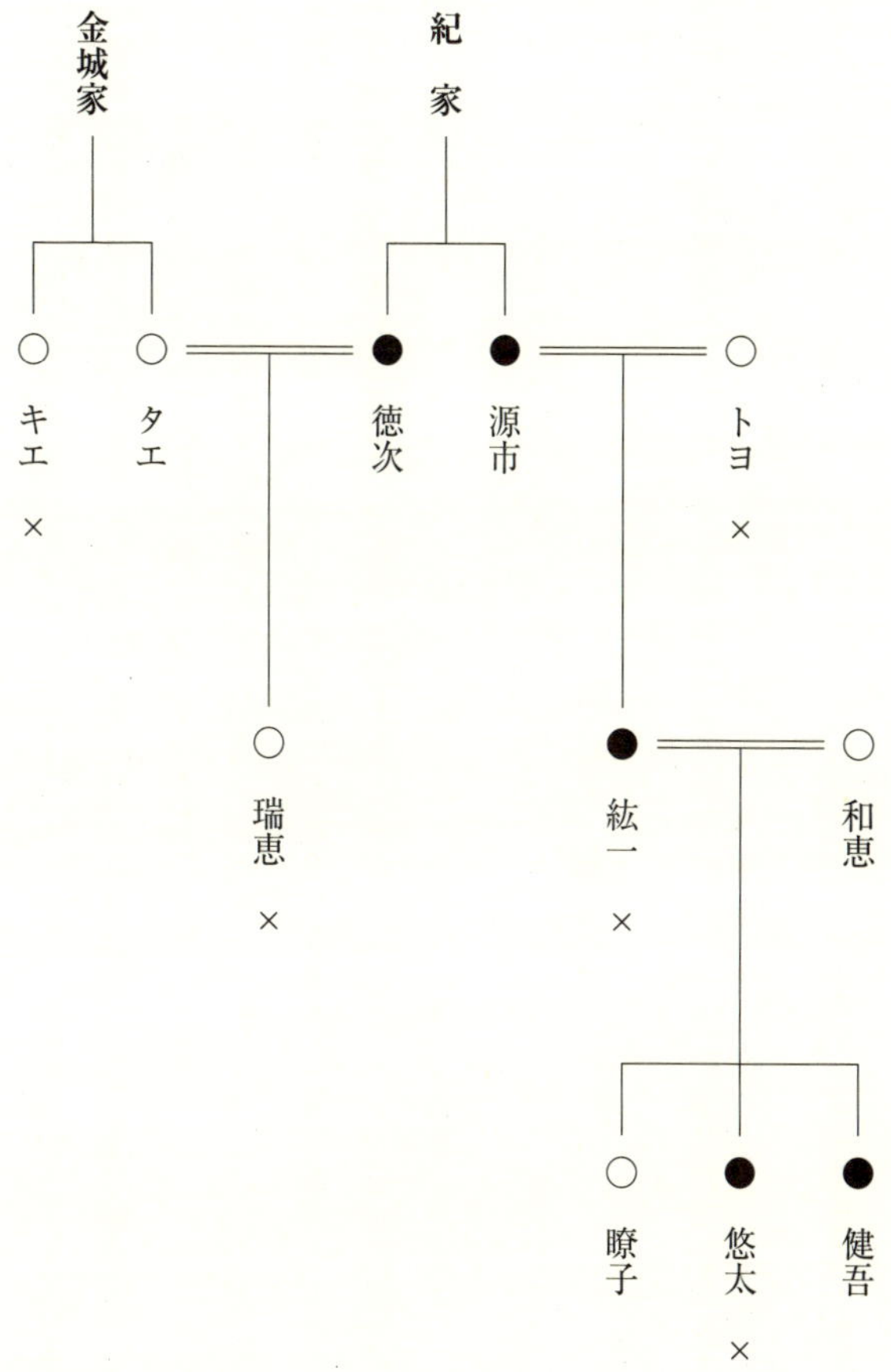
金城家
紀　家
キエ
タエ
徳次
源市
トヨ
瑞恵
紘一
和恵
瞭子
悠太
健吾

いる。では瑞恵の母タエはどこにいるのだろうか。百合はユタの言葉を思い出して慄然とした。

タエ叔母《アマ》は苦《クル》しさむ……子《クワ》が傍《ソバ》ち来《キ》ちむ、抱《ダ》ちむ出来《デキ》らんどや……

子とは失踪した瑞恵のことに違いない。とてもユタムニとして看過《かんか》することはできなかった。

食卓の家系図が異様な磁気を発しているようだった。百合は軽く頭を振り家系図について考え続けることを放棄した。そして朝から胸に抱いていた質問を口にした。

「健さん、亡くなられた弟さんは、猫とか犬を飼っていましたか?」

健吾は唐突な質問に戸惑いながらも首を振って否定し、釈然としない面もちで言った。

「悠太は動物嫌いで、犬も猫も飼ったことはありません」

八

——前略　調査は順調とのこと、まずは何よりです。ハリキっている君の様子が眼に浮かぶようです。

比嘉からの葉書はそう書き出されていた。少し右上がりの小さな文字を葉書いっぱいに並べてある。

——僕は昨日、一週間の調査を終えてトカラから戻りました。春に続く補足調査だったので仕事は五日間で終了し、残り二日を観光客として楽しむことができました。沖縄生まれであるにもかかわらず、島にはそれぞれの貌《かお》があることに今更ながら驚かされます。

聞き取り調査は何よりも信頼を得ることが大切です。相手との間に垣根がある限り本音を聞き出すことはできません。ノートなどとらずに地のままの三枝百合で接することを心掛けて下さい。きっと満足のいく結果が得られると思います。乱筆多謝。

遊び心の少しも感じられない文章だった。いかにも比嘉さんらしいと百合は思った。

「研究室の大先輩。沖縄生まれで専任講師をしているの」

百合は縁側にしゃがみ込むと庭に立ったままの瞭子に葉書を手渡した。瞭子は山崎婦長のように眉を微かに動かし、興味を示す仕草をした。沖之島の人々は、テレビで高校野球を観戦する時など、鹿児島ではなく他県の沖縄に肩入れする風潮がある。似た風土の島として親近感を抱くらしかった。

「すごく真面目な人なの。社会調査に出ている院生の一人ひとりに葉書を出しているに違いないわ。その葉書からでもわかるでしょう?」

「いくつなの?」

「三十五、六だと思う。奥さんはミス城北大学で、三歳になる娘が一人」

「健さんの競争相手が減って良かったわ。あなたの口振りから察するに、素敵な男性らしいわね」

瞭子が葉書を戻しながら言った。その声が寂しげに響いた。百合は生彩のない瞭子の姿が気になった。

「百合、昼からドライブにでも出掛けようか？」

瞭子が華やいだ声を作って提案した。瞭子は早朝から外出し、五分程前に帰宅したばかりだった。朝食の席で健吾が、五時過ぎに出掛けたけど何処へ行ったのだろう、と不審そうに話していた。母の和恵も外出の理由を知らされていないらしく訝《いぶか》る顔になった。まもなく十一時になろうとする時刻である。この六時間を瞭子は何をして過ごしていたのだろう。百合は比嘉からの葉書を届け庭先で立ち話をする親友を見ながら、胸の中に軽い苛立ちが生じてくるのを意識していた。

百合との歯車が微妙に狂い始めていることに瞭子も気付いているのだ。その原因も承知しているに違いない。ようやく話す気持ちになったのだろうかと百合は想像した。

「いいわね。岬で海を見ながらゆっくり話がしたいわ」

「カメラを持って行くから、久しぶりに記念写真を撮ろう。見合いに使えそうなのを撮ってあげるわ」

「それは有り難いけれど、Tシャツにジーンズでも見合い写真になるかしらね？」

「その格好を認めない男は相手にしないことよ」

瞭子は昨日から三日間の夏休みを取っていた。百合の調査日程を配慮したらしく、八月も末日になってからの休暇だった。当初は百合の手助けをする心づもりだったらしいが、伊集院の出現によってその必要もなくなっていた。

百合と暸子は白い軽自動車に乗り込むと行き先を定めずにドライブに出た。上城町の商店街や空港へ向かう道路とは逆の方向である。道の両側には畑が続き、ときおり民家が大樹に囲まれて建っている。沖之島ではどこを走っていても海が見え隠れする。木々の間に小さく現れたり、畑の向こうに視界いっぱいの広がりで続く、と思う間もなく車は風化した岩に挟まれた海岸線の道路へ踏み込んでいるという具合だ。

フロントガラスを通して強い日差しが膝の上にまで降り注ぐ。開け放した窓から快い風が吹き込んで来る。時間が止まっているみたい、百合はゆっくりと流れ行く風景を見て思った。

暸子は沖之島で一番高い標高二百十メートルの山の頂きで車を止め、

「展望台で島を一望しながら、まずは小休止」

コンクリートの尖塔を指さして言った。家を出てから三十分も経っていない。百合は小休止という暸子の言葉を楽しみながら、この小さな島に流れる時間は狭い土地と深く関係していることに気付いた。島の人々は電車の時刻表に合わせて動くこともなく、信号に苛立ちながら車を運転することもない。島内のどこへでも僅かな時間で移動できる土地では、速度という概念は意味をもたないばかりでなく、そうした考えさえも存在しないのだ。

螺旋階段を登って展望台の頂上に立つと沖之島の海岸線が眺め渡せた。展望台とはいっても地上から五メートルの高さである。この高さから島が一望できるのだ。高波が押し寄せれば飲み込まれてしまいそうな平坦さである。赤土と樹木と海と空、これですべてだ。何ひとつ動くものはない。

「その先に自衛隊の駐屯地があるの」

百合の視線を追って暸子が言った。鬱蒼とした木々の向こうに銀色の建物が陽光をはね返している。

「沖之島は戦後もアメリカの占領下にあったことは知っているでしょう？　日本に復帰後もしばらく米軍基地が残り、ようやく撤退したら、今度は自衛隊が来たというわけ。でもね、急病人を鹿児島の病院まで運んだり、台風の時の救急活動など、それなりに頼りにもされているのよ。政治が絡むと難しくなるけどね」

返還後の離島政策として、政府の対応が種々の問題を含んだまま為《な》されたことは、上城町誌にも詳細に記述されていた。内地化を急ぐ行政上の施策が島民にとっては第二の占領として受け取られた面もあるらしい。百合は銀色に輝く建物を見ながらその長い歴史を想った。

山を下って行く途中に鍾乳洞があった。内地の私立大学の探検部によって踏査され、安全の確認された部分が一般に公開されている。当初の純白の輝きは喪われつつあるらしいが、それでも百合は初めて天井を覆う鍾乳石を見たとき、その荘厳さに圧倒されたものだった。

百合と暸子は三時間余りをかけて島を一周した。北東部の海岸では断崖に立って眼下で波が白く砕け散るのを怖々と眺めた。陥没したような穴が幾つかあり、満潮時にはその穴から潮が吹き上げるらしかった。数十メートル下で渦を巻く白濁した海水を見ていると、その流れに吸い込まれそうな気がして百合は目眩を覚えた。

海岸線を辿って南西部の岬に着いたのは陽が衰え始める時刻だった。ところどころに蘇鉄《そてつ》の群がった草原が緩やかな傾斜で海岸まで続いている。人影はなかった。百合と瞭子は道路脇に車を止めて海岸の方へ草原を下った。

島全体が翳りの中にあった。北の海岸線に影が生じたと見る間に、レースのカーテンを引くように二人のいる岬も影に包まれていた。

「百合、海を背にして立って」

瞭子がカメラを手に注文をつけた。薄い影に覆われているのは沖之島だけらしく、遥か沖では陽光が空から棒状に落ち、細かな光が海面で弾けていた。

百合は嫌がる瞭子を同じ場所に立たせて一枚撮した。瞭子は白いシャツに黒いスカートを履いている。瞭子には珍しい服装だった。ジーンズ姿が多い瞭子がスカートを履くとそれだけで清楚な印象を与える。薄い笑顔でカメラを見る瞭子の眼が沖合の波のように輝いていた。

しばらくの間、二人は黙ったまま海を見ていた。間合いを計るようにお互いを意識しているのがわかった。沈黙が却って蟠《わだかま》りを浮かび上がらせた。

「瞭子——」

草の上に腰を降ろしながら百合は呼び掛けた。

「お互いに話さなければならないことがあるよね。――わたしから話すわ」

百合は暸子に一瞥を送り、仕方がないわね、というふうに口許を小さく綻《ほころ》ばせた。

「あなたに頼まれて、沖之島へ来る前に鹿児島へ寄ったことがそもそもの始まりだったわ。あのペンダントをキエさんから預かる時に、中の写真は暸子の母親の形見だと言われた。思わず声を上げそうになったくらい驚いたけれど、徳さんやキエさんに問い返すことはしなかった。あなたの口から説明してほしかったの。あなたは、知っていたんでしょう?」

暸子は遠くを見詰めたまま頷いた。

「健さんと実の兄妹ではないと知ったのは、最近のことなの? わたしには今でも信じられないくらいよ。あなたたちは仲の良い兄妹にしか見えないわ」

「百合、ごめんね……」

暸子は独り言を洩らすように呟いた。顔を心持ち上向けて短く息を吐いた。百合はその横顔を見詰めたまま無言で待った。

「隠すつもりはなかったの。健さんと血の繋がりがないことは子どもの頃から知っていたわ。それは健さんも同じよ。でも、あえて口にする必要もなかったし、今でもその必要はないと思っている。

わたしは実の父母を知らずに育ったわ。そのことで悩まなかったと言えば嘘になるけれど、時期が来れば自然に理解できるのだと思った。自分から突き止めようとは考えなかった。怖かったのかもしれないわね。

でも本当の母親を知らされたなら、どんな人だったのかと想像するのが普通じゃないかしら？　わたしは今すぐごく知りたいのよ、母はどんな事情があってわたしを養子に出したのか？　母の結婚は幸せなものだったのか？　どんな生活をしていたのか？

わたしには百合という親友がいて、健さんという人の好い兄貴がいて幸せだけれど、わたしは紀瞭子になる前のわたしを知りたいのよ」

瞭子は淡々と話した。感情を交えない声は心の中を寒風が吹き抜けるようだ。

「でもね、百合」瞭子は首を捻《ひね》って坐っている百合を見た。「世の中には知らない方が良いこともあるみたいね。闇に光を当ててはいけないのかもしれない」

「どういうこと？」

「わたしは生まれてはならなかったのかもしれないわ。多くの不幸を代償にしてわたしは生まれたのかもしれない」

瞭子は謎めいたことを口にしながらも、その表情には懐かしい情景を思い描いている穏やかさがあった。百合には瞭子の言葉がまったく理解できなかった。百合の胸には問い質したい事柄が幾つも沸き起こっていた。

「ロケットの写真は瞭子の本当のお母さんだと思うわ」

百合は言った。

「似てる？」

「そっくりよ。誰が見てもきっと姉妹だと思うわ。名前はわかってるの？　名前さえわかれば、あなたなら戸籍を辿ることもできるでしょう？」

「ええ、調べたわ。母の名は金城《きんじょう》瑞恵。一九四六年生まれで、一九六五年に失踪。その七年後に戸籍は抹消されているわ」

　百合の頭を鋭い痛みが駆け抜けた。百合は改葬の前夜に健吾からもらった家系図を思い出した。徳次とタエには女児がいた、そして行方不明として戸籍は処理されている。失踪した女性が瑞恵なら、瞭子は徳次の孫ということになる。

「瞭子。戸籍を調べたのなら、あなたは当然キエさんのことに気付いたでしょう？　わたしが鹿児島で会ったのは確かにキエさんよ。キエさんはあと半年の命だとわたしに言ったわ。そして瞭子と二人で訪ねてくれるのを最後の楽しみと思い待っているとも言ったわ。あれは真実の言葉よ。瞭子、あなたは知っているんでしょう？　どうして死んだはずのキエさんが生きているの？　あなたの祖母タエさんはどうなったの？」

　百合の口調は強く問い詰める響きになっていた。

「タエ叔母《アマ》は苦しい、とユタは言ったわ。どういう意味なの？　瞭子、あなたにはわかるの？　亡くなられたのはタエさんなの？　戸籍は間違いなの？」

百合は矢継ぎ早に問い掛けていた。頭の中に描かれている家系図のジグソーパズルには幾つかのピースが欠けていた。瞭子ならその足りないピースを補塡《ほてん》することができるかもしれない。百合の胸は騒いだ。

勢い込んで返答を待つ百合とは対照的に、瞭子は苦笑を浮かべるとゆっくりと首を振って見せた。

「相変わらずね、百合。あなたは、思い詰めたら命がけ、だものね。学生の頃からそんなあなたがわたしには羨ましかった。大学を中退して看護学校へ進むというあなたには誰もが驚いたわ。家に縛られることなく、自らの意志で新しい環境に飛び込める自由があり、それを実践するあなたは輝いて見えた。たとえ家を捨ててもあなたは自分の思い通りに生きて行く人だわ」

「瞭子、あなた少しおかしいわよ。わたしの話を聞いていたの？」

百合は本当に訝《いぶか》しく感じていた。瞭子の表情や声が妙に懐古的な色合いを帯びている。

「ごめんね、百合……」瞭子は再び詫びを口にした。「今は話せないの。あなたに話せるほど気持ちの整理がついていないのよ。もう少し時間がほしいの……。あなたに隠し事なんてしたくないのよ、百合……。親友だもの……必ず……約束する……必ず」

瞭子は沖合を見詰め小声で念じるように言った。

九

翌日、瞭子は忽然と姿を消した。

朝食の時には昨日の例もあり、早朝から出掛けたのだろうと誰もが考えた。しかし瞭子は昼にも戻らなかった。夏休みの三日目である。百合は落ち着かない気分で長い午後を過ごした。

夕食後、百合は聞き取り調査へ出掛ける予定だったが、健吾に断りの電話を入れてもらって延期した。妙に胸が騒ぎ立ち、調査を行うのに相応しい精神状態ではなかった。

「どうしたのかしら?」

百合は幾度目かの同じ言葉を洩らした。

「どうしたんですかね?」

健吾も同じ言葉を返しては首を傾《かし》げる。しかし健吾は勤めから帰ったばかりで、ビールを飲みながら百合の心配に付き合っているというふうである。柱時計が九つ、時を刻んだ。何かあったに違いないわ、百合は胸の中で呟くと、

「健さん、心当たりに電話をしてみて下さい。朝早くから姿が見えないんですよ、いいえ、ひょっとすると昨夜からかもしれません。尋常じゃないです」

健吾に訴えた。

健吾は一時間近く知人へ電話を掛け続けた。遅い時刻の電話を詫びる健吾の声が母屋から届く。百合はいっしょに詫びる思いでその声を聞いていた。

十一時を過ぎても暸子からの連絡はなかった。さすがに健吾も心配になったらしく黙りがちになり、グラスを口許へ運ぶ手の動きも緩慢である。母親の和恵は食事を終えるとすぐに自室へ引き上げていた。継母だから切実な気持ちになれないのかしら、と百合は少し腹立たしい思いで邪推した。

「暸子は三年前にもいなくなったことがあるんですよ」

健吾が言った。百合は耳を疑いながら顔を上げた。

「その時は五ヶ月後に帰ってきました」

「五ヶ月?」百合は短く叫んだ。「暸子はその間どこにいたんですか?」

百合は暸子と知り合ってから今日まで、一ヶ月以上もその声を聞かなかったことはない。お互い気ままに連絡を取り合ってきたが、五ヶ月にもわたって音信が途絶えたことはなかった。

「高知の寺で尼さんの真似事をしていたらしいです」

「尼さん?」

「出家するつもりだったようですね、どうも。詳しく話すような奴ではありませんから、断片的な言葉から想像したことなんですが」

百合には信じられなかった。尼僧の生活を送りながら、暸子は変化のない沖之島の生活を電話口で演じたのだろうか。出家を思い立つような出来事に見舞われながら、暸子は百合に一言も話さなかったというのか。違う、暸子は嘘をついている。百合は直感で健吾の話を否定していた。

「勤めはどうしたんですか?」

百合は尋ねた。発作的にすべてを放り出して出奔する暸子ではなかった。思い詰めた上での出家なら暸子は身辺を完璧に整理してから行動に移すはずだ。不意の蒸発など、暸子に限ってありえない。

「爺様宛に書き置きがあったんです。できれば半年間、休職扱いにしてもらいたい、と。爺様が書き置きを見て怒りで手を震わせたのを覚えていますよ。そんな身内のための裏工作を何よりも嫌う人ですからね、爺様は」

健吾はそう言いながら柱時計を見上げた。時計の針は午前零時を回っていた。

百合は寝付けないまま朝を迎えた。門からの坂道を駈け下りてくる暸子の靴音を待つうちに時が過ぎていた。沖之島の夜は怖いほどの静けさに満ちている。靴音を期待する心には容易に幻聴を生む深い静寂だった。

百合は堪えに堪えて七時まで待った。そして沖之島シーサイドホテルに電話を掛けた。

「宿泊客の伊集院さんをお願いします」

口早に告げる百合に、

「先輩の百合さんですね？　おはようございます」

面識のないオーナーから親しげに挨拶が返された。百合が口ごもりながら挨拶を口にすると、

「早起きは三文の徳、と言いますからね」

親父さんは含み笑いを残して伊集院の部屋へ電話を接続してくれた。オーナーと宿泊客の茶飲み話では大学の先輩も話題になるらしい。

伊集院が寝惚けた声で呼び掛けてきた。百合は故意に沈黙を保ち、伊集院の注意を喚起した。重ねて呼び掛けて来る伊集院の声に不審感が生じ、続いて怒気がはっきりと混じり始めた。

「伊集院君、よおく聞いて！」

「……先輩？」

「瞭子が……紀瞭子がいなくなったの。失踪したの」

「失踪？」

伊集院は呟くように言って黙り込んだ。再び寝入ったのではと百合が疑い始めた頃、

「一時間以内に行きます。最近の瞭子さんの写真を借りておいて下さい」

伊集院はそう命じて慌ただしく電話を切った。

約束通り駈け付けてきた伊集院に、百合はここ数日来の瞭子の様子を詳細に語り聞かせた。一昨日、岬で語り合った内容も隠さずに話した。伊集院は口を挟むことなく聞き入り、中空を見据えて考え込んでいた。

「まず爺様に沖之島警察署の幹部を紹介してもらいましょう。単なる失踪では警察が相手にするはずがないですからね。念のため捜索願を出して、それから少し調べてみましょう」

伊集院の頭の中ではこれからの行動が明確に描かれているらしく、一言も無駄口を叩かずに話した。大学で目にする伊集院一馬と同一人物とはとても思えない。百合はそんな伊集院を初めて頼もしい気持ちで見た。

健吾と連れ立って沖之島警察署を訪ねることにした。幸い健吾の親しくしている警部補がいるらしかった。伊集院はこれまでにも幾度か紀家を訪れていたが健吾と顔を合わせる機会はなかった。健吾と並ぶと伊集院の肌は生白さが際立ち、いかにも都会のひ弱な青年だった。

沖之島警察署へ50 ccのバイクで先導する健吾を追いながら、

「このスピード、どうにかならないものでしょうかね？」

伊集院が言った。速度計は三十から四十の間を揺れ動き、ギアをトップに入れるとシルビアは消化不良を起こして喘《あえ》ぐのだった。

「つくづく思いますよ、この車は沖之島仕様じゃないって」

伊集院は苦笑を浮かべて嘆いた。

沖之島警察署は上城町商店街へ至る坂道の途中にあった。コンクリート三階建ての古い建物が道路沿いにあり、その横に裏手の駐車場へ続く細い道が伸びていた。健吾が振り返って身振りで従いて来るように指示した。

運動場の傍らを駐車場として使用しているらしかった。片隅にパトカーが一台、オートバイが三台止めてあるが、眼に付くのはバレーボールのコートだった。敷地のほぼ中央にネットが張られ、署員の家族なのか、三十代の女性と幼児がボールを投げて遊んでいた。

「先輩、沖之島には信号機は一台しかないんですよ、知ってました？」伊集院が言った。「交通違反を取り締まる必要のない警察官が暇つぶしにバレーボールを楽しむんですかね」

それはいかにもありそうな情景だった。

健吾が受付で名前を告げると奥の机で男が立ち上がって手を振った。頭頂部がきれいに禿げている男は笑顔で受付カウンターへ近寄ってきた。

「久しぶりですね、健吾さん。町長は元気ですか？」

年齢は四十代の初めだろうか、小柄な体軀でありながらワイシャツから覗いている腕は丸太だった。柔和な眼で笑いかける姿から警察官を想像することはできない。

「和田さん、お忙しいところ申し訳ないんですけど、内密なお願いがありまして――」

警部補は頻りに頷きながら手で健吾を制し、

「健吾さん、上で聞きますよ」

二階へ向かう階段に三人を導いた。

通された部屋は応接室らしく、テーブルを挟んで三人掛けのソファが二脚配置してあり、程良く冷房が効いていた。和田警部補の気遣いが感じられた。互いの紹介を終えると三人は警部補と向かい合って腰を降ろした。

「さて、と」和田は儀式じみた口調で言い、「町長を介さずに健吾さん自らの頼みとはいったい何ですかね?」

改まった様子で問い掛けた。癖になっているらしく爺様を未だに町長と呼び、その声音には敬愛の念が感じられる。

「実は昨日から暸子の姿が見えないんです」

「暸子ちゃんが?」

「連絡もないものですから心配になりまして——。事故の報告は届いていないでしょうか?」

「いや、何もありません。それより健吾さん、私から質問をしますので、少し詳しく話してもらえますか?」

和田警部補は手帳を取り出し厳しい顔付きになった。和田は一昨日の夕食後から順に時間を追って問い質した。質問には健吾と百合が答え、傍らでは伊集院が経過を記録するつもりなのかB5判のノートを開いた。場違いなノートの表紙には「創作ノート　伊集院一馬」と金釘文字が踊っていた。

状況を聞き終えた和田は手帳に眼を落とした。二十四歳になる女性が一日家を空けただけの話である。客観的に判断すれば失踪として捉える時期ではなかった。警部補はひとつ頷いて見せ、

「暸子ちゃんのことですから心配はないと思いますがね、今日一日、様子を見ましょう。念のた

めに下城《しもぐすく》の交番へも連絡を入れておきます。今晩、私の方から電話をしますが、瞭子ちゃんから連絡があったらすぐに知らせて下さい。明日までに行方が知れなかったら署長の耳にも入れることにします」

説明するように言った。事件でもない事柄を署長にまで上申するのは明らかに元町長を配慮してのことだった。

役場へ寄ってみるという健吾と沖之島警察署の前で別れ、百合と伊集院は商店街を抜けて沖之島空港へ向かった。真っ赤な車で往来を走る若いアベックに眉を顰《しか》める島人の姿もあった。百合は次第に肩身の狭い気持ちになり、シートに深く腰掛けて顔を隠した。

「先輩、改めて確認させてもらいますけど、怒らないで下さいよ」

伊集院が横目で百合をうかがいながら言った。

「瞭子さんの失踪は先輩と二人で沖之島見物をした一昨日の夜、あるいは昨日の早朝であることは間違いありません。とすれば、先輩が話したことがきっかけになっている可能性もあります。何気ない言葉でも相手には違うニュアンスで伝わり、衝撃を与える場合もありえますからね。瞭子さんの表情の変化に何か気付きませんでしたか?」

「わたしはそんなに迂闊な人間に見えるの?」

「だから腹を立てないで下さいと断っているじゃないですか」

「誰が腹を立てているのよ?」

「先輩、喧嘩をしている場合ではないでしょう?」

伊集院は分別臭く言い、軽く頭を振ってから言葉を継いだ。

「先輩の話を聞いた限りでは、失踪の要因として考えられるのは母親の存在だと思うんですよ。瞭子さんはすべてを話すには時間がほしい、と言ったんですよね。その時間を得るために一時的に身を隠す必要があったとは考えられませんか? 戸籍では死んでいるキエが生きているんです。失踪として処理されている瞭子さんの母親・金城瑞恵が生存していても不思議ではありません」

「瞭子の母が生きている?」

百合は甲高い声を上げた。

「単なる推測ですよ。もし瞭子さんが本当に失踪したのなら、それくらい衝撃的な理由があるはずです。それを知るためには、まず瞭子さんが現在も島にいるのかどうかを知ることが先決です」

伊集院がそう言ったとき沖之島空港の航空用アンテナがフロントガラスの向こうに見えた。

空港の待合室は閑散としていた。発券カウンターにも売店にも人の姿がなかった。滑走路で立ち話をしている作業服姿の男が二人いるだけで、視界に捉えられるのは静止した光景のみだった。

伊集院は百合に瞭子の写真を求めると、

「ここで待っていて下さい」

眼で長椅子を示した。そして金属探知器をくぐり抜けて平然と滑走路へ向かった。百合は窓越しにその後ろ姿を追った。伊集院は二人の整備員らしい男に近付き瞭子の写真を示しているらしかった。男たちが覗き込み、続いて頭を振るのが見えた。

整備員に深々と頭を下げて戻って来た伊集院は、発券カウンターに手を置いて大声で隅のドアに向かって呼び掛けた。重ねて声を掛けるまでもなく、驚いた顔の女子職員が制服姿で現れた。野蛮な声で職員を呼び付ける客は稀なのだろう。見ればカウンターの端に呼び出しブザーがあり、ご用の方は押して下さい、と丁寧に書き添えてある。

「この人に見覚えはないでしょうか？　昨日の飛行機に乗った可能性があるんですけど——」

瞭子の写真を示しながら伊集院が尋ねた。女子職員は口を閉じたまま上目遣いで伊集院を見ている。対応を決めかねているようだった。伊集院は憔悴した表情で唇を嚙み、視線をカウンターに落として低い声で言った。

「僕の嫁さんなんです。新婚旅行で沖之島に来たんですけど、口喧嘩をして、昨日いなくなってしまったんです」

旅先で新妻に逃げられた年若い男は伊集院に打ってつけの役どころだった。頼りなく、ふがいない雰囲気が見事に表現されている。百合は唖然とした表情の女子職員から眼を逸らし、あわてて背中を向けた。すでに口許は綻《ほころ》びかけていて、笑いで肩が震えそうだった。

「わたしは記憶にありませんけど、他の者に聞いてみますから少し待って下さい。それから奥さんの名前も教えて下さい」

女子職員が奥の事務所へ向かう様子が背中越しに感じ取れた。百合が振り返ると伊集院は澄ました顔でVサインを送ってきた。

まもなく弔問客のように悄然として戻って来た女子職員は、

「お気の毒ですが職員の中に紀暸子さんを見掛けた者はおりませんでした。搭乗者名簿も確認しましたがそのお名前では搭乗されておりません」

申し訳なさそうに頭を下げた。伊集院は言葉少なに礼を述べ、肩を落として出口へ向かった。百合は女子職員に不審そうな眼で見送られてその後に続いた。

上城町、下城町に二軒ずつあるという旅行代理店が次の訪問先だった。伊集院は暸子がすでに沖之島から出ているのかどうかを確認するつもりなのだ。与えられた課題を一つひとつ着実にこなすような行動だった。

四軒の旅行代理店を廻ってみたが何ら手掛かりは得られなかった。しかし伊集院は落胆した様子もなく、

「どうやら失踪のようですね。ある意志のようなものが感じられませんか、先輩?」

訳のわからないことを呟くのだった。

伊集院一馬の創作ノート（二）

一九八九年九月二日（土曜日）

確かに意志が感じられる。信仰心など微塵も持ち合わせていない俺だが、瞭子さんの失踪には何者かの思惑が働いている気がしてならない。

空港や旅行代理店で情報が得られるとは最初から思えなかった。単なる家出なら堂々と本名で沖之島を飛び出せば良いのだ。それができないとしたら、いずれ予想される捜索へ手掛かりを残すはずはない。

家系図からすべてが始まっている。百合が鹿児島で会った老女は本当にキエなのか。一九六五年に失踪した金城《きんじょう》瑞恵はすでに死んでいるのか。失踪の原因は何だったのだろう？　一九六五年といえば瞭子さんが生まれた翌年だ。乳飲み子を残して失踪しなければならない理由とは何なのだ。そして今度は瞭子さんだ。母子二人が揃って失踪？　小説じゃあるまいし、なんともリアリティに欠ける。

頭の中が解答のない問題集になりそうだ。情報が少なすぎる。すべて百合を通した間接的な情報だ。少し整理をし、信頼できる事柄のみを秩序立てて検討してみなければならない。何でも信じる素直さは百合の取り柄だが、それを真に受けては推理が成り立たない。ユタムニなどその最たるものだ。

すべての質問に答えられる人物はおそらく一人しかいない。紀源市だ。しかし面会を求める理由はどうする？　瞭子さんの失踪はともかく、家系図の怪についてはどう尋ねれば良いのだ？　おまけに紀源市は会って楽しい人物ではない。

瞭子さんの紹介で紀源市を訪ねた日が思い出される。『南洲翁伝説』の著者としてその名前は知っていたから、俺も少しは緊張していたに違いないが、それにしても超然とした老人の雰囲気に呑まれてしまったというのが真相だ。百合には有意義な話を聞くことができたと報告したものの、実際には何を話したのかさえよく記憶していなかったのだ。

「南洲翁に関しては、沖之島に新しい事実はありません」

文机を背に正座した紀源市は、俺が初対面の挨拶を終えるなり、鋭い視線を向けて言った。もちろん冗談口調ではなく、拒否しているのでもなく、おそらくそれが紀源市の地なのだろう、妙に毅然とした態度で言ったのだ。武道の心得のある者なら、この瞬間に両者の器の違いを見破ったはずだ。俺の頭は真っ白になっていた。

「だから、あえて『南洲翁伝説』を書かれたのですね？」

俺は言葉に窮してそう言ってしまった。どういう意味なのか、自分でも判然としない。反問されていたならそれで終わりだった。けれども紀源市は口の端にうっすらと笑みを浮かべ、

「わかっていただけましたか」と言った。「そう、逆説の西郷伝を書いたつもりです。資料としての価値はまったくありませんが、わたしという人間を通して南洲翁の偉大さがわかっていただけるものと信じていました。あなたのような若い学徒に理解していただけたのは何より嬉しいことです」

紀源市は本当に嬉しいのかどうか判別し難い顔でこちらを見ている。眼が笑っていない、とはこの老人のような目付きを表現する言葉なのだろう。

「伊集院さんは民俗学を専攻されておられるとか?」

「大淵憲次郎という教授の門下です」

「大淵教授のお弟子さん?」

「紀さんは教授をご存じなんですか?」

「三十年くらい前になりますかな、調査を手伝ったことがありますよ。著書も何冊か読んでおります」

俺は目の前が真っ暗になった。沖之島に来てまで大淵教授に睨まれている気がした。

「弟子の末席を汚していましたが、この夏を最後に民俗学を止めることにしました」

「理由をうかがってもよろしいですかな?」

「学者になる才能がないと気付きました」

「ほおっ、それは大したものです。自分で才能の多寡を見極めるのは容易なことではありません」

紀源市は真顔で言った。俺はからかわれているのかと疑った。しかし紀源市はどうやら好意を抱いてくれたらしく、

「良い機会です、伊集院さんに家宝を見てもらいましょう」

そう言って立ち上がり、奥の部屋から小さな木箱を持って来た。

紀源市が紫の布を開くと年代物の櫛が現れた。ガラス玉を扱うような慎重さで手渡された櫛には薄く墨の跡が確認できた。紀源市によれば、南洲と書かれてあるらしい。

「西郷が沖之島を去る時に、紀さんの先祖に与えたという櫛ですね？」

俺は『南洲翁伝説』の記述を思い出しながら言った。

「そうです。西郷は流罪になって沖之島で幽閉生活を送った時に、島の若者たちを啓蒙し、人材を育てようと私塾を開きました。その塾生の一人が紀家の先祖です。その時、南洲翁の世話係を勤めたのが妹でした。櫛はその妹へ与えられたものです」

「西郷の残した櫛はその後沖縄へ渡り、再び沖之島へもたらされたのは昭和の初期、と『南洲翁伝説』には書かれていますが、紀さんが初めて櫛を眼にしたのは何時でしたか？」

「戦後です。偶然手にする機会を得たのでしたが、その偶然は神の意志によってつくられたものと考えています。仕事の傍ら郷土史を調べ、南洲翁に関する資料を少しずつ蒐集し、また人々の記憶が風化しないうちにと古老たちに話を聞き歩きました。そんな私の目の前に現れなかった

ら、この櫛はただの古ぼけた櫛として捨て置かれたでしょう」

「この櫛は、実は妹のお腹に宿っていた胎児に与えられたもの、と紀さんは衝撃的な推察をされていますが、何に根拠を求めたのでしょう?」

「実証するには根拠を示さなければなりません。それができない時に、人は小説や随筆の形式を借りて真実を語ります。わたしはすべてをあの本に書きました。しかしながら、それを理解するには紀家の歴史を多少なりとも知る必要があります。伊集院さん、わたしの話を聞いていただけますかな?」

頷くしかなかった。それから三時間にも及ぶ講義を受けることになろうとは想像さえしなかった。

紀源市は櫛を所持していた西郷の末裔の名を話さなかった。それは『南洲翁伝説』にも記されていない。いまは触れたくない事柄なのかもしれない。もっとも史実として発表できる根拠はなく、そのことを承知で書かれたのが『南洲翁伝説』だった。紙一重の差で狂人にならなかった、というのがその作者に抱いた俺の印象だ。

とりあえず確認しなければならないことがもう一つある。瞭子さんが乗っていた白の軽自動車だ。四軒の旅行代理店では軽自動車での乗船はなかったという。鹿児島あるいは沖縄へ車を運ぶとは考え難い。港の近くに乗り捨てられているに違いない。車を置いて港まで歩ける距離だ。明日は車探しから始めることにしよう。

　それにしても健吾氏は正統的な二枚目だ。あの兄妹は尋常でない容貌をしている。百合の話によれば、瞭子さんの母親は失踪として家系図に示されている金城瑞恵だ。そして瑞恵は紀徳次とタエの長女だから、健吾と瞭子は又従兄弟ということになる。二人に流れているのは紀家の血だ。あの紀源市の古武士然とした顔立ちにどのような遺伝子を加えたら美男美女が生まれるというのだ。

　健吾氏と接したのは短い時間だったが、俺にはすぐにわかった。健吾氏は百合に好意を持っている。俺が瞬時に察知したように、健吾氏も俺の心を読み取ったに違いない。言うなれば恋敵だ。分が悪い。ここはひとつ瞭子さん失踪の謎を解くことで百合の心を向けさせることに専念しよう。

　どう考えても瞭子さんの失踪は家系図の不自然さと関係している。タエと金城瑞恵、この二人を知る者から直接話を聞かなければならない。紀徳次だ。滞在資金も心許なくなってきたことだし、一度鹿児島へ戻り、紀徳次を訪れてみるのが賢明というものだろう。百合は安ホテルとはいえ俺が二週間も滞在しているのが気掛かりらしく、

「伊集院君、あなたが手伝ってくれるのは嬉しいけど、お金は大丈夫なの？」

　と申し訳なさそうに尋ねた。

「僕はこう見えても良家の坊ちゃんなんですよ。知りませんでしたか、先輩？」

俺はそう見栄を切ったが、親父から追加費用をせしめるのは至難の業だ、考えるだけでも気が重くなる。社員十人とはいえ親父は小さな鉄工所の社長ではある。兄貴が専務というのだから笑ってしまうが、この際、専務に泣きついて援助を受けることにしよう。この調査に大学院に残れるかどうかが掛かっている、とでも言えば兄貴のことだ、どうにかしてくれるに違いない。

今夜は百合から聞いた話を詳細に書き出して検討を加えてみよう。こんな小さな島なのだ、失踪という言葉が似合う訳がない。事件はそれに相応しい背景を持っているものだ。暸子さんの言動を逐一追えば必ず行方が自ずから示されるはずだ。

どうも小説どころではなくなってしまった。「創作ノート」と銘打ったB５判ノートが恥ずかしいが、いずれ何かの足しになることを信じて駄文を書き連ねることにしよう。

十

月曜日の午後、沖之島警察署の署長と和田警部補が紀家を訪れた。坂道を下って来た和田が母屋の縁側で資料の整理をしていた百合に気付いた。和田は愛想良く笑い掛けながら庭伝いに母屋へ歩を運んだ。照り付ける陽光にもかかわらず二人の男はスーツの上着を羽織っている。

「昨日はごくろうさまでした」

会釈で迎える百合に和田は気易く声を掛けてきた。頭頂部に汗が玉になって光っている。手に握り締めているハンカチが暑苦しい。

「暸子さんの友人の三枝さんです」

和田は隣に立つ男を見上げて言った。公園で孫の世話をしているのが似合いそうな老人である。皺《しわ》に埋もれた細い眼を和ませて百合を見た。肥満体を支えるのが辛いのか腹を突き出して金魚みたいに息をしている。

「沖之島署の金本署長です」和田が百合に視線を返して言った。「元町長にご挨拶に伺いました。いらっしゃいますかね?」

和田は勝手を知っているらしく顎で離れを示した。

「読書をなさっていると思います」

百合は応えながらサンダルを履いた。先に立って二人の警察官を案内しながら百合はどうにも落ち着かない気分だった。暸子の行方が知れないというのに健吾は役場へ出掛け、和恵は自室に引き籠もり、爺様は本を読んでいる。そして家人でもないわたしが警察官を案内している。百合は腹立たしい思いにさえ捉われた。

源市はいつもと変わらない姿で文机に向かっていた。

「爺様、警察の方がお見えです」

百合はその背中に声を掛けた。振り返った爺様は和田たちの来訪を予め知っていたのかなんら表情を変えることもなかった。

爺様は和田の挨拶に軽く頷き、玄関から上がるようにと勧めると、

「三枝さん、お茶などの気遣いは無用です」

百合に眼を戻して言った。百合は頭を下げてから母屋へ引き返した。

九月になっても沖之島の陽射しは衰えを知らない。樹木の影が庭にくっきりと落ちている。百合はその影を見詰めながら何ひとつ変化のない庭の光景が忌々しかった。

玄関に置いてある電話が鳴っていた。百合は迷った。留守を頼まれているわけでもないのに電話に出るのは気が引けた。けれども百合は一瞬の躊躇を振り切って足早に玄関へ向かい、受話器を取り上げて応じた。

「わたくし伊集院と申します。三枝さんをお願いできますでしょうか」

礼儀正しい伊集院の声が流れて来た。

「わたしよ、伊集院君。どうしたの?」

「そうだと思ったんですけどね。先輩、瞭子さんの車が見つかりました」

「ほんとう?」

「港の近くの空き地に乗り捨ててありました。上城《かみぐすく》桟橋には金曜日に二隻が寄港しています。十時の鹿児島行きと十二時半の沖縄行きです。瞭子さんはいずれかの船に乗った可能性があります」

「いま警察の和田さんが爺様のところに来ているの。瞭子のことで訪ねてくれたのだと思うけど――」

「わかりました、十分で行きますから少し待ってもらって下さい」

「伊集院君、ちょっと待って」

百合はすぐにも受話器を戻しそうな伊集院を大声で呼び止めた。

「日本酒を買って来てもらえないかしら?」

「はあ?」

「清酒を一升瓶で一本お願いしたいの。銘柄は何でもいいわ。二級酒の一番安いやつでかまわないから」

「了解。調達して行きます」

伊集院は理由を問うこともなく電話を切り、十分後には一升瓶を抱えて門からの坂道に姿を見せた。縁側へ歩み寄って来る伊集院を見ながら百合はどことなく以前とは異なる印象を受けた。その顔をよくよく見ればかなり陽に焼けているのだった。毎日顔を合わせているのでその変化に気付かなかったが幾分男らしさが増したようにも感じられる。

「ご所望の一番安い日本酒です。こんな小さな島でも消費税を取られるなんて腹が立ちますね」

伊集院は百合に領収証を手渡しながら澄ました顔で不満を口にした。「ところで、これは寝酒用ですか?」

「れっきとしたご進物よ」

「いいですね、僕はそういう感覚好きなんですよ」

「夕方の調査に持参する手土産なの。瞭子の話だと相当な変人らしいわ」

「瞭子さん――」

瞭子の名を聞いて伊集院が眼を光らせたとき離れの方から声が聞こえた。爺様との会見を終えたらしく、紅潮した顔の和田が頻りに額の汗を拭いながら歩いて来る。ゆったりと歩を運ぶ金本署長の露払いを勤めるような構図である。和田は伊集院に気付くと、

「お揃いで――」

口許を綻《ほころ》ばせて声を掛けた。

「和田さん、港の近くで瞭子の車が見つかったそうです」

百合は口早に言って促すように伊集院を見た。

「上城桟橋から商店街へ続く道路沿いの空き地に止めてあります。ロックされていますが見た限りでは異常はありません。瞭子さんは港の近くで車を乗り捨てて、鹿児島か沖縄への船に乗ったのではないでしょうか?」

伊集院は百合に話したことを控えめに警部補へ伝えている。素人が出過ぎないことを配慮しているのだろう。

「……家出、ということか」

和田は伊集院を見上げたまま物憂そうに呟いた。ハンカチを額に当てて少し考える様子だった。傍らで三人のやり取りを聞いていた金本署長は、家出という言葉を耳にするや鼻から息を吐いた。事件ではなかったことへの安堵感と徒労感が感じられた。金本は後の処理は任せたというふうに背中を向け、陽射しを掌で遮りながら紀家の庭を観賞するように樹木を眺め渡した。百合はその無関心な態度に気分を害していた。

「伊集院さん、手数を掛けて恐縮ですが、現場まで案内してもらえますか?」

和田がいかにも申し訳なさそうに言った。

沖之島の遅い夕暮れを待って百合は地引晃次の家へ向かった。地引の家は紀家から徒歩で十分の距離にある。百合は筆記用具やノートを入れたバッグを肩に掛け、一升瓶を抱えて橙色の陽が燃え立つ道を歩いた。耕耘機が荷台に草を満載して行き交った。力強い機械音が次第に遠退いていくのを聞きながら、百合は地引の名を口にした瞭子の意図を計りかねていた。

——徳次さんのことを知りたかったら地引という人を訪ねてみるといいわ。ちょっと変わっているので部落では相手にされていないけれどね。

瞭子は心苦しそうに言ったのだった。岬で瞭子と互いの胸の内を話した日、百合の矢継ぎ早の質問に瞭子は押し黙り、ようやく帰りの車の中で口にしたのが地引の名前だった。その時すでに瞭子は今日までの行動を想い描いていたのかもしれなかった。

瞭子がものごころ付く頃には、地引は子どもたちの間でも気味の悪い男として恐れられていたらしい。ときおり港で荷役仕事をするだけで定職を持たず、痩せた躰を泳がせるようにして部落を歩き回る姿は幽鬼みたいだったと暸子は言った。沖之島が日本に復帰後しばらくして島に渡って来たらしいが、親しくする者もなく、どのような手蔓で土地を取得したものか部落の外れに粗末な家を建てて住み着いたという。

県道から未舗装の坂道を進むと低地にトタン屋根が見えた。赤土の道には雨水の流れが跡を残し、両脇に雑草が百合の腰の高さまで伸びている。この道が闇に覆われることを想像して百合の心に臆する感情が沸いた。バッグには沖之島では必需品の懐中電灯を入れてあるが、百合は漆黒の闇を歩く恐怖感に慣れることができなかった。

樹木に囲まれて廃屋と呼ぶに相応しい家があった。表札も郵便受けも見当たらない。道路の延長上に小さな建物があり、初老の男が庭に置かれた長椅子に坐って煙草を吸っていた。半白の無精髭と無造作に断ち切った長髪が目を引く。男は会釈をして近付いて来る若い女を無表情に見詰めていた。

「地引さんでしょうか?」百合は声を掛けた。「イーチの暸子の紹介です。三枝百合と言います」

無言のまま百合を凝視していた地引の眼にわずかながら動きがあった。百合は長椅子へ近付いて一升瓶を差し出した。

「日本酒がお好きだと聞いたものですから——。少しお話をうかがわせていただけませんか」

地引は口許を歪め小ずるそうな眼をした。

「煙草はないかね？　最後の一本なんだ」

地引は憂鬱そうに言い、指先を焦がすほど短くなった煙草を足下に投げ捨てた。

「次に伺う時に買って来ます」

「ふん、何を聞きたいのか知らないが、それは有り難い話だ」

「銘柄は何でも良いんですか？」

押し殺した声がした。地引は頭を垂れて咳き込むように肩を震わせている。百合は一歩身を引いていつでも逃げ出せる態勢を整えた。次第に地引の声は大きくなりいつしか笑い声に変わっていた。何がおかしいのか目尻に涙さえ浮かべて笑い続けるのだった。

「瞭子の入れ知恵か――」地引は口許に皮肉な笑いを漂わせて言った。「あんた、酒は飲めるか？」

「はい」

百合の返事を待たずに痩身が廃屋に向かって動いていた。地引は湯飲み茶碗を二つ手にして戻ると長椅子の上に置き、庭の隅からビール箱と畳半分ほどのベニヤ板を運んで来た。箱の上に板を載せてテーブルが出来上がった。

「坐るか？」

長椅子の端を眼で指し示しながら手では一升瓶から茶碗に酒を注いでいる。百合は緊張を悟られないように無造作な態度で長椅子に腰を降ろした。湯飲み茶碗の縁にはいくつもの欠け跡があり、中は茶色く変色していた。地引は茶碗の一方を百合の前に置き、手にしたもう一方の茶碗を素早く口へ運び一息で飲み干した。

「あんた、学生かい?」

「いえ、看護婦です」

百合は観念して茶碗の酒を飲んだ。木陰とはいえ暑さがまとわりつく場所で飲む酒は喉から胃へ熱湯を流し込むようだった。その様子を地引は珍しそうに眺めていた。

「何が訊きたいんだ?」地引は二杯目を注ぎながら言った。「瞭子が酒と煙草を手土産にして初めて来たときに言いやがった。癖になるから安物を買って来たんだと。あんたが瞭子の友達だということはわかった」

地引は言いたいことを口にするともうその事には興味を失うらしかった。脈絡のない話しぶりながらもその口調から瞭子に対しては気を許していたらしく感じられた。

「鹿児島の紀徳次さんとキエさんのことについて知りたいんです。キエさんは双子の妹だということですが、鹿児島にいらっしゃるのは本当にキエさんですか?」

「戸籍のことか?　あれは源爺が仕組んだのさ。生きているのは妹のキエだ。タエが自殺したのを隠し、キエが死んだということにした、それだけのことだ。事情は知らないがな」

「タエさんは自殺したんですか?　なぜ自殺したんですか?」

「源爺に聞くんだな。俺は知らねえよ」

地引は一言応えては一口酒を飲んだ。波立つ鼓動を静めたくて百合も湯飲み茶碗を口に運んだ。酒の味がしなかった。

「徳次さんとタエさんの間には女の子が生まれましたが、地引さんはそのことをご存じですか?」

「そうです。どうして苗字が違うんですか?」

「金城瑞恵か」

「瞭子から聞いたのか?」

「ええ、瞭子が話してくれました。金城瑞恵は実の母で、一九六五年に失踪していると」

「ふん、失踪か。どうだかな、わかったもんじゃないさ」

「どういう意味ですか?」

「金城《きんじょう》はタエとキエの苗字だ。沖縄から流れて来たらしいがな。元を辿ると紀家に繋がると聞いたことがあるが、当てになりゃしねえ」

「金城瑞恵は生きているんですか?」

「さあな、生きていれば失踪ということになるがな」

地引は酔いの兆し始めた顔を上向けて深く息を吐いた。枯れ木を想わせる躰で酒を浴びるように飲む男の胸中が百合には知れなかった。

「瞭子の母は、金城瑞恵は養子に出されて育ったんですか?」

「あんた、本当に看護婦か？」

「教えて下さい。徳次さんはタエさんに自殺されて、困って娘を養子に出したんですね？」

「そんな大昔の話は知らねえよ。金城というぐらいだから実家に引き取られたんだろうさ。さあ、これで終わりにしてもらおうか。陽が落ちる前にやることがあるんだ。電気が来てねえんだよ」

　地引はゆっくりと立ち上がり、一升瓶を下げて家の方へ向かった。そしてふと気付いたとでもいうように振り返って言った。

「次は煙草も頼むぜ、看護婦さんよ」


　百合が薄闇の漂い始めた坂道を下って行くと居間から男の声が響いた。ほの白い蛍光灯の下で二人の男の話す姿がある。健吾と伊集院だ。おそらくは百合を訪ねて来た伊集院を招じ入れて二人でビールでも飲んでいるのだろう。いち早く百合に気付いた伊集院が、

「先輩、お邪魔しています」

　まるで家人に向けるような挨拶を寄越した。

「百合さん、手紙です。暸子から百合さんに速達が届いています」

　暸子？　速達？　ぐったりと疲れた百合の頭に現実が衝撃音を与えた。百合は手紙を振りかざしている健吾の方へ小走りに歩み寄った。封筒を手にとって見ると鹿児島中央局の消印が押され

てあった。日付は一昨日の土曜日だ。

百合。

生涯でただ一度のわがままです。

すべてが終わったら、必ず、あなたに連絡します。それまで待って下さい。

いまは許してとしか言えません。

心配しないで。

百合は便箋を健吾に渡した。一読した健吾から伊集院へと手渡される。瞭子は何を考えているのかしら、百合は文面を思い浮かべながら呟いていた。

「これは瞭子さんの筆跡ですか?」

伊集院が誰にともなく尋ねた。

「まちがいなく瞭子の字です」再び便箋を手にして健吾が言った。「無事であることは確認されましたけど、いったいどういうつもりなんですかね」

温厚な健吾の口調に珍しく刺々しさが含まれている。人前を意識したものではなかった。不可解な妹の行動に対する腹立ちを抑え切れないらしかった。

十一

紀源市は朝食の後の散歩を日課としている。雨の日にも傘を差して出掛けるほどだから単なる日課というよりは自らに課した規律になっているのかもしれない。百合は爺様が散歩から戻る時刻を狙って離れへ向かった。

孫娘の失踪に動揺することもなく、いつもと変わらず散歩や読書をして一日を過ごす爺様の心が百合には理解できなかった。瞭子はなぜ姿を隠さなければならなかったのか。瞭子の実母・金城瑞恵は生存しているのか。そして昨日聞いた不可解な地引の言葉。これらを説明できるのは爺様だけだ、そう思うと百合はこのまま事態を静観していることができなかった。

離れの庭を眺めていた百合は下駄の音に振り返った。爺様がゆっくりと近付いて来る。百合は挨拶を口にして頭を下げた。

「おはよう」爺様は浅く頷き、「ご用ですかな?」

百合を見据えて言った。百合は気後れを覚えながらも爺様を見返した。

「瞭子のことで教えていただきたいことがあります。どうしてもお尋ねしたいことがあってお待ちしていました」

爺様は突き刺すような視線を逸らすと、

「家の中でうかがいましょう」

先に立って玄関へ向かった。

爺様の書斎はまるで舞台の趣きだった。生活臭が少しも感じられなかった。文机と脇に積み上げてある書籍、ポットとお茶の道具一式、それだけだ。

「爺様」

百合は正座をして呼び掛けた。

「爺様にお尋ねしたいことはたくさんあります。でも暸子に関することだけをお訊きします。暸子は親友です。わたしは心配でたまらないんです。……これが昨日届いた暸子からの手紙です」

百合は白い封筒を差し出した。その内容は昨夜の内に健吾が知らせてあるはずだった。源市は姿勢を崩さずに封筒を受け取り差出人を確かめてから便箋を抜き出した。

「暸子は実の母が金城瑞恵であることをわたしに打ち明けてくれました。爺様はそのことで暸子から尋ねられたことがありますか？」

「ありません」

源市は百合と目を合わせて言った。毅然としたその語調に百合は気圧されそうだった。

「金城瑞恵は戸籍では失踪者として抹消されています。わたしのような者が興味本位で聞くべきでないことは承知しています。けれどもわたしには、暸子が断りもなく姿を消したのは母親の失踪と関係があるように思えるのです。わたしは瞭子を喪いたくないんです。爺様、お願いです。教えて下さい、瞭子の母は生きているのでしょうか？」

百合は不吉な思いにとらわれ胸苦しくなった。岬に佇む笑顔の瞭子が思い出された。

源市は応えなかった。表情にも躰にも微かな動きさえ生じなかった。源市は百合から視線を逸らして庭の樹木を眺めるふうだった。しばらく百合の呼吸音だけが響く時間が流れた。

――爺様は瞭子が心配ではないのですか？

沈黙に堪えきれず百合の口から詰《なじ》る言葉が洩れそうになった時、ようやく源市の視線が百合の方へ戻された。

「三枝さん」源市の声がした。「瞭子を思うあなたの気持ちに心が動かされました。瞭子の母親のことを話しましょう」

源市は柔らかな眼差しで百合を見ていた。和んだ爺様の眼を見るのは初めてだ。いつもこんな眼をしていたなら親しみやすい老人なのに、と百合は場違いな感想を抱いた。

「瞭子の母は死にました。瞭子が生まれてまもなく事故で死んだのです」

源市の眼は中空に向けられていた。教職を辞してから町長という要職を長く勤めた老人は私的な事柄を排し続けて来たのかもしれない。百合はその声に初めて歳相応の響きを感じ取っていた。

「瞭子の母・金城《きんじょう》瑞恵は、出産後ノイローゼに見舞われて鬱々とした日を送っていました。とても赤ん坊の世話をできる状態ではありませんでした。泣き叫ぶ赤ん坊をじっと見たまま放心している姿を見かねて悠太といっしょに育てることにしたのです。悠太が二歳の誕生日を迎える頃でした。

瑞恵は鬱状態が高じて我が身を持て余しているように見えました。瑞恵自身、里子に出されて育てられました。そのことが心を傷付けた要因の一つだったかもしれません。

ある日、わたしは勤めから帰る途中で瑞恵を見掛けました。わたしは高校の教員をしており、車で学校まで通っていました。春先だったと記憶しています。瑞恵が裸足でまだ舗装のされていなかった道を歩いていました。人目には晒せない異様な姿でした。わたしは車を止めて瑞恵に声を掛けました。

――海を見に行くところです。お母さんの故郷が見える海へ行きます。

瑞恵はそう繰り返すばかりでした。力づくで連れ戻すことはできました。しかしそのような行為は真の狂気へ瑞恵を導くようにわたしには思われたのです。わたしがなまじ高い教育を受けていたのが災いしたのでしょう。その頃、私は離島教育の在り方を一冊の本にまとめるべく心理学や精神医学の参考書を読み漁っていました。今となっては後悔しています。殴ってでも連れ戻す素朴な愛情を優先させるべきだったかもしれません。

わたしは瑞恵を車に乗せて弧里の海岸へ行きました。海岸ならどこでも良かったのでしょうが、わたしは律儀にも沖縄へ続く海を瑞恵に見せようと考えたのです。これが二つ目の誤りでした。瑞恵は春の快い風の中に身を置いて気持ちが落ち着いたようでした。その様子を見てわたしの心には油断が生じていました。

——この海を渡ってお母さんに会いたい。

岩場を渡り歩きながら瑞恵はそう言いました。瑞恵は生まれながらに母親を知りません。自ら母親になった時に、何かが引き金になって母が特別の存在になったのかもしれません。瑞恵は歌うように幾度も母に会いたいと言いました。その時です、瑞恵の躰が見えなくなったのです。

急いで駈け付けたわたしの眼に映るのは渦巻く海水だけでした。岩場には大小の潮溜まりができていますが、瑞恵が足を踏み外して落ちたのは最も大きな池でした。この島では単に池と呼ぶ潮溜まりの底には波に穿《うが》たれて穴ができています。押し寄せる波が渦を生じさせ、引き込まれたら再び浮上することはありません。一目見たとき、わたしにはすべての状況が把握されました。徒らに時間が過ぎていくのをわたしは海水を見ながらはっきり意識していました。事故はわたしの責任です。しかし、わたしにできることは何もありませんでした。渦巻く海水を凝視しながら、わたしは瑞恵は自らの意志で身を投げたのではないかと考えていました。

わたしはある理由から瑞恵の死を失踪としました。今はその理由を話すのに適切な時期ではありません。その時が来たなら、わたしは暸子にすべてを話すつもりです。

三枝さん、暸子に会ったらこう伝えてくれませんか、爺様は暸子に会いたがっていると」

「必ず伝えます」

百合は小さく頷いた。

「三枝さん、暸子は良い友人を持ちました」源市が言った。「力を貸してあげて下さい」

源市は話の終わりを告げるように視線を庭へ向けた。暑い一日を想わせる陽光が降り注いでいた。


「百合さん、爺様を見掛けませんでしたか？」

翌々日、百合が居間へ顔を出すと健吾が不安そうな口調で尋ねた。朝食の席へは身支度をすませて現れる健吾だが、今日はパジャマ姿のままである。食卓の傍らでは母の和恵が呆然と坐り込んでいる。

「どうしたんですか？」

百合は不意の悪寒に襲われ身震いしながら問い返した。

「爺様の姿が見えないんです」健吾が応えた。「昨夜から帰っていないようなんですよ」

「昨夜から……」

百合は背広姿で坂道を歩いて行く爺様の後ろ姿を思い出した。古稀を迎えた老人とは思えない足の運びだった。

「昨日の昼過ぎにスーツを着て外出されましたけど、そのまま帰っていないんですか？」

「どうもそうらしいのです。昨夜も気になって何度も離れを覗いて見たんですが帰っていませんでした。南洲研究会へ出掛けて誰かの家に泊めてもらったのかとも考えましたが、今朝になっても戻りませんし、何の連絡もないのでお袋とどうしたものかと相談していたところです」

百合の頭に失踪という文字が禍々しく浮かび上がった。おそらく健吾と和恵の胸にも不吉な思いが広がっているに違いない。瞭子の失踪から一週間も経っていないのだ。

「とりあえず南洲研究会の人たちに電話をしてみようと思うんです。ひょっこり爺様が帰って来ると軽率な振る舞いをするんじゃないと叱られそうですが——」

健吾は膨《ふく》らむ不安を吹き払うかのように冗談めかして言った。

「それが良いと思います」百合は重苦しい気分に陥りながら言った。「空騒ぎに終われば何よりです」

百合の言葉に気弱な笑いで応えて健吾は玄関へ足早に去った。

健吾自身も懇意にしている南洲研究会のメンバーに電話を入れたところ、昨日は例会の日ではないとの返事が返って来たようだ。南洲研究会には勤めを持っている会員も多く、例会は通常日曜日の午後に開催されるらしかった。

生真面目な健吾は勤めを休んだものかどうか迷っていた。幾度も壁時計を見上げては出勤の時刻を気にした。健吾は落ちつきなく席を立ってはまた坐り直したりした。

「まったくどうしたんですかね、爺様らしくもない」

健吾は腹立たしげに呟き、役場に休暇願の電話を入れるために再び玄関へ向かった。

伊集院が鹿児島へ戻る日だった。沖之島から鹿児島へ向かう飛行機は一日二便である。伊集院は午前十時三十分の一便を予約していた。車を置いて行くからには再び沖之島へ戻る心積もりのようだ。おそらくは滞在資金の調達だろうと考えた百合が、

——もう充分に手伝ってもらったわ。ありがとう。また大学で会いましょう。本当に感謝しているのよ。

そう言うと、

——先輩、瞭子さんが失踪したままで沖之島を離れられますか？　徳次さんとキエさんを訪ねたらすぐに戻ります。

伊集院は腹立たしげに言ったのだった。

百合は瞭子の軽自動車を借りて沖之島シーサイドホテルへ向かった。健吾は港近くの空き地に捨て置いてあった車を回収して来ると、キーを百合に預け自由に使うようにと言ってくれたのだ。百合は数年前に免許は取得したものの運転する機会がなく、沖之島の道路でなければ自らハンドルを握る気にはなれなかったろう。

運転免許証を所持しているにもかかわらず百合は臆する気持ちで車を走らせていた。掌が汗ばみ幾度もジーンズにこすりつけて拭った。沖之島警察署前の坂道に差し掛かった時、思わず建物に目を向けたのは早々に通り過ぎたいと願う心の現れだった。未熟な運転を咎められるのではないかと百合は本気で心配していた。建物から出て来る和田警部補と眼があった。百合は一瞬の判

断で右折して車を駐車場へ進めた。

「和田さん、暸子から手紙が来ました。一応、お見せしようと思いまして……」

単なる家出人から届いた手紙に警察が関心を示すとも思えなかったが、百合は封筒を和田に手渡した。和田は便箋を一瞥し、

「三枝さん、この手紙を預からせてもらえますか?」

思い掛けないことを言った。和田は言い淀むふうに口を閉ざし、再び百合に向けた眼には緊迫感を宿していた。

「先程、下城町《しもぐすく》交番から緊急連絡が入りまして、弧里の海岸で男の変死体が見つかったようです。発見者の話では、元の町長ではないかとのことです」

「爺様……」

百合は膝が震えた。爺様が、爺様が、と胸の中で繰り返して呟きながら、百合は源市の死を予め受け容れていたようでもあった。想像した通りに悪い出来事が続くことへの恐怖が百合を捉えていた。

「健吾さんに確認してもらいますが、昨夜から帰宅していないことを考え合わせますとまず間違いないでしょう」

和田の声が百合の耳に突き刺さる。残響のようにユタの言葉が頭の中で揺れていた。汝《ナタ》ぬ立ちゆぬ影《ハジ》が見《ミ》ゆん(あなたの立っている姿が見える)……弧里《コリ》ぬ海岸《ハマ》に見《ミ》ゆん(弧里の海岸に見え

る）。あれはユタムニではない。真実が語られていたのだ。

源市は一昨日、瞭子の母・金城瑞恵が弧里の海岸で事故死したことを百合に話した。爺様はその海岸へなぜ行ったのだろう。事故ではない、爺様は誰かと会うために弧里の海岸へ出掛けたに違いない。

「自殺も考慮しなければなりませんが、他殺として捜査を開始することになるでしょう。町長ほどの方がこのような死を選ぶわけがありません。瞭子ちゃんの失踪と何らかの関わりがあるのではとわたしは考えています」

和田の口調には憤りが込められていた。私情を吐露して憚《はばか》らなかった。敬愛していたらしい元町長の変死に和田も興奮を抑え切れないらしかった。

「三枝さんにもお話を聞かせていただくことになります。連絡先はイーチの家で良いですね？」

百合は黙ったまま頷いた。

和田は駐車場の隅に停めてあるパトカーの方へ駈け去った。パトカーには数名の制服姿の警察官がすでに乗り込んで待機していた。和田が後部座席に収まるとサイレンを鳴らして駐車場を飛び出して行った。百合にはそれが現実の光景とは思えなかった。

百合は歩いて沖之島シーサイドホテルへ向かった。運転のできる精神状態ではなかった。気は急《せ》いているのに足が思うように動かなかった。百合は自分でも無様な歩行に気付いていたが膝が小刻みに震えてどうにもならなかった。

沖之島シーサイドホテルの一目で見渡せるロビーでは伊集院がソファに坐って悠然と新聞を読んでいた。伊集院は百合を認めて立ち上がった。百合がわずかな距離を進むうちに伊集院の顔から笑みが消えた。

「何があったんです？」

伊集院の落ち着いた声に安堵を覚えながら百合は這うような気持ちでソファまで辿り着いた。

「爺様が……紀源市が変死体で発見されたわ」

百合は喘《あえ》ぎながら言った。息を呑む伊集院を見詰めて百合は続けた。

「誰かに殺されたんだわ。いったい何が起こっていると言うの？　暸子が失踪し、今度は爺様が……。伊集院君、ユタの言葉が現実になっているわ、爺様は弧里の海岸で殺されたのよ」

伊集院は黙ったまま考え込んでいた。メタルフレームの眼鏡を指先で押し上げ、鋭い眼光で百合を見た顔には怒りが浮いていた。

「先輩、状況をもう一度整理してみましょう。そして必要な情報を早急に集めることです」伊集院の声は冷静だった。「ここにいては情報が得られません。とにかく暸子さんの家に行きましょう」

「飛行機はどうするの？」

「延期です。爺様の葬儀を終えたらすぐに鹿児島へ向かいます。徳次とキエに一刻も早く会う必要があります、きっと過去に何かがあったはずです」

伊集院は確信するように言い切った。

十二

「わたしには信じられません」

和恵が怯《おび》え声で否定した。

座卓を挟んで百合と伊集院は和恵と向き合っていた。源市変死の報を聞いてからすでに十時間が過ぎている。変死体を確認した健吾から爺様に間違いないとの電話が入ったのが昼過ぎだという。それ以後健吾からの連絡はない。

三人には待つことのほか為《な》すべきことは何もなかった。短い会話が繰り返され、なぜ爺様は弧里の海岸へ行ったのだろう、という一事に話は帰結した。そんな会話の中で、

「やはり殺害されたと見るのが自然でしょうね」

伊集院が不用意に洩らした言葉に和恵は身を震わせ、激しく頭を振ったのだった。和恵の顔は蒼ざめ、疲労が色濃く浮かんでいた。

「爺様が自分から弧里へ行くことなど決してありえません。何かの間違いです」

和恵は腹立たしげに断言した。百合と伊集院は黙って頷いた。短時日のうちに娘の失踪、そし

て舅の変死という悪夢に見舞われた和恵の心中は察して余りある。

「少しお休みになられたらいかがですか？　健吾さんが帰られたらすぐに声を掛けますから」

眠れるわけがないことを承知しながらも百合はあえて言ってみた。沖之島の名士の死去である。おそらく一家の主婦として和恵は明日から多忙を極めるに違いない。こうして無為に時を過ごすよりは少しでも躰を休めておくべきだった。

「明日からのこともありますから――」

百合が重ねて勧めると和恵は頭を垂れた。眩暈を覚えたらしく軽く目を閉じ、深々と息を吸った。

「少し疲れました。お言葉に甘えて横になることにします」

和恵は大儀そうに自室へ引き上げた。

それからまもなく健吾が帰宅した。和田警部補も一緒だった。二人は懐中電灯も持たずに、小声で話しながら闇の中を歩いて来た。声は聞こえるものの姿はまったく見えない。

居間からの灯りの中へ姿を現した健吾に百合は黙って頭を下げた。語り掛ける言葉がなかった。健吾は和田を促して庭から直接部屋に上がり込んだ。二人の男は不機嫌な顔をしていた。百合がお茶の用意に腰を上げようとすると、

「百合さん」健吾に呼び止められた。「先に話を聞いて下さい」

百合は頷いて坐り直した。

「弧里の海岸で発見された遺体は爺様でした。刺されたり、殴られたりした痕跡はないようです。海水に流された時に岩にぶつかってできたと思われる傷だけでした。爺様の遺体は検死のため今晩は警察に安置されますが、明日はここへ運ばれる予定です。百合さん、爺様が出掛けた日の様子を和田さんに話してもらえますか?」

「それはもちろん……」百合は和田を見て言った。「爺様は一人で弧里へ行ったのでしょうか?」

「どうしてそう思われるのですか?」

和田が問い返した。

「一昨日の昼過ぎ、一時を少し過ぎた頃かと思いますが、爺様はスーツを着て外出されました。その後ろ姿を見送りながら、誰かに会うのだな、と漠然と思ったからです。あるいは会議に出席するのかもしれないと」

「町長は出掛ける時に何か話しませんでしたか?」

「いいえ。縁側にいたわたしに気付くと軽く頷いただけでした」

「表情や態度で気付いた点はないですか?」

「いつもの爺様でした。すっと背中を伸ばしてゆっくりとそこの坂道を登って行きました。時刻を気にしたり、考え事をしているようには見えませんでした」

「そうですか。……健吾さん」和田は隣に坐っている健吾を見た。「署で話を聞いた時にうっかりしていましたが、町長は書き物をしていませんでしたか?」

「さあ、どうですかね。爺様の書斎へは用がなければ行きませんから俺にはわかりません」

「原稿を書くための取材ということも考えられますから、離れを点検してもらえますかね？　遺書のようなものが見付かったらすぐに知らせて下さい。——もちろん葬儀の後で結構ですから」

和田はそう言って浅く溜息を吐いた。

「百合さん」健吾の声が柔らかく響いた。「明日が通夜で、本葬は明後日になります。百合さんの休暇は今週で終わりですよね？　勤めは大丈夫ですか？」

「そんなこと気にしないで下さい。休暇を延長してもらいますから——」

「そう言ってもらえると気が休まります。お袋は当てになりませんし、瞭子はいつ帰って来るのかわかりません。伊集院さんと百合さんが側にいてくれると心強いですよ」

その夜、百合は辞表を書いた。形式通り紋切り型の文章を書き終え、婦長に事情を説明する手紙を書き添えようと試みたがその無意味さに気付いて止めた。他人に理解してもらえる状況ではなかった。百合は宛名の清風会病院と山崎婦長の名前を見ながら、看護婦として過ごした日々が遠い過去になったような感慨を覚えていた。


通夜の準備が整った頃、百合は和恵から声を掛けられた。

和恵は眼で誘うと先に立って中廊下を歩き始めた。喪服姿の和恵は昨夜までの憔悴した様子もなく、その背中から張り詰めた雰囲気が感じられる。居間で料理をしている近隣の主婦たちに労《ねぎら》いの言葉を掛けたり、母屋に来ては配膳の指示をするのに忙しく、悲しみを振り返る余裕さえないようだった。

「こんなことになってしまって三枝さんには本当に申し訳ないと思っています。あなたが気にしているると気の毒なので——よかったら瞭子の服を着てみませんか？　箪笥の中に礼服があるはずですから——」

和恵は瞭子の部屋へ百合を導き躊躇《ためら》いがちに言った。

百合は一枚だけ持参したワンピースを着ていた。改まった席へ招かれた時のために用意をしていたものだった。薄い水色のワンピースは落ち着いた印象を与える色彩ではあったが通夜に相応しくはなかった。ジーンズ姿で動き回るわけにもいかず百合は気にしていたところだった。

「ありがとうございます。こんな服しか持ち合わせがなく困っていました。瞭子とはほとんど同じ体型ですから使わせてもらいます」

思わず安堵の笑みを浮かべて言う百合に和恵も弱々しい笑顔を返した。些細な親切を施すにも過剰な気遣いをするのは和恵の習性らしかった。名家の嫁として暮らして来た長い年月がその表情から忍ばれた。

百合は喪服に着替えて母屋に戻った。不思議なもので黒服に身を包むと部屋の雰囲気も重々しく感じられてくる。八畳三間の襖を取り払った母屋には八十ほどの膳が四列に置いてある。床の間の前に祭壇が設けられ、その傍らに健吾が所在なげに坐っていた。玄関から上がった弔問客は縁側を通って焼香台へ進み、それから下座へ移って飲食のもてなしを受ける手順になっている。百合は中廊下を迂回して玄関へ向かった。

「キマってますね、先輩」

百合の姿を認めた伊集院が小声で言った。下足札を手の内で弄《もてあそ》んでいる伊集院は黒いポロシャツにジーンズ姿だった。

「どうしたんですか、それ?」

「瞭子のを貸してもらったのよ」

「いいですね。僕は美人の喪服姿って好きなんですよ。そこはかとない色気を感じますねえ」

「伊集院君、場所柄を考えて話しなさい」

百合は誉められた喜びを慎重に押し隠して言った。

「それにしてもあなたの格好、もう少しどうにかならないの?」

百合は自分のことは棚上げして渋面を作った。

「無茶言わないで下さいよ。喪服を鞄に詰めて社会調査に行く準備の良い人間なんていませんよ。これでも地味な色を選んだんですから、勘弁してもらうしかありません。それよりも先輩――」伊集院は更に声を潜めて言った。「先輩は配膳の手伝いをするんでしょう? 膳の上げ下げをする時に弔問客の話に注意して下さい。こんな席では誰もが爺様のことを話題にするはずです。犯人がのこのこ現れるとは思えませんが、何らかの情報を得られる可能性がありますからね。祝いの席なら僕は下足番を返上して酌をして廻りたいくらいですよ」

夕方五時を過ぎた頃から弔問客が一人二人と現れ始めた。女と老人の姿が多かった。伊集院は客の一人ひとりに番号の記された下足札を手渡し、同じ番号の一枚を素早く靴に入れながら、

「記帳をお願いします。お名前と部落名だけで結構です」

と几帳面に繰り返している。その口振りや身振りにそつがなく、弔問客の中には親しげに話し掛ける者もいた。

長居のできない客は焼香をすませると形ばかり箸を手にして早々に引き上げた。やがて壮年の男の姿が目立ち始め、瞬く間に母屋は人いきれでむせ返るようになった。黒服の男たちが向かい合わせに配置された膳を前に坐り、言葉少なに話している光景には異様な壮観さがあった。焼酎の匂いが立ちこめ、煙草のけむりが白く尾を引いて庭へ漂い出ていく。

焼酎は土瓶に似た形状の陶器に入れてある。百合は客席を廻って空になった陶器を回収して居間へ運び、それに湯で割った焼酎を満たしては再び母屋へ戻ることを繰り返していた。休む間もなかった。眩暈《めまい》を覚えそうな忙しさだった。客の出入りが途絶えたのを見計らい、百合は息抜きに玄関へ行った。

「人の話を聞く余裕なんてないわ、眼が回りそうよ。あなたの方はどう?」

「お陰様で人の顔を見て何分で退出するか判断できるようになりましたよ」

伊集院は苦笑を浮かべて応じた。玄関脇には男物と女物を分けて靴が整然と並べてある。百足

余りの靴を番号順に置いてあるのだろう、ところどころに欠番を示す隙間ができている。

「さすがに沖之島の名士ですね、おそらく五百人以上の弔問客です。金本と言いましたっけ？　沖之島警察の署長が来ましたけど気付きました？　もっとも十分もしないで帰りましたけどね。頼りないですね、あの老人は。定年まで無事に勤め上げることしか考えていない顔です。事件の捜査を先頭に立って行う人物とはとても思えませんよ」

「どうしたの？　恨みでもあるみたいね」

「さっき、つい尋ねてしまったんです。事件に新しい展開はありましたか、って。そうしたら不快そうな眼で僕を見て、事件など起きてはおらん、木で鼻をくくった返事でした。あんな上司だけは持ちたくないですね、和田さんが気の毒になりました」

警察署の最高責任者が一介の下足番に捜査状況を教えるわけもなかったが、百合は先日源市を訪ねて来た時の金本署長の様子を思い出して不快感が甦った。

坂道に懐中電灯の丸い灯りが見えた。いつのまにか闇が深くなっていた。

「お客さまよ。気を取り直して頑張ってね」

百合は伊集院を慰めた。

「明日の告別式が思いやられますね。今晩にでも合理的な下足処理を考えてみますよ」

伊集院は番号札を振りながら言った。

翌日、百合は母屋の片隅で葬儀が進行していくのを眺めながら、無言劇が繰り広げられているような思いに捉われた。読経がないためだった。祖先信仰の沖之島ではすべてが身内の手で行われる。かつては棺を担いで墓地まで行進をするのが習わしだったと百合は文献で読んだことがある。

祭壇の左に親族が並び、縁側に配置された四脚の焼香台で弔問客は庭から合掌をして引き下がる。その光景がすでに一時間以上も続いていた。いかにも爺様の葬儀に相応しく静かな緊張感が漂っていた。

百合は靴を履いて玄関から庭へ出た。焼香を待つ人々の列が坂道の方へ緩い曲線を描いて続いている。曇り空の下で人々は小声で立ち話をしながら小刻みに歩を進める。紀源市の死は海岸での事故として伝えられてはいるものの、変死体として発見された状況は隠しようもなく、格好の噂話の種になっているらしかった。会釈をしながら傍らを通り過ぎる百合を人々はもの問いたげな眼で見返すのだった。

弔問客の列は門を出て表通りにまで伸びていた。道路の片側に黒く帯のように延々と続き、最後尾を見定めることもできない。道路の反対側には車が果てもなく停めてある。軽トラックやオートバイに混じってパトカーも並んでいる。百合は親族を装って弔問の礼を述べ会釈を繰り返しながら列を追ってみた。

百合は強い視線を感じて目を向けた。地引晃次が人々の蔭から百合を見詰めていた。地引は百合と眼が合うとあわてて視線を逸《そ》らした。喪服は着ているもののその断髪姿は異物を混入させたように目立った。あんな変人でも人並みに葬儀には参列するんだわ、百合は不思議な気持ちで枯れ木を思わせる男を見た。

十一時の出棺予定が大幅に遅れ、紀源市の遺体が火葬場へ運ばれたのは正午を過ぎてからだった。百合は人々が去った庭に佇んで散歩から帰って来た時の爺様の姿を思い出していた。爺様はその躰が火に焼かれることを知ったらどんな思いを抱くだろう。法を犯してまで孫を土葬にし、自然のままに弔うことを実行した人である。爺様の霊は成仏できずにいつまでも徘徊するのではないかしら、百合はそんなことを想像して身震いした。

「先輩、こんなところで何をしているんですか？」怪訝そうな伊集院の声がした。「具合でも悪いんですか？」

「なんだか怖いのよ。沖之島に来てから悪いことばかりが起こっているわ。わたしたち早く引き上げた方が良いんじゃないかしら？」

「何を言ってるんです？　瞭子さんの手掛かりさえ摑めていないんですよ。弱気なことを言わないで下さいよ」

伊集院は憤然として言った。

「僕は明日の飛行機で鹿児島に行きます。そして徳次とキエに会って来ます。先輩は調査を装ってもう一度聞き取りをした家を訪ね爺様に関する情報を集めて下さい。地引という変人にも会って話を聞く必要があります」

「地引晃次なら殊勝にも葬儀に来ていたわよ」

「地引が参列していたんですか？」

「そうよ。あんがい根は好い人かもしれないわね」

伊集院は百合の話を聞いていなかった。地引の名を低く呟いていた。

伊集院一馬の創作ノート（三）

なんという町だ。性悪な人間が迷路を意図して区画したに違いない。古ぼけた四軒長屋が幾棟も建ち並び、端から順に見ていくと、どうしたものか三十分後には振り出しに戻っているのだ。俺は半ば腹を立てながら三度目の迷路に挑戦した。

昨日、沖之島から飛行機で鹿児島へ戻った。西鹿児島駅から鈍行で小一時間掛けて生まれ故郷の川内へ。親父の鉄工所へ電話を入れ、駅前の喫茶店まで専務を呼び出した。兄貴は何事かとあわてて飛んで来た。

俺は百合の論文のテーマを寸借し、三世代にわたる家系調査がいかに困難かを兄貴に語った。そしてこのテーマは指導教授自ら与えてくれたもので、意地でも頓挫《とんざ》させるわけにはいかないことを諄々と説いた。疑わしげな目を向けていた兄貴は俺の話を途中で遮《さえぎ》り、

「わかった。キャッシュカードを貸してやる。それから現金で十万だ」銀行の封筒をテーブルに投げ出した。「親父には黙っておこう。いま顔を合わせると尊属殺人に発展しかねない」

兄貴はそう言ってニヤリとした。呑気なものだ。気の利いた冗談を口にしたつもりらしく、兄貴は煙草を銜《くわ》えダンヒルのライターで火を付けて満足そうに吸った。キャッシュカードの暗証番号を尋ねると一九五九だと言う。兄貴が生まれた年だ。他人には覚えやすい良い番号である。俺はその単細胞に感謝して川内を後にした。

翌日、俺は百合と同じように西鹿児島駅からタクシーで港へ向かった。降り立った大通りから路地に踏み込んで二分の距離に目的の家はあるはずだった。少なくとも百合の地図を見る限りそうなっていた。この路地の複雑さに比べたら百合の地図は宇宙の真理を説くかのように単純な線が交わっているだけなのだ。俺の気力はすっかり萎《な》えて腹も立たなかった。

紀徳次の名を表札に見付けたのはタクシーを降りてから一時間二十分後だった。玄関の戸を半分ほど引き開けて俺は奥へ呼び掛けてみた。十時にまもない時刻だ、年寄りが寝ている時間帯ではない。躰を乗り出して再び呼び掛けるといきなり背中から返事が返って来た。俺は驚いて振り返った。小柄な老婆がビニール袋を手に佇んでいた。

キエは買い物に出ていたらしくビニール袋から卵がのぞいていた。俺は自己紹介をし、三枝百合の依頼で訪れたことを伝えた。キエは懐かしげな表情になり、

――そうですか。百合さんの後輩さんですか。どうぞ上がって下さい。

嬉しそうに俺を招じ入れた。

キエは部屋の灯りを付け、中央に置いてある炬燵の前に俺を坐らせた。どうやら徳次は外出しているらしかった。

――百合さんは元気で調査をされとりますか？

麦茶のグラスを差し出してキエは言った。俺は調査がほぼ完了したことを話しながら質問を切り出す頃合いを計っていた。癌に冒され余命半年の老人なのだ、慎重に対処しなければならなかった。

――キエさん。十日ほど前に瞭子さんが訪ねて来なかったでしょうか？

――瞭子が？　……いいえ、五月の連休に来ましたが、それからは姿を見せておりません。

――そうですか。

俺は迷っていた。目の前に躰を丸めて坐っている老女の言葉をそのまま聞いたものか、それとも疑って考えるべきなのか。キエは潤んだ眼に不安の色を浮かべて俺を見詰めている。信じようと思った。隠し事をしないでありのままの現実をキエに話すことに俺は決めた。

俺は紀源市の変死までを推測を混じえずに話した。キエは片手を胸に当てた姿勢で聞き入っていた。一言も発しなかった。紀源市の死を耳にした時も、わずかに眼を見開き、深く息を吸っただけだった。

――瞭子さんの失踪の原因は、紀源市の事故死と関係があるのではないか、と百合さんも僕も考えています。暸子さんの実の母・金城瑞恵は弧里の海岸で事故死したそうです。そして今度は紀源市が同じ海岸で変死体となって発見されました。……キエさん、もしも暸子さんが過去の出来事に捉われて苦しんでいるのなら、僕たちは、百合さんと僕は何とかして暸子さんを救いたいのです。……話していただけますか?

キエはゆっくりと頷いた。けれどもその眼は炬燵板の一点に据えられ、心が別の思いに領されているのは明らかだった。俺は声を掛けずに待った。

――源市さんは誰かに殺されたのでしょうか?

キエが言った。顔は蒼ざめているものの、口調に乱れはなかった。

――わかりません。しかし弧里の海岸で事故に遭っているのは、決して偶然とは思えません。

――どうぞ、何でも訊いて下さい。わたしの知っていることなら話します。

俺は鞄からノートを取り出してメモをとる用意をした。

――キエさん。沖之島ではあなたは戦後まもなく亡くなられたと思われています。戸籍にもそう記載されています。馬鹿げた質問をしますが、あなたは本当に双子の妹・キエさんでしょうか?

キエは泣き笑いを浮かべて頷いた。

――亡くなられたのは姉のタエさんなのですね。

――そうです。

――徳次さんとタエさんは夫婦でした。タエさんが亡くなられた後に、キエさんは義理の兄である徳次さんと結婚されたのでしょうか?

　キエは首を振った。

——戸籍はともかく、内縁の関係と考えて良いのでしょうか?

　俺は胸苦しくなってきた。死を間近にした老人にこんなことを聞く権利が俺にあるだろうか、と自問していた。

——キエさんが死んだことにしたのは紀源市だとある男が百合さんに話したそうです。それは本当のことなのでしょうか?　……キエさん、きっと思い出すのも辛いことなのだろうと思います。けれども紀源市が事故死した今となっては、真実を知っているのは徳次さんとキエさんだけなのです。話せる範囲で結構ですから教えていただけませんか?

——伊集院さん、わたしが癌であることは百合さんから聞きましたか?

——はい……。

　俺は眼を伏せて応えた。老女の苦しげな顔を正視することができなかった。

——瞭子にすべてを話した時、わたしは義務を果たしたつもりだったとです。でも、そうではなかったんですね……。

——瞭子さんに話した?　それは何時のことですか?

——わたしは本当のことを瞭子に話してから死のうと決めたとです。瞭子に手紙を書きました。瞭子は五月の連休を利用して訪ねてくれました。その時に、瞭子の生みの母を教えました。瞭子に隠したまま死ぬべきではないと考えたからです。……わたしは間違っていたのでしょうか?知らずにいた方が暸子は幸せだったんでしょうか?

――暸子さんは意志の強い人です。真実を話してくれたことをきっと感謝していると思います。

――そうでしょうか……。

――暸子さんに語ったことを教えて下さい。暸子さんが失踪した原因がわかれば、暸子さんを探し出すこともできます。百合さんと暸子さんは親友です、一通の手紙を残しただけで姿を消すとは考えられません。

キエは目を閉じて俯《うつむ》いていた。俺は待ち続けた。不意に目頭が熱くなった。俺は大きく息を吸って危うく涙を抑えた。これ以上無理強いをすべきではないと思った。

――伊集院さん。

キエは炬燵板に眼を落としたまま呟いた。

――姉のタエは戦争が激しくなった頃に徳さんと結婚しました。赤紙……召集令状が来る前に結婚式を挙げたんです。当時は珍しいことではありませんでした。まもなく徳さんは鹿児島の連隊に入隊して、南方の島へ送られました。徳さんと姉の結婚生活はわずか二ヶ月でした。

昭和二十年になって、防空演習などでも決死の覚悟が言われるようになりました。沖之島へはときどき空襲があり、近海を通り過ぎる戦艦からの艦砲射撃が繰り返されましたが、アメリカ軍が上陸することはなく、いま思えば竹槍を持って刺し違える訓練をしたことなど馬鹿らしくなります。……徳さんの戦死公報が届いたのはちょうどその頃でした。タエは結婚生活が短かったためか、最初から戦死を自分に言い聞かせていたのか、取り乱すことはありませんでした。分家に住んで畑仕事をしながら終戦を迎えました。

女が一人で生活していくのは苦労の多い時代だったとですよ。食べる物は満足になく、服も役場から支給される衣料切符がなければ手に入りません。本家の源さんの助力がなければとても暮らしてはいけませんでした。いつかタエは源さんを心から頼るようになり、早くに嫁を亡くして男手ひとつで長男を育てていた源さんも姉を後添いに考え始めたとしてもそれはふつうのことだったんです。

戦争が終わってしばらくすると復員して来る男が増えました。何もかも喪った若い男たちは娘には恐怖にさえ感じられたものです。源さんはしばしば分家を訪れては何かと姉を気遣っていました。……徳さんが復員して来たのはそんな時だったんです。戦死は誤報でした。

その頃からタエの様子がおかしくなりました。タエは身籠もっていたとです。

——それは紀源市の子どもだったんですね？

俺は思わず口を挟んでしまった。キエはゆっくりと頭を垂れた。俺は話の腰を折ってしまったことを後悔しながら麦茶を飲んだ。

——タエさんは、自殺したのですか？

キエは顔を上げて俺を見ると、眼を閉じることで質問に答えた。

——タエさんは金城瑞恵の母、つまり瞭子さんの祖母なんですね。

俺は混乱した頭の中に紀家の家系図を想い描いた。おそらく生まれた子は母親の実家に引き取られたのだろう。金城を名乗っていたからにはそうに違いない。

——タエは子を産んでから廃人同様の状態になりました。赤子を産んだことさえ憶えておらん様子だったとです。わたしが二人の家を訪ねると、泣き叫ぶ赤ん坊を放り出してタエは壁を見つめており、徳さんは焼酎を飲んで今にも殴り掛かりそうな顔で赤子を睨み付けていたですよ。徳さんの気持ちも荒《すさ》んでいました。仲間と闇船を出して何回か沖縄へ行きました。米軍の放出物資を買い集め、法を犯して鹿児島まで運んで売っていたとです。

タエは源さんの帰りを待ってよく道路にしゃがんでおったです。源さんはそんなタエの振る舞いを嫌って邪険にしたですよ。生まれた子は誰の種かわからん、と部落の者が陰口を叩いているのがわたしの耳にも聞こえていました。徳さんとは二ヶ月の夫婦で愛情の育つ時間もなかったんです。タエが源さんを慕うことを誰が攻められますか？

……タエは本家のガジュマルの木で首を吊りました。源さんは紀家を継ぐ人間として厳格であり過ぎたとです、わたしにはそう思えてならんですが。世間を敵に廻しても、家を捨ててもタエを護る愛情が源さんにあれば、タエもあんな死に方はしなかったんです。

キエは感情を押し殺しているらしく語尾が微かに震えた。

——そのまま島で暮らし続けることは徳さんにはできませんでした。徳さん自身、戦争中の夢を見てうなされる日が続いていました。首を吊ったタエを見上げて、涙も流さずに呆然としていた徳さんの姿が今でもはっきりと思い出されます。

源さんは戦後すぐに青年団を組織して雑誌を出していました。詩や小説の同人雑誌と言っていましたが、本当は本土復帰運動を進めるための隠れ蓑でした。いつまでもこんな世の中は続かない、と源さんはよく話していたですよ。沖之島だけでなく群島のすべての青年が協力して軍政府に立ち向かわなければならない、という意味のことを雑誌にも書いていました。そのために源さんは共産主義者の疑いを掛けられ、小さな事件でも起こせばすぐに逮捕されそうな状況だったんです。タエは源さんに頼まれて仕方なく復帰運動の手助けをしていました。源さんに警察の尾行が付いて動けないときにはタエが伝言役を務めたりしていたんです。源さんと姉の関係は警察にも知られていました。そのタエが首を吊ったとなれば単なる自殺ですむ訳がありません。紀の家を護らなければならない、と源さんはわたしに言ったですよ。

姉の自殺を知っているのはわたしたち三人だけでした。そこで源さんが身代わりを思い付いたのです。幸いタエとわたしは他人にはほとんど見分けが付かないくらいよく似ていたようです。自殺をしたのは妹のキエとし、徳次とタエは本土へ出て行く、そうすれば誰からも咎められないというのが源さんの考えでした。

沖之島は戦後もアメリカに占領され続けていたんです。でも、いずれは本土に復帰されるんだということで、頭の良い人たちはそのための運動をしていました。源さんもその一人でした。島の高校で教員をしていた源さんは、密かに鹿児島へ視察に行く教員たちの中に徳さんとわたしを加えることにしました。島から出ることは禁じられていましたから、深夜にひっそりと船に乗り込みました。いまにも警察が現れそうな気がして怖かったですよ。

瑞恵を実家の母に託して徳さんとわたしは本土へ向かったんです。まず本土との境界にある口之島へ渡り、そこから闇船で鹿児島へ行く予定でした。一緒に乗り込んだ二人の教員は内地の教育制度を視察するのが目的でした。正規の手続きを踏んでいては軍政府の渡航許可がいつ降りるかわかりません。命がけで教育者としての使命を果たそうとした人たちもいたんです。

口之島からは小さな船でした。後部には魚倉があって、煙草や缶詰などの米軍の放出物資がいっぱい積んでありました。徳さんとわたしはその隙間に身を潜めていたんです。ハッチを閉じられた真っ暗闇の中で一昼夜を過ごしました。海が時化《しけ》て船は前後左右に大きく揺れ、頭上では波の流れる音がして、生きた心地がしませんでした。巡視艇に見つかることなく枕崎へ上陸した時には、立ち上がる気力を失っていたほどだったですよ。……四十年も昔の話です。

瑞恵が死んだらしいことは風の便りで耳にしました。わたしは一日一日、命が削られていくのを感じると、瞭子がたまらなく愛しく思い出されたんです。あの子にはタエや瑞恵のような死に方をさせてはいけない、不幸な血を絶えさせなければならない、そんな思いが日増しに強くなったんです。そして瞭子に手紙を書きました。

瞭子にすべてを話した日のわたしはきっと頭がどうにかなっていたのでしょうね、形見のペンダントを手渡すことを忘れていました。瑞恵が死んだ後、沖之島の実家から送られて来たものです。実家の父も母もすでに亡くなりました。何もかも昔の話になりました。

……伊集院さん。わたしは間違っていたかもしれません。百合さんとあなたで瞭子を助けてあげて下さい。決して、決して不幸を繰り返さないように……。

キエは俯《うつむ》いたまま肩を震わせていた。

十三

神棚から線香の煙が漂ってくる。棚引くように部屋の中を浮遊している。百合は静かに歩を進めて神棚の前に坐った。

白布の掛けられた台の上に紀源市の遺骨を納めた壺が安置してある。初七日を過ぎてから墓地の納骨堂へ移されるらしい。骨壺の横には小さな額に入れた爺様の写真が立て掛けてある。まっすぐに向けられた爺様の眼は動きが失われてもなお人を射竦めるようだ。百合は線香を供えて掌を合わせた。

——爺様。

百合は心の中で話し掛けた。

――爺様は弧里の海岸で誰と会ったのですか？

しばらく紀源市の写真を見詰めてから百合は立ち上がった。急がなければ、と思った。暸子のいない紀家にいつまでも滞在することはできなかった。

渡り廊下を通って居間へ行くと健吾が一人で食事をしていた。パジャマ姿の健吾は起きたばかりなのか、箸を手にしてはいるもののぼんやりと視線を放っている。一昨日の葬儀、そして昨日は挨拶廻りをして休む間もなく健吾は動いていた。躰の疲労は言うまでもなく、家長としての心労も著しいものがあるに違いなかった。

「おはようございます」

百合の声に驚いたらしく健吾は軽く躰を震わせた。急いで作った笑顔には憔悴が色濃く現れている。

「三日ほど休みをもらうことにしました」

健吾は言い訳めいた口調で話した。

「何もお手伝いできなくて――。もう少し休まれたらいかがですか？」

「躰は疲れているのに頭が冴えてしまって寝ていられないんですよ。やるべきことは山積しているのに、何から手を付けたらいいのかわからない、そんなところですね」

「お陰様で調査の方は終わりましたから、わたしにできることがあったら遠慮なく言って下さい。無理をして健さんが倒れるようなことになったら大変ですから――」

百合は健吾の斜向かいに腰を降ろしながら言った。

「百合さん、実はお願いしたいことがあるんですよ」

健吾は口重そうに言った。

「何でしょう?」

「……爺様の書斎の整理をしてもらえませんか?」

百合は思い掛けなくて健吾の顔を見詰めた。郷土史研究家として長年にわたって紀源市が蒐集した資料は、民俗学の入り口に立ったばかりの百合には宝の山である。それを自由に閲覧することができるのだ。百合は表情に喜色が浮かんだのではと気に病んだ。

「離れには部屋が三つあります。爺様が読書をしていた書斎と隣の寝室、それに本や資料でいっぱいの六畳間です。爺様は書庫と呼んでいましたが、どう見ても物置です。俺は入る気にもならないですよ」

「本当にわたしみたいな者が見させていただいてもいいんですか?」

「気の滅入る仕事でしょうけど、区分けだけでもお願いできますか? 俺の周りには爺様のやっていたことなどわかる人間はいませんから――」

「ありがとうございます」

百合は嬉しさのあまり深々と頭を下げていた。

「礼を言うのは俺の方ですよ。捨てるには忍びないし、昨日から気が重かったんです」

健吾はそう言って晴れやかな笑顔を見せた。それが健吾の好意であることに百合は気付いていた。仕事を頼む振りを装いながら、健吾は百合の内心を的確に読み取っている。

「研究に役立ちそうな資料は持ち帰って構いません。俺には猫に小判ですから。……それから、百合さん。爺様が何かを書き残しているかもしれませんから、遺書という訳じゃないですけど、そんなものがあったら俺にも知らせて下さい。和田さんからも言われているんですよ」

百合は一瞬で現実に引き戻された。爺様の変死体が発見された夜、和田警部補は確かにそんな意味のことを健吾に依頼していた。

「さあ、食事にしましょうか」

健吾はいつもの温厚な顔で言った。

朝食をすませてから百合は軽自動車で商店街へ出掛けた。地引への手土産にする清酒と煙草を買うためだった。酒屋の場所は伊集院から聞いていた。百合は前回と同じ銘柄の二級酒と最も安い煙草を一カートン購入した。見栄を張る相手ではなかったが、さすがに一箱の煙草で話を聞くのは気が引けた。

百合は牛舎脇の駐車場へ車を停めてそのまま地引の家へ向かった。朝から一升瓶を抱えて往来を歩くのは妙な気持ちだった。澄み切った大気がアルコール臭で汚される気がした。

地引の家に着くと庭から呼び掛けてみたが応答はなかった。玄関とも呼べない入り口の粗末な引き戸は開け放してある。百合は恐る恐る中を窺った。一組の布団が敷かれてあるだけで家具らしいものは何もなかった。百合は逃れるように庭の長椅子まで引き返した。地引の帰りを待つつもりだった。仕事をしていない男が遠出をするとは思えない。

風が吹き渡って樹木がざわめいた。快い風も地引の家では不気味に感じられるだけだった。

小一時間が過ぎた頃、地引は風に吹かれて躰を揺らしながら帰って来た。百合に気付くと口許に卑しい笑いを浮かべた。そして百合に声を掛けることもなくビール箱とベニヤ板でテーブルを設《しつら》えた。

「朝から酒が飲めるとは有り難い」

地引は涎《よだれ》を垂らしそうな声で言った。湯飲み茶碗を取りに行くらしい地引の背中に向かって、

「わたしは要りません」百合は口早に言った。「煙草も買って来ました」

地引は振り返らずに手を振って応えた。

「俺はこう見えても義理堅い男でな、貰い物をしたらそれなりの礼は返すことにしている」

湯飲み茶碗に酒を注ぎながら地引は言った。百合の方を横目でうかがい、愉《たの》しむふうに鼻で笑った。地引は一息で茶碗を空け、

「さて、今日は何が訊きたいんだ、看護婦さんよ」

「一昨日は葬儀に参列していただき有難うございました」

百合は精一杯の虚勢を張った。地引は珍しい動物でも眺めるように百合を見た。

「あんた、それを言うために来たのか？」

「違います。地引さんが葬儀に来られたのが意外だったので、爺様とはどんな関係だったのかお聞きしたかったんです」

「意外とはご挨拶だな。この島で源爺の世話にならなかった奴はいねえよ」

「地引さんはどんな恩があるんですか？」

「口じゃ言えねえな。まあ葬式に出るくらいの義理があったことにしとこうか。もっとも香典は勘弁してもらったがな」

地引は餌を啄《ついば》む鳩のように痩身を揺すって笑った。

「この前、金城瑞恵は失踪した、と言いましたよね？」

百合は地引を睨んで決めつけた。

「そうだったか？」

「本当は事故死だったんですね」

「誰に聞いた？」

「爺様が教えてくれました」

疑わしそうな地引の眼が百合に向けられた。濁った眼球が冷たく光った。

「暸子の母・金城瑞恵は弧里の海岸で潮溜まりに落ちて亡くなったと爺様は話してくれました。その池は底で渦を巻いているので遺体は収容されなかったそうです」

「源爺はその現場にいて瑞恵が落ちるのを見ていたんだろう？　なぜ失踪したことにしたたん

だ？」

口の端を歪めて地引が訊いた。煙草のけむりに眼を細め、震える手で茶碗の酒を口に運ぶ。

「それは言いませんでした」

「俺が教えてやろうか？」地引は躰を捻《ひね》って百合を見た。「それはな、源爺が瑞恵を殺したからだよ」

酒臭い息が百合の顔に降り掛かった。百合は素早く後じさった。

「怖がることはねえよ。俺はあっちの方は枯れちまってな、役に立たねえんだ」

油断をさせる口実かもしれないと疑いながらも、現金なもので百合の恐怖感はいくぶん薄らいでいた。百合は地引の言葉を無視して言った。

「地引さんもそこにいたような言い方ですね」

「そう、俺もいたのさ」

「爺様が突き落とすのを見ていたとでも言うんですか？」

「まあ、似たようなもんだな。その日、俺は弧里で釣りをしていたのさ。すると源爺と瑞恵がやって来て、帰りは源爺の姿しか見えなかった。そして一週間もすると、瑞恵の行方が知れないとの噂が広がった。……どう思うね、看護婦さん」

「人には言えない理由があったに違いありません」

「そりゃ、そうだろうよ。教師が人を殺したとあっては大変だ。失踪ということにしちまえば丸く収まるという寸法さ。源爺という人間はな、そうやって世の中を渡って来たんだよ。汚ねえことを平気でできなきゃ、町長なんかやってられねえよ」

「爺様はそんな人ではありません」

百合は叫ぶように言った。腹立たしかった。けれども地引の言葉を完全に否定できない感情もあった。瑞恵が事故死した状況を警察に報告すれば爺様は一通りの事情聴取は受けざるを得なかっただろう。しかし紀源市ほどの人格者なのだ、精神を病んでいた瑞恵の死は事故として処理されたはずだ。それを爺様は警察には失踪として届け、法律で定められた七年を過ぎてから失踪宣告を申請している。なぜそのような煩わしい手順を踏まなければならなかったのだろう。百合の胸には一抹の疑惑が燻《くすぶ》り続けていた。

「おめでたい人だな、あんたは」

日が高くなり長椅子の上にも陽光が降り注ぎ始めた。地引は酒に弛緩《しかん》した顔を上向けて蔑みの言葉を吐くと、心地よさそうに躰を揺すって薄笑いを洩らした。

「人は誰でも嘘をつくってことさ。源爺といえども例外じゃない」

「地引さんが嘘をついているかもしれませんね」

百合は思わずそう口走っていた。胸が高鳴った。百合は腰を引いて地引を見詰めた。

「そうかも知れねえ。源爺が死んじまえば、殺しだろうが事故だろうが、そんなこたあどっちでもかまわねえことだ。眠くなってきた、そろそろ引き上げてもらおうか」

「もう一つだけ教えて下さい」

百合は強引に言った。地引は長椅子に背中を預け、首を後ろに倒した姿勢で眼を閉じている。

赤黒い顔を陽に晒し、気怠《けだる》げに伸びをした。

「地引さんは徳さんとはどういう知り合いですか?」

「紀徳次か?」

「鹿児島の紀徳次さんです」

「むかし飯場でいっしょだった」

地引は薄目を開けて百合を見た。

「その時、キエさんもいっしょに暮らしていたんでしょうか?」

「ああ、キエは飯場で賄《まかな》いをしていた」

「徳さんとは夫婦なんですか?」

「どうだかな。飯場ではそんなことを気にする奴はいねえからな」

「タエさんのことは徳さんから聞いたんですか?」

地引は大仰な仕草で身を起こした。

「あんたはしつこくていけねえよ。そう矢継ぎ早に訊かれたんじゃ眠れやしねえ。男に嫌われるぜ」

大きなお世話よ、と百合は胸の中で怒鳴り返し、

「ごめんなさい。すぐに引き上げますからもう一つだけ――」

下手に出て頭を下げた。地引は起きあがったついでとでもいうように再び酒を飲み始めた。

「徳次さんとキエさんはなぜ戦後まもなく本土へ出なければならなかったんでしょう？　地引さんは何か聞いていていませんか？」

「貧乏人というのは、相手が貧乏だと気を許して何でも喋るもんだ」

地引は唐突に箴言《しんげん》めいたことを口にした。

「俺の家は中国からの引き揚げでな、戦争に敗けて躰一つで日本に帰って来たんだ。徳次と酒を飲んでいる時につまらねえ愚痴をこぼしたところ、徳次のお人好しはえらく同情したあげく、俺もあんたと同じようなものだと言ってキエと二人で島を出た訳を話し始めたのさ。

徳次が喋るのを聞いているうちに俺はピンときた。徳次が戦争に行っている間に、源爺は嫁のタエを寝取ったんだってな。復員してみりゃ嫁は兄貴の子を身籠もり、おまけに気が狂《ふ》れて自殺されりゃ、誰だってこんな島から出たくなるさ。源爺は世間体を恐れて、双子の妹が死んだことにして誤魔化し、徳次とキエを島から追い出した。源爺のやりそうなことだ。あの男は君子面をした悪党だったのさ。

さあ、帰ってもらおうか。これで義理は充分に返したはずだ」

地引は手を振って百合を追い立て、倒れるように長椅子に躰を横たえた。百合は地引の頭が膝の辺りに迫るのを見てあわてて跳び上がった。庭の途中まで逃げて振り返ると地引はいぎたなく寝込んでいた。

地引はまだ何かを隠している、百合は赤土の道を引き返しながら思った。質問の手順を誤ったことが後悔された。まず初めに、なぜ地引が沖之島に来たのかを尋ねるべきだったのだ。中国生まれの地引が地縁のない沖之島へ移住するにはそれなりの理由があったはずだ、それも徳次とキエに繋がる理由が——。

紀家には人の姿がなかった。けれどもすべての戸を開け放してあるからには和恵が自室にいるのだろう。沖之島には施錠の習慣がない。それでいて泥棒の被害は皆無という。殺人事件はもとより犯罪など起きたことのない平和な島なのだ。

百合は母屋の縁側に坐って地引から聞いた話をメモ用紙に書き付けた。明日、沖之島に戻って来る伊集院に伝えるためである。詳細に書き進めるうちに苛立ちが募って来た。地引の話はそれなりに筋が通っているにもかかわらず、それは片面からの情報に過ぎない。またどこまでが真実なのか判然としなかった。

百合は焦燥感に駆られていた。沖之島を発とうと決めた日まで残り六日しかない。躊躇《ためら》っている時間などないのだった。百合は深呼吸をして気合いを入れると和恵の部屋へ向かった。

百合は故意に足音を立てて廊下を歩き、和恵の部屋の前で立ち止まった。

「三枝です。おばさま——」

声を抑えて呼び掛けた。畳を擦《す》る音が聞こえた。一瞬の間があってから、

「どうぞ――」

和恵が応えた。

「少しお話をうかがわせていただけませんでしょうか――」

百合は細く開けた襖の隙間から中を覗きながら言った。畳に坐り上半身を捻《ひね》ってこちらを見上げている和恵の姿があった。線香の匂いが強く鼻を刺激した。部屋には煙がこもり白く濁っている。

「悠太に線香を供えていたところです。どうぞ入って下さい」

百合は部屋に入り和恵と向き合って坐った。和恵の背後には母屋と同様に白布の台があり、その上には悠太の骨を納めた甕《かめ》が安置してある。灰壺に立てられた二本の線香から細い煙が立ち昇っていた。

「悠太の霊を慰めるのがわたしの仕事なんです。他には何もすることがなくなりました。暸子は家を出て行き、爺様は亡くなられ――」

「おばさま、わたしは今度の日曜日にお暇しようと思います。何のお役にも立てなくて申し訳ないのですが、爺様の初七日にお参りさせてもらったら、東京に戻ることにします」

和恵は黙って聞いている。

「わたしは暸子から必ず連絡があると信じています。またわたしなりに暸子の行方を捜してみるつもりです。そのために知っておきたいことがあります。おばさま、お気を悪くされるかもしれませんが、どうしても必要なのです、いくつか教えていただけますか？」

視線を落としている和恵の顔からはまったく感情が読み取れない。百合は困惑を押し隠して話し続けた。

「三年前にも瞭子は行方がわからなくなったそうですね。仏門に入るつもりだったらしいと健吾さんから聞きましたが、わたしにはどうしても信じられないのです。瞭子は何かを隠していたのだと思います。親友としてわたしには悲しいことですが、瞭子にとって今はわたしにも話せないほど重大なことなのだと考えるようになりました。

……瞭子はおばさまの実の子ではないことを失踪する前に打ち明けてくれました。瞭子が姿を隠さなければならない理由は、彼女の出生と関係があるのではないでしょうか？

おばさま、三年前の失踪の時は、瞭子は島にいたのだとわたしは確信しています。電話で話した瞭子はきっと島にいたはずです。おばさまは五ヶ月の間瞭子がどこにいたのかご存じではありませんか？」

和恵の沈黙は崩れない。何を考えているのか百合を見つめたまま身動きもしない。この人は瞭子をどんな思いで育てたのだろう、と百合は想った。実の子ではない瞭子に愛情を感じたことはないのだろうか。

「三枝さん」和恵の声がした。「爺様は偉い人でしたが、もっと早く死ぬべきだったんです」

俯《うつむ》いた和恵の顔は般若のようだった。

十四

「悠太は爺様が殺したようなものです」

和恵の蒼白な顔に変化はなかった。畳の一点を見詰めたまま淡々と話す。

「おばさま……」

何を話しているのですか？　百合は問い掛けの言葉を喉元で抑えた。戸惑いは恐れに変わりつつあった。

「悠太はやんちゃな男の子でした。優等生だった兄の健吾と比較されて何かといやな思いもしたようですが、素直で感受性の強い子どもだったんです。その行動は一見すると無謀に思えることでも、細かく神経を張り詰めて取り掛かる性格でした。でも他人にはそんな一面は見せませんから誤解されることも多かったんです」

和恵の顔にうっすらと笑みが浮かんだ。口許が和らぎ幸せそうな和恵を百合は初めて見た。和恵は思い出に浸る至福の一瞬にいるのかもしれなかった。

百合は口を挟むことができなかった。身を固くして坐っていた。聞き取り調査では最も避けたい状態に陥っている。こちらの問い掛けは相手に伝わらず、相手は自分の想念に捉われ会話を必要としない時間。百合にできることはその時間が過ぎるのを待つことだけだった。

「悠太は中学を終えると高校は鹿児島に出たいと言い張りました。頭の良い子だったんです。父親は悠太が一歳の時に病死していましたから、健吾と悠太は何をするにも自分たちだけでする習慣ができていました。悠太は一人で願書を取り寄せ、一人で船に乗って鹿児島まで受験に行きました。爺様はそんな悠太を異常に可愛がりました。爺様の気質に最も似ていたのが悠太だったのでしょう。出張の時にはわざわざ下宿を訪ね、休みに戻って来ると二人で海に出掛けていました」

百合は驚いていた。日頃寡黙な和恵が亡き次男の話をするときには人が変わったように饒舌になるのが信じられなかった。和恵は百合と眼を合わせることもなく感情を高ぶらせることもなかった。独り言を洩らすように語るのだった。

「沖縄の大学に進学した兄に反発したのか悠太は福岡の大学へ行きました。そして瞭子が東京の女子大学へ出てしまった二年の間、わたしはただ爺様の世話をして過ごしていたんです。爺様は町長として最後の任期を勤めていました。高齢を理由に辞任の意志を公表して、それまでにもないほど忙しく動き廻り、神経質にもなっていました。翌年には健吾が帰って来て役場へ勤め始めましたが、わたしはその時になって自分の躰がおかしくなっていることに気付きました。爺様の意向を考え過ぎるあまり、呼吸が苦しくなり、動悸が早くなって立っていることもできない状態になっていたんです。病院に掛かっても原因は判りませんでした。

わたしは寝たり起きたりの生活をするようになりました。爺様が町長を辞めて書斎で暮らし始め、健吾が家長としての生活になったとき、わたしは病気の原因に気付きました。わたしは爺様を恐れていたんです。夫が死んだ後、舅の下で子どもたちを育てる心細さがわたしを卑屈にし、極度に緊張しながら暮らして来たことが原因だったのだと知りました。

頭で理解して心を励ましても、躰はわたしの言うことを聞きません。わたしは考えた末に学業半ばの暸子を呼び戻しました。その頃の暸子は生き生きとして輝くように見えたものです。そんな暸子と話し、少しの気遣いをしてもらうだけでわたしの心は慰められました。こうして起きて生活できるようになったのは暸子のお陰なんです。……でもそれが誤りだったんです。暸子を島へ戻すべきではなかったんです」

和恵は不意に立ち上がると簞笥から一通の封筒を取り出した。そして再び百合の前に来て坐り直し、封筒を滑らすように差し出した。百合はその意図を理解できないまま視線を畳に落とした。白い封筒には紀源市様と女文字で記してあった。

「これは……」

百合は封筒を手に取らずに尋ねた。

「遺書です。……三年前に、悠太が死んだ時に書いたわたしの遺書です」

「遺書?……」

「悠太を喪ったとき、わたしは本気で死ぬことを考えました。爺様に宛てて遺書を書いたものの死にきれなかったんです」

「……見せていただいて良いのでしょうか？」

「爺様が亡くなられた今となっては、保管している意味がありません。……読んでいただければ判ってもらえるはずです」

百合は丁寧にお辞儀をして和恵の部屋を退出した。胸が震えていた。生存している者が死者へ宛てた遺書を百合は奇妙な思いで見直した。


爺様。

わたしは悠太のあとを追うことに決めました。これは爺様に差し上げる最初で最後の手紙です。

紀家に嫁いで来て三十余年、わたしは夫に仕えるというよりは、あなたのために生かされたような気さえします。死ぬことを決意した今は、誰に気兼ねをする必要もなく、初めてあなたでさえ恐れずに話せます。思えば何という人生を歩んだことかと悔やまれます。

わたしは我が身を蝕《むしば》みながら暮らして来たのです。ただ子どもたちを育てるために堪えていました。わたしは何ひとつ隠し事もせず、ただあなたの意向に添うことだけを考えて振る舞って来ました。けれども悠太の事故死を耳にした時に、わたしは初めて自らの意志で行動する考えを持ちました。これから書くことは、わたしのささやかな抵抗であり、自死はその仕上げです。

爺様、悠太を殺したのはあなたです。悠太が死んだ日、あなたは悠太と口論に及んだことを誰にも話しませんでした。悠太を土葬にした後もあなたは自分の望むことを人に命ずるだけでした。あなたの目には悠太とあなた自身が映るだけで、他の人々は路傍の石としてさえも感じられなかったのでしょう。そんな溺愛した悠太とあなたが言い争っていたのをわたしは知っています。あの日の昼前です。わたしは昼食の都合を聞くために離れへ足を向けました。そこへ押し殺したあなたの声が聞こえたのです。

——許さん。

あなたの叫び声でした。権力を行使し慣れている者の居丈高さで言うと、よほど興奮しているらしく言葉が途切れました。わたしは物陰に隠れて耳を澄ませました。

——爺様には俺の人生に介入する権利はない。他の誰の人生にも。

むしろ落ち着いていたのは悠太の方でした。幼児の頃から可愛がってきた子が冷静に反論する姿に、おそらくあなたは自分を律しきれずに逆上したのでしょう。わたしは悠太の声を聞きながらその落ち着きぶりを嬉しくさえ思ったものです。

やがて二人の話題がわたしにも判りました。就職も内定し、学生時代も残り少なくなった悠太は、真剣に暸子とのことを考えてあなたに打ち明けたのでしょう。そしてあなたには青天の霹靂だったはずです。高校から鹿児島へ出て行った悠太は、兄妹として育ったとはいえ、兄の健吾と比べれば暸子に接したのはごく短い期間でした。わたしは今になって想像するのです、悠太は中学生の頃から暸子を意識し始め、感情を抑制できなくなることを恐れて島を出たのではないかと。無頼を装うことは悠太の仮面でした。その裏には悲しいほど鋭い感受性を備えた子どもだったのです。

世間というものは本当に無慈悲なものだと思います。三人の子どもたちはいつ頃からわたしが暸子の実の母ではないと知ったのでしょう？　誰がわざわざ告げたのでしょう？　それぞれ幼い身でありながら母親のわたしにさえ誰も問い質すことをしませんでした。大きな衝撃を受けたに違いないのに、三人は仲の良い兄妹を演じて成長して行きました。いいえ、その事実を知ったために三人の間にはより深い愛情が生じたのかも知れません。

——暸子は何処にいる？

あなたの声は怒りに震えていました。

一ケ月前に行方を隠した暸子は悠太の指示で行動しているとあなたは考えたのでしょう。かつての部下に頼んで暸子を休職扱いとし、役場に残れるように手配した屈辱が思い出されてもいたのでしょう。苦々しげに問う声には憤懣《ふんまん》が溢れていました。

——俺は島を出ます。暸子と暮らします。

きっぱりと宣言する悠太の声が聞こえました。やがて悠太は離れを飛び出して来ると車で出掛けました。心を静めるために海へ向かったのでしょう、海岸に坐っているだけで気持ちが落ち着くと悠太はよく言っていました。悠太は高ぶった気持ちのまま海に入り、自ら事故を招いてしまったのです。

爺様、次にあなたの知らないことを教えてあげましょう。

あなたが内地へ出たと思い込んでいた瞭子は、実は島で暮らしていたのです。わたしが実家の母に頼んでかくまってもらいました。瞭子は悠太の子を身籠もり妊娠四ヶ月でした。注意深い女の目なら見破られる時期になっていました。わたしは瞭子の姿を隠し、あなたに話を通した上で、悠太と瞭子を一緒にしてあげたかったのです。女の浅知恵とお笑いになりますか? こんな事態になってもあなたの意向を恐る恐るうかがう自分に腹を立てながらも、このまま二人が島を飛び出したのでは生活が成り立たないとわたしは計算していました。そして、あなたを説得できる唯一の人間は悠太自身なのだと思いました。けれども昔から言われるように、愛情と憎しみは一瞬で姿を変えるのでしょう、あなたは悠太の話を聞くうちに憎悪を覚えたに違いありません。日頃のあなたからは信じられない様相で悠太を拒絶してしまいました。

悠太の遺体が帰って来るとあなたは土葬にすると言ってわたしたちを驚かせました。それを可能にしたのはあなたの権力です。悠太の遺体を発見して直ちに連絡をくれた警察の和田さんに口止めをし、健吾を指示して誰の目にも触れることなく土葬を実行してしまいました。悠太が葬られるまでの三日間、土葬の準備に忙しいあなたたちの行動を眺めながら、わたしは一人で悪夢を見ているようでした。

爺様、あなたの曾孫にあたる悠太と瞭子の子は死んで産まれました。悠太の事故死を告げると、暸子は家に帰ると言ってすぐに身支度をしました。そして庭に飛び出して来たところで小石に躓《つまず》いて倒れたのです。一瞬の出来事でした。立ち上がろうとした暸子は苦痛に見舞われてうめき声を上げました。流産でした。見る見る血の気の引いていく暸子を抱えて引き返し、わたしは応急の手当てをしてから近所の産婆を呼びに走ったのです。

暸子は苦痛に顔をしかめながらも泣き叫ぶことなく堪えていました。意志の強い子です、眼を爛々と輝かせて天井を睨んでいました。産婆が処置をして帰るとわたしは無言で暸子を見守りました。暸子の身が案じられてなりませんでした。わたしは暸子の生みの母である瑞恵さんを思い出していたのです。暸子は瑞恵さんにそっくりでした。わたしは心の底から恐れていました、暸子が瑞恵さんのように正気を喪ってしまうのではないかと。

暸子はとても動かせる状態ではありません。わたしは痛々しい暸子の姿を見ながらひとつの決意を固めていました。それは若い二人に何の援助もできなかったわたしの義務とさえ思われました。部屋にはサラシに包まれた血まみれの胎児が置いてあります。無惨な運命を担わされた悠太の子はわたしの手で弔うべきだと考えました。

――暸子、辛いでしょうけれど眠るようにしなさい。安静にして決して起き上がらないと約束して……。

わたしは暸子に呼び掛けました。わたしはこの時に初めて暸子の母になったのかもしれません。気丈な暸子は子どもの頃からわたしの手を煩わせることはありませんでした。いつでも適度に距離を置いて接して来ました。それもまた悲しいことではありましたが、継母のわたしには臆する気持ちがあり、二人の間の壁を取り除くことはできませんでした。

——赤ちゃんはお母さんが丁寧に弔います。

瞭子はわたしの声が聞こえているのか瞬きもせずに天井を見詰めているだけでした。

わたしは悠太と瞭子の遺児を抱いて実家から紀の家まで二時間余りを掛けて歩きました。月明かりに薄白く浮かび上がるアスファルト道を泣きながら進みました。深夜の道を墓地へ向かっているような錯覚が生じたほど、胸に抱いた遺児には相応しいたった一人の寂しい葬列でした。

誰にも見咎められずに自室へ辿り着くと冷たい汗が一気に噴き出しました。わたしは布団を敷いて遺児を横たえ、添い寝をして朝を迎えました。悠太の土葬は明日の早朝になると聞いていました。わたしは悠太の遺児を父親と共に弔うべく、絶えず周囲の様子に気を配って時を過ごしました。けれども棺に釘が打たれる前に死体を運び入れては気付かれる恐れがあります。未熟な体で生まれ落ちたとはいえ子猫ほどの大きさはあるのです。気が急くばかりで良い考えを思い付きません。そうして日が暮れ、まんじりともせずに出棺の時刻が近付きました。

悠太に別れを告げる時が来ました。健吾が廊下から声を掛けて知らせてくれました。わたしは恐慌に陥りました。何も考えられませんでした。わたしは布団に横たえてある遺児をサラシでしっかりと包み直すと胸にきつく抱いて部屋を出ました。体が震えました。胸が締め付けられ嗚咽が口から漏れていました。

母屋には爺様、あなたと親戚の男が棺を囲んで立っていました。男の手には拳ほどの石が握られていました。その後の記憶は曖昧なのに石だけは妙にくっきりと思い出されます。わたしは棺の傍らに跪《ひざまず》くと遺児を棺の中へ静かに降ろしました。悠太の胸に抱かれるように寝かせました。涙が止めどなく流れて悠太の顔が歪んで見えました。誰も声を掛ける者はありません。サラシの中身はわからなくとも誰もが副葬品と信じていることは確かです。わたしは自ら棺に立て掛けてある蓋を取り上げ、悠太と遺児に最後の別れを告げたのでした。

爺様、わたしの最後の願いを聞いていただけますでしょうか？

土葬にした悠太の棺は五年以内に掘り返されるでしょうが、その時にはあなたの曾孫も手厚く祀《まつ》ってあげてほしいのです。遺児の霊は父親の悠太と共にあるのです。ささやかな幸福だとは思いませんか？

また決して瞭子を問い質すことはしないで下さい。あの子の繊細な神経が損なわれることをわたしは恐れます、かつて瑞恵さんが瞭子を産んでそうなったように。

爺様、あなたが毎朝散歩を装いながら墓参りをしていることをわたしは知っています。自責の念に駆られての行動なのでしょう。でもそれは生きている者の勝手な思いです。不幸な死に方をした者たちは決して成仏できません、あなたの心が死者たちに届かない限りは。爺様、あなたがすべきことをわたしは書き残しません。あなたも自ら罪を背負うべきです。

この手紙に封をしたらわたしは悠太の元へ行きます。紀家に迷惑を掛けないような方法を選んで速やかに消え去ることにします。あえてお別れを申さずに逝きたいと思います。

紀　和恵

紀　源市　様

十五

「いやになりますねえ、先輩」

和恵の遺書を読み終えて伊集院が言った。

「僕は生まれて初めて、二十三年の人生が恥ずかしくなりましたよ」

空港近くの海岸に停めた軽自動車の中である。伊集院は封筒を百合に返した後もハンドルに手を置いたまま前方の海を眺めている。フロントガラス越しに見る海は青く拡がり、遠く水平線は空に溶け込むように曖昧だ。

鹿児島から戻って来た伊集院を沖之島空港へ迎えての帰り道だった。百合は運転を伊集院に任せ、助手席に坐ってこれまでに知り得たことを詳細に話した。早く伊集院の話を聞きたい百合は伊集院が和恵の遺書を読む時間がもどかしかった。ところが、ようやく読み終えた伊集院はその内容に胸を衝《つ》かれたらしく黙り込んでいる。百合は声を掛けずに待った。

「瞭子さんのお母さんは、いや和恵さんはどういう気持ちでこの遺書を先輩に見せたんですかね?」

伊集院が尋ねた。それは百合にしても同じで釈然としない思いがあった。読みようによってはいくらでも曲解できる内容である。百合を信頼してくれたと単純に考えるには遺書はあまりにも衝撃的だった。

「爺様が死んだことで何かが吹っ切れたのだと思うわ」百合はそう言ってみた。「遺書の中にも書かれていたけれど、おばさまにとって紀源市は専制君主にも等しかったのよ。三十年にもわたって奴隷のように仕えて来て、悠太さんを喪ったことで神経の糸が切れたんじゃないかしら?死ぬつもりになってみると一種の復讐心が沸き起こり、その感情のままに書かれた文章だと思うわ」

「流産した胎児と寝るなんて、想像しただけでも背筋が冷たくなりますよ」

「三年もの間隠し持っていた遺書をわたしに見せたのも、あるいは爺様への復讐かもしれないわ」

「どういうことです?」

「生者が死者へ宛てた遺書は、それが恨みを込めて書かれたものなら、痛快な出来事だと思わない?」

「もっとわかりやすく説明してもらえますか?」

「遺書は当然のことながら自分が死ぬことを前提として書かれるものよね。我が子を爺様に殺されたと信じ込んでいるおばさまには、爺様を嘲笑《あざわら》って死んで行けることは唯一の救いだったと思うの。悠太さんとその遺児を一緒に弔うことを決意し、そして首尾良く実行できたことを書く文章には、恍惚感のような気持ちの高ぶりが感じられたでしょう？　あえて爺様に曾孫を棺に入れた行為を告げるのも、こうしてわたしに遺書を見せたのも、同じ発想に根ざしているのだと考えたのよ」

「よくそんな恐ろしいことを考え付きますね」

「わたしが考えてるんじゃないの。おばさまはそう感じているかもしれない、とわたしは言ってるのよ」

百合は声を尖らせて言った。

「いずれにしても女の執念は恐ろしいです」伊集院は感心したように言うと、「次は僕がキエさんから聞いた話をします」

百合の反撃を遮《さえぎ》るように手で制した。

伊集院はキエが語ってくれたことを順を追って話した。徳次とキエが戦後まもなく沖之島を出た理由は地引の話と符合しているものの、その背景には表と裏ほどの相違があった。地引は胡散臭い男だが死んだ人間を悪し様に罵って得るものは何もないのだ。いったいどちらの紀源市像が真実の姿なのだろうか。

「徳さんには会えなかったの？」

百合が不審そうに訊いた。伊集院の話はすべてキエが語り手になっており、徳次の名が一度も出て来なかったからだ。

「会うことができませんでした。旅行ですか、と僕が尋ねるとキエさんは困ったように口を閉ざしてしまったんです。キエさんも徳次さんが何処へ出掛けたのか本当に知らない様子でした。あの人は嘘を吐ける人ではありませんからね。僕は童女みたいな顔を見ながら重ねて訊いてみたんです、キエさんは徳次さんの行き先に心当たりがあるのではありませんかと。

キエさんは思い掛けない話をしてくれました。隠すつもりはなかったんですけど、とキエさんは申し訳なさそうに頭を下げるんです。身の置き場がないというのはあの時の僕の状態を言うんでしょうね、きっと。

二ヶ月前になるらしいんですが、徳次さんはキエさんには内緒で紀源市に手紙を書いたそうなんです。キエさんは夜中にトイレに起きて偶然その手紙に気付いたんですが、宛名に紀源市の名前を見てびっくりし、封を剝《は》がして中を見てしまったんです。金を無心する文章だったそうです。兄弟とはいえ四十年も会っていない紀源市に大金を貸してほしいと依頼する徳次さんの心がキエさんには瞬時に読み取れました。キエさんを入院させる費用が欲しかったんですよ……。

けれどもキエさんは紀源市から借りたお金で入院するような人ではありません。便箋を握り潰すと白紙を折って封筒に入れ、徳次さんに気付かれないように元に戻したんだそうです。おそらくその手紙はそのまま投函されたはずです。源さんは白紙の手紙を弟から貰って不審に思ったことでしょうね、とキエさんは悲しげな苦笑いをして言いました。

依頼したお金は徳次さんにはとても返済できる金額ではないんです、何を担保に差し出したと思います、先輩?」

百合は徳次の木訥《ぼくとつ》な話しぶりを思い出していた。徳さんはどんな思いで手紙を書いたのだろう、百合は胸に痛みを覚えた。

「命ですよ。自分の命を買ってくれと書かれてあったそうです」

伊集院は腹立たしげに言った。

「でも徳さんのその思いは爺様には届かなかった……」

「そうです。手紙が投函されていれば紀源市は驚くよりはむしろ疑いを抱いたかもしれません。四十年も便りのなかった弟の名前で白紙の手紙が届くのですから、誰かのいたずらかと疑うのが普通でしょう」

「徳さんはその事実を知らない……」

「徳次さんが家を出て一週間になるそうです。東京の知人を訪ねると言って出掛けています。……もし徳次さんが東京へ向かわずに沖之島へ来ていれば、徳次さんには紀源市に会う時間がありました。船で来ても紀源市が変死体で見付かる二日前に着いたはずですから」

「伊集院君、なんてことを言うの」

「僕だって考えたくはありませんよ」伊集院の声には怒りの響きがあった。「少しでも可能性があれば眼をつむるべきではありません。……キエさんも徳次さんが島に向かったと内心では考えています。わたしは徳さんに見守られて死ねれば充分だったのに、キエさんはそうも言いました。僕は先輩の涙もろさに感染したようで、目頭が熱くなって困りましたよ」

徳さんが島に来ている？　百合は思い出していた。瞭子は失踪の数日前から生活が不規則になり、爺様が変死体で発見される一週間前に行方をくらましている。そして鹿児島中央局消印の速達。瞭子の行動と徳さんの不意の旅行は関係があるのだろうか。

「先輩、もう一つ気を悪くすることを言います」伊集院が硬い口調で言った。「先輩は地引から話を聞いた時に、瞭子さんの父親については尋ねませんでしたか？」

百合は唇を噛んだ。確かに咎められても仕方がない。百合は瞭子の母・金城瑞恵やタエに意識が捉われ、瞭子の父に関しては考えが及ばなかった。しかし、伊集院が前置きをしたのはそのことを指摘したのではなかった。

「瞭子さんの父親は、地引とは考えられませんか？」

百合は息が詰まるほどの憤りに駆られた。あまりの腹立ちに声が出なかった。百合は眼を吊り上げて伊集院を睨み付けた。

「金城瑞恵はタエとキエの実家で育てられました。実家は歩いて三十分ほどの距離だそうです。紀源市は弟嫁の実家である金城家を訪ねることはあったでしょうが、わが子の成長を遠くから見守ることしかできなかったでしょう。また徳次とキエは鹿児島です、おそらくはキエの両親からの手紙で様子を知ったと思われます。その両親も今は亡くなられています。つまり金城瑞恵を直接知っている人間はほとんどいません。

僕は先輩の話を聞いて不思議な気持ちがしていたんですよ、地引という男は何者なのだろうかと。かつては鹿児島に住み、徳次・キエと知り合ったことに沖之島へ移住した要因があるらしく思われます。だとしたらキエの姪にあたる瑞恵と接点があってもおかしくありません。それに村八分同様の男が瞭子さんにだけは気を許していたふうが感じられるのも引っ掛かるんです。沖之島へ向かう飛行機の中で考えていて、ふと思い付いたのがその考えでした。地引が瞭子さんの父親なら、そのことを瞭子さんに打ち明けたかどうかはともかく、合点できることが多いとは思いませんか？」

伊集院は百合の口を封じるように一気に話した。

「地引を一目見れば、そんなことはありえないとわかるわ」

百合は感情も露わに否定した。

沖之島空港から引き返して上城町商店街に差し掛かったとき、

「伊集院君、このまま爺様が事故に遭った弧里の海岸へ行ってみない？」

百合が提案した。

「場所を知っているんですか？」

「下城町へ向かう海岸線の道路を行き、弧里の町に入ったら雑貨屋を目印にすればいいわ。その店の前から海岸へ下る脇道があるらしいの。健吾さんの話によると自動車がようやく通れるくらいの雑草に覆われた道だということよ」

伊集院は商店街を通り抜けて県道をまっすぐに進んだ。瞭子の軽自動車は冷房が装備されていないが、沖之島を走るにはむしろ窓を開け放した方が快い。海からの風が潮の香りを残して吹き抜けていく。

海岸への道はまるで畑の中にできた草の帯だった。轍《わだち》の跡もなく緩やかな坂道が海の方へ伸びている。

「和田さんもここからは歩いたようですね。何台もの車が通ったなら草が薙《な》ぎ倒されているはずですよ」

伊集院はそう言いながらもすでに車を乗り入れていた。眼にすることはできないが穴だらけの道らしく、百合の躰は激しく上下に揺すぶられた。軽自動車は走れる状態ではなく、牛の歩みよりもはるかに遅い進行だ。ようやく草の道を抜けると岩場に突き当たった。車の方向を変えるためなのか道幅が少し拡張してある。伊集院は幾度も切り返して巧みに車の向きを反転させた。

弧里の海岸には片隅に幼児を遊ばせるのに格好の砂浜があり、その他は風と潮水で浸食された大小の岩が見渡す限り拡がっていた。爺様が池と呼んだ潮溜まりがいくつかある。近付いて見下ろすと小さな原色の魚が泳いでいた。百合は足場に気を付けながら沖へ向かった。尖った岩の上を渡らねばならず、移動するときには周囲を眺める余裕はなかった。

　百合はひときわ大きな潮溜まりの縁で立ち止まった。海辺までは二十メートルほどの距離があるが、激流を思わせる勢いで潮が満ち、一呼吸置いて流れ去る。かつては底にできた洞穴で潮が渦巻き、落ちたら浮上できなかったという池に違いない。紀源市が町長職にあったとき、観光客の事故を懸念して隣の池と開通させたのだと百合は健吾から聞いていた。

「やはり現場には来てみるものですね」後を追って来た伊集院が言った。「よほどの事情がない限り、こんなところで待ち合わせをする酔狂な人はいませんよ」

「爺様も金城瑞恵もここで事故に遭ったのだと思うわ。いちばん大きな池だと爺様が言ってたもの」

　池を覗き込んでいた伊集院は百合の言葉を聞くとさりげなく後退った。伊集院は潮の満ち引きをしばらく眺めてから言った。

「潮の引き方を見ると多少の曲折はあるでしょうけど相当広い穴が開通していると推測されます。流木でもあれば投げ入れて試してみたいところですが、自分で飛び込むわけにはいかないのが残念ですね」

　百合は周囲を見渡した。二十四年前に地引晃次はどこで爺様と瑞恵を見たのだろうかと想った。姿を隠すには充分な岩がいくつも転がっている。

「先輩、この海岸は殺人には打ってつけかもしれませんね。釣り人を除いてわざわざ来る人はいないでしょうし、池の縁に相手を立たせれば女の力でも簡単に突き落とせます。釣り竿の一本でも用意しておけば帰り道でも怪しまれません」

伊集院の声をぼんやりと聞きながら、百合は爺様から聞いた瑞恵の事故死の情景を想い描いていた。

百合が紀家に帰り庭を母屋の方へ歩いて行くと離れから出て来る健吾が見えた。健吾は不快そうに顔を顰《しか》め、俯《うつむ》いて考え事をしているようだった。わずかの距離に佇んでいる百合にも気付いていない。

「健さん……」

健吾は百合の声に身震いをして顔を上げた。険しい表情をしていた。

「伊集院君が鹿児島から帰って来たので空港まで迎えに行って来ました。健さんの許可があれば書斎の整理を手伝ってもらえますが、どうでしょう?」

「かまいませんよ。百合さん一人ではたいへんですから、ぜひお願いして下さい」

「明日から始めるつもりです。まず爺様の研究に関わる資料と私的な文章に区分しますが、随筆などにも一通り眼を通してから健さんに報告します」

「和田さんに伝える必要のあるものだけでいいですよ。もし……金に関するメモのようなものがあったら、その時には俺にも知らせてもらえますか?」

百合は思わず健吾を見返した。先刻、伊集院から聞いたばかりの徳次の手紙を思い出したのだった。しかし届いた手紙は白紙のはずであり、それを健吾が知っているとは思えなかった。

「いや、大した意味はないんです。爺様は公務員でしたから、……不名誉なことが世間に知れると困りますから……」

健吾は歯切れの悪い口調で説明した。眼が疚《やま》しそうに動き、百合の視線から逃れるように離れの方を振り返った。百合は胸が騒いだ。健さんは何かを隠している、と思った。悠太を土葬にしたことを話してくれた日の健吾には、秘密を打ち明けることへの迷いは見えたが、隠し事への後ろめたさは感じられなかった。けれども今日の健吾は明らかに拒絶の意志を漂わせている。百合は悩みを抱えているらしい健吾に不安を覚えた。

「百合さん。瞭子といい、爺様といい、俺には理解できないですよ。……どこで狂ったんですかね、この家は」

健吾は百合に視線を戻すと虚ろな声で言った。

伊集院一馬の創作ノート（四）

午前九時。沖之島港。

第二奄美丸の入港まで三十分の余裕がある。俺は桟橋から少し離れた場所にシルビアを停め、周囲の様子を確認しながら緩い歩調で接岸場所へ向かった。栈橋へ向かう俺の横を荷物を積んだトラックが忙しげに通り過ぎる。沖へ向かってまっすぐに伸びるアスファルト道の両側は資材置き場になっている。上城町では観光客の目を考慮する気はなさそうだ。おそらく船を使って沖之島を訪れるのは貧乏人と決めているのだろう。あるいは人目を憚《はばか》る人々が利用するだけなのだろう。

徳次が鹿児島へ戻ることを想定してみるとすべての条件が船の利用を指し示す。徳次は裕福ではない、一日を惜しんで動く生活ではない、そして住居は鹿児島港から目と鼻の先である。徳次が沖之島に来ているのなら遅くとも今週末までにこの桟橋に姿を現すはずだと俺は考えていた。

沖合に第二奄美丸が見えた頃から人の姿が増え始めた。島の人々は遠くに船を認めてから家を出て来るらしい。実に良いタイミングで桟橋に到着する。

九時三十分。

接岸した第二奄美丸から下船客が降り、その傍ら一隅にまとめてあったコンテナ等が荷揚げされる。しばらくして荷揚げ場所に眼を向けると一頭の牛が宙に浮いているので驚いた。クレーンで吊られた牛はハンモック状のロープを嫌って盛んに抗議の声を放っている。下船に際しては中央と後尾に取り付けられた階段だが、乗船を前に後尾の階段は外され、中央階段に人々が蟻のように集まって来た。俺は改札の係員の後方に立ち、徳次の写真を手にして客の顔を見詰め続けた。

九時四十五分。

乗船が始まり、十分も掛からずに終了する。桟橋に群れをなしている二百人ほどの人々はどうやら見送りに来たのだ。昔ながらの紙テープが船と岸の間に幾本か渡されているが、子どもたちが戯《たわむ》れに投げたものらしく涙の別れはどこにも見られない。

徳次の姿はなかった。俺は徳次を見付けたいような、見付けたくないような、妙な気持ちになっていた。キエの顔が思い出されて気が滅入るのだった。写真で見る限り徳次は人の好さそうな中年男だ。十五年くらい前に撮したものです、と恥ずかしそうにキエが貸してくれたものだが、よほど衝撃的な体験でもしなければ人の顔などそうそう変わるものではない。

港を後にして俺は沖之島タクシーの営業所へ向かった。上城町には二つのタクシー会社があり、商店街の両端にそれぞれの営業所があることを沖之島シーサイドホテルの親父から聞いていた。俺はシルビアを建物の三十メートル手前に停めた。この車は一部の人々には偏見の目で見られがちだ。

——ちょっとお尋ねしたいのですが……。

駐車場で洗車をしていた中年男に話し掛けた。いったい何台の営業用車両を所有しているのかと想像してしまうほど狭い駐車場だ。二階と三階が事務所になっている建物の一階部分である。

顔を上げた男は眼が合うと、よおっ、と口の形で言った。

——あんた、元町長の通夜で下足番をしていた兄《あん》ちゃんじゃないか？

俺は男が下足番まで記憶していたことに感謝し、

――その節は有り難うございました。

紀家の親戚になりすますことにした。

――イーチの健吾さんに頼まれまして……先週の水曜日なんですけど、元町長を弧里まで乗せたのはこちらの車でしょうか？

――先週の水曜？　元町長が死んだ日だろう？　うちの島田ってのが乗せて行ったんだ。

――島田さんとお会いできますか？　少しうかがいたいことがあるんです。

――小一時間もすれば戻って来るだろうが、無線で動いているんでな、他へ回るかもしれねえ。五時に来るといいぜ、兄《あん》ちゃん。奴の上がりの時間だ。

俺は礼を言って沖之島タクシーを出た。紀源市は弧里の海岸へ向かうのにタクシーを利用したのではないかと見当を付けたにすぎないのだが、一発で核心を射るとは思わなかった。今日はツイているかもしれない。

俺は西岡順子の家を目指した。紀家で祈禱を行ったユタである。彼女の住む部落は百合がいない時に健吾氏から聞き出してあった。隠すわけではないが、百合のことだ、俺がユタを疑っていることを知れば嫌味の一つも言いかねない。伊集院君、ユタムニが気になったみたいね？

西岡順子の住む喜美《きび》部落にシルビアを乗り入れると徐行をして子どもを捜した。情報を得るには子どもが一番だ。胡散臭そうに相手を値踏みする目つきを覚えた人間は、俺のような内地者に正直に応えるマナーを忘れているものだ。しばらく走り回った末に溜め池の側で小学校三年生くらいの男の子を発見した。少年は近付いていく俺をじっと見返している。目付きが鋭く、物怖じする様子がない。顔が妙に大人びているのが不釣り合いだ。

——ちょっと教えてくれるかなあ？

俺は幼児向けの笑顔で気易く声を掛けた。

——この辺に西岡という苗字の家はないかな？

——どこの西岡だ？

声にも子どもらしさがない。生意気そうなガキだと俺は思った。だがそこは大人の余裕で受け流した。

——そうか。西岡という家が何軒かあるんだね？　君はユタって知ってるかい？　お祈りをする人のことだけど、そのユタをやってる西岡さんを……。

——あれはあんたの車か？

少年は俺の話を遮《さえぎ》って訊いた。

——そうだよ。もっとも兄貴のものだけどな。

——なんて名前だ？

その喋り方、どうにかならないものか。俺は本気で腹立たしくなってきた。少年の質問に応えてやる寛容さが残っていたのが不思議なくらいだ。

——シルビア。

——どういう意味だ？

——意味？

——キャットが猫なら、シルビアは何のことだ？

俺は返答に詰まった。車名の意味など考えたこともない。俺の声は弱々しく響いたかもしれない。

——外国の女の名前だ。花子さんと同じで、シルビアさん。

——あんた面白い人だね。

俺の額には青筋が浮いたことだろう。子ども相手に声を荒げるのも大人げないと思い、俺は怒りを抑えて少年を諭した。

——あのな、質問をしたのは俺の方だろう？　まずそれに答えるのが礼儀というものじゃないのか？

少年は涼しい眼で俺を見上げるとこくんと頷いた。

——ユタをやってるのはおれのバッチャだ。

俺は陽介と名乗った少年を助手席に坐らせてドライブをした。西岡順子は畑に出ていて昼食まで戻らないとのことだった。三十分あまり時間を潰さなければならないこともあったが、孫の機嫌をとっておくのも損はない、と考えて怒りを水に流したのだった。

陽介は話してみると素直で健気な子どもだった。祖母と母の三人暮らしだという。一家の柱と幼児の時から祖母に言われ続けて育ち、過剰な自負心がぶっきらぼうな大人びた口振りになっているようだ。ドライブを終える頃には俺たちはすっかり仲良くなっていた。

――バッチャ、友達の一馬さんだ。

陽介はそう言って俺を紹介した。西岡順子は驚くこともなく丁寧に頭を下げた。

――お世話になっとります。

――バッチャ、一馬さんは東京の大学生や。バッチャに聞きたいことがあるんやと。

――大学で民俗学を専攻しています。ユタの研究をしているんですが、幾つか教えてもらえないでしょうか?

――バッチャ、何でも教えてやってくれ。大学生に教えるなんてすごいことやぞ。

陽介は過剰な親切心を示して合いの手のように口を挟む。

――最近、どこかへ呼ばれて祈禱を行いましたか?

俺は当たり障りのないことから質問を始めた。

――一ケ月ほど前に和地部落である人の霊をお呼びしました。

――和地のどなたですか?

素知らぬ顔で誘導する。

――紀源市さんの家です。

西岡順子の口調に一瞬の躊躇が感じられた。狭い島のことだ、紀源市の変死を耳にしているに違いない。

――元の町長ですね？　紀さんのお宅でどなたの霊を呼び出したのですか？

――長男です。名前は忘れました。

――元の町長は誰かに殺された、いう噂ぞ。一馬さん、知っとるか？

――陽介、滅多なことを言うんでねえ。

――バッチャ、お祈りをして町長に聞いてみたらどうや？

――おらはそんなことはしねえ。

――西岡さん。紀家で語ったことは覚えていますか？　つまり呼び出した霊が話したことですが……。

――覚えとりません。

――夢みたいに、何か少しでも記憶に残っていることはありませんか？

――夢とは違います。

西岡順子は気色ばんで答えた。

――おらは、躰を貸すだけですから……。

――バッチャのユタは金にならんもんなあ。

陽介は訳知り顔で言うと俺を見てニッと笑った。

近い内にもう一度陽介をシルビアに乗せるとの言質を取られて俺はユタの家を辞去した。西岡順子は本当にユタなのだろうかという疑念を払拭できないままに。

沖之島シーサイドホテルに戻り、五時を待って再び沖之島タクシーの営業所へ向かった。徒歩で二分の距離である。駐車場に先刻の中年男の姿はなく、三台の車がドアを接するばかりに停めてある。俺は茶色い鉄の階段を登って二階の事務所へ行った。

――島田さんはいらっしゃいますでしょうか？

扉を開けて呼び掛けた。事務所には受付らしい女性が一人と、運転手と思われる二人の男がいた。

――あんたかね？　昼前に来たってのは。

五十年輩の男が湯飲み茶碗を手にしたまま近付いて来た。俺は用向きを伝えた。

――電話で呼ばれたんだ、町長本人から。

島田は立ったまま話し始めた。部屋の片隅に置いてあるソファに俺を案内する気持ちはないらしい。

――背広を着ていたので、役場ですか？　昔の癖で思わず聞いちまったよ。そうしたら弧里までやってくれと言うので、誰かの家を訪ねるんだろうと思ったんだ。

――紀さんはスケッチブックのようなものを持っていなかったでしょうか？

――いや、気付かなかったな。元町長は絵でも描きに行ったのかい？　絵を描いていて海に落ちたのか？

俺は否定した。島田には勝手に喋らせておく方が良さそうだ。俺は運転手の話し相手をするためにここを訪ねたのではない。

——紀さんをどこで降ろしましたか？

——弧里の入り口に雑貨屋があるだろう？　そこで降ろしたのさ。妙な場所で降りるもんだから、待ちましょうかと聞くと、要らないという返事だ。まあ、雑貨屋で電話を借りれば十五分で、タクシーは呼べるがな。釣りに来たわけじゃなさそうだし、一人で海岸の方へ歩いて行くのを見て、町長はこんな所に何の用だろうと思いながら引き返したんだ。そうしたら海に落ちて死んだというじゃないか。いやあ、驚いたの何のって。夢にまで見ちまったよ。

——島田さん、他に人を見掛けませんでしたか？

——誰か一緒だったのかい？　俺は元町長しか見てないが、やっぱり誰かと会うために弧里へ行ったのか？

島田は好奇心も露わに言った。受付の女性ともう一人の運転手も会話を中断して聞き耳を立てている。

——紀さんは海岸へ向かう時、周囲を気にしている様子はありませんでしたか？

——何かい？　元町長は家族に隠れて海岸へ出掛けたのかい？　俺には何も変わったところは見受けられなかったが、やっぱり事故ではないのか？　俺も変な気はしていたんだよ。

島田は合点したように後方の同僚を振り返った。俺は礼を言って素早く営業所から歩き去った。島田から得るものは何もなさそうだった。

上城町商店街を歩きながら、『南洲翁伝説』を読み返してみようと俺は考えていた。紀源市の背後に何かが見え始めたようでありながら、真実は何も見えてはいない、そんな思いに捉われていた。この事件の裏に存在するものはいったい何なのだろう？

十六

爺様の書庫は基本的に三つに分かれているようだ、百合は初めて足を踏み入れた時に思った。沖之島の風土に関する資料、西郷隆盛についての資料、そして自ら執筆した原稿や掲載誌が一方に積んである。六畳間の壁に沿って倒れ掛かる寸前まで上乗せし、危うくなるとその前に新たに積み上げていく、そうして出来た三つの小山が部屋の中央にせり出し、今では人がやっと通れるほどの隙間が残っているだけだ。

百合は腕組みをして部屋の中央に立ち、思わず溜息を洩らした。資料の山は百合の膝の高さであり、一角を崩せばドミノのように倒れて来そうだ。百合は奥の壁から取り掛かることにした。爺様の原稿をまとめた領域である。興味を優先させることにしたのだ。勢い第三位に位置づけられる西郷隆盛のコーナーは伊集院の担当ということになる。

百合は紙の束を一抱え書斎の文机まで運んだ。爺様を倣《なら》い正座をして眼を通し始めたのだがどうにも落ち着かない。三十分もしないうちに足が痺《しび》れ始め、背筋を伸ばして不動の姿勢でいたので首や肩に痛みを覚えた。どう見ても長期戦になりそうだ、自分の流儀で対処するしかない。百合はそう思い直して資料を縁側まで移動した。そして縁側に坐って足を投げ出すいつもの姿勢を整えた。

政治、風物、食物、教育に関する文章は一瞥して退けた。身辺の出来事を綴った雑文や反故と思われる生原稿に留意しながら読み進んだ。眼を引くような文章を見い出すことはなかった。書庫と縁側を幾度も往復して日が暮れた。明日は伊集院の助力が得られるが、二人掛かりでも三日間で完了するとは思えなかった。

翌日、伊集院は午前十時十五分に現れた。百合に案内されて書庫を覗くと口笛を鳴らして感嘆した。

「爺様はたいした学者だったんですね、大淵教授の研究室を思い出しますよ」

伊集院は西郷隆盛コーナーから薄い冊子を取り上げて頁を繰っている。

「そこには西郷隆盛に関するものを集めてあるみたい。南洲研究会の会報なども含まれているわ。こっちが沖之島関係で、奥が爺様の書いた原稿や掲載誌。昨日から爺様の書いたものに眼を通しているけど、伊集院君は西郷から始める?」

「それは殺生ですよ」伊集院は冊子を放り出して振り返った。「僕も紀源市の書いたものから読みたいですよ。二人で紀源市関係を片付けて、それから先輩は沖之島、僕は西郷ということにしましょう。それが平等というものです」

百合は苦笑を浮かべて了承した。先に爺様が書き残した文章を読みたいのは人情だ。それぞれ両端から読み進めることにして合意を得た。

昼食はパンと缶コーヒーですませ、休憩をとることもなく読み続けた。伊集院は爺様の文机で作業をしている。背筋を伸ばして正座をしている躰が揺れることもない。伊集院は百合の二倍以上の早さで原稿や雑誌を区分しては片隅の予め定めた場所へ運ぶ。

「伊集院君、疑うわけじゃないけど、ちゃんと読んでる？」

「ご心配なく。僕は速読術を会得していますからね、通常の三倍の早さで読めるんです。遊ぶ時間を増やすために身に付けた一種の技能です」

疑わしげに聞く百合に伊集院は涼しい顔で応える。

「生原稿は始末が悪いですよ。なんせ旧かなを使っていますからね」

「雑誌では新かなになってるわよ」

「雑誌掲載時に編集者が朱を入れて新かなに直したんでしょう。きょう、を、けふ、などと表現されたら、今どきの学生にはわかりません」

伊集院の口調はあたかも学生を卒業した者のそれだった。

庭の樹木が影に包まれ始めた頃、

「先輩、これを読んでみて下さい」

伊集院が文机から振り返って数枚の原稿用紙を差し出した。用紙の隅が茶色くなっている。手に取ってみると「夢の話」とタイトルがあり、紀源市の署名がみごとな筆跡で書かれていた。雑誌に掲載された原稿なら活字を指定する編集者の朱字が入るはずだがそれはない。書き上げたものの内容に満足せず没にしたのだろうか。

夢の話

紀　源市

こんな夢を見た。

陽の光に黄金色が混じり始め、吹き渡る風が母の掌のやうに優しい。夕刻の海岸には潮騒が壮大な交響曲を想はせて足元を這つてゐる。沖之島の春である。

娘の歌ふ声が聞こえる。岩場を踏み渡りながら楽しさうに両手を広げ、潮の渦巻く池を覗き込んではまた歌を口ずさむ。池に反射した陽光が一瞬娘の躰を影絵の如く映し出す。私は心に病ひを持つ娘を愛し、かつ憎んでゐるやうだつた。娘の歌が、その無垢の響きが、私を非難してゐるのだ。

光が消え、音が消えた。私は真の闇の中で岩場を駈ける娘とそつくりの女に会つてゐた。ガジユマルの木で縊《くび》れた女は娘の母だつた。光の娘、闇の母。なんといふ相違だらう。私は縊死《いし》した母親から眼を逸《そ》らし、輝く娘を見たいと願つた。

私は娘の間近に佇んでゐた。岩が砕けるやうな轟きの後、池の水は一気に盛り上がり、限界点に達するやゴボゴボと不快な音を立てて引き始める。そして、その刹那に岩の下へ別の流れが生じて渦を巻く。潮は悠久の動きで止まることがない。私は自らもその流れに乗り悠久の時に身を委ねたいと念じた。幾度となく想ひ描いた光景であつた。私はその一瞬に愉悦を感受するはずであつた。

不意に娘の姿が視界から消えた。娘の躰は私が願つた通りに潮の流れの中で舞つてゐた。手を大きく広げ踊るやうでもあつた。至福の喜びに包まれてゐるのは私ではなく、心に病ひを持つ娘であつた……。

顕在夢といふ言葉がある。フロイトが夢の分析に用いた語である。

人は誰でも、日常生活で意識されることはないが、心の奥深くに抑圧された欲動を抱へてゐるものらしい。この抑圧されてゐる潜在意識は、睡眠下にあつては抑圧力が低下し、過去の経験と結び付いて夢の映像を形成しようとする。しかしながらこの夢は、自我の再抑圧によつて歪曲され、非論理的かつ独特な内容として記憶に残ることになる。複雑な夢ほど歪曲された夢といふことが出来るのである。

人は恐ろしい夢を見たり、不快な夢にうなされて目覚めた時、思はず呟くことがある。夢で良かつた、と。この現実ではなかつた夢の映像は、実はその人の心の奥底に秘められた願望の顕在化したものなのだが、現実には有りえないことだと自らを安堵させ、再び闇の彼方へ葬ることによつて日常を生きてゆくのである。自我とは何と不可解な働きをするものであらう。

私は水底に沈んだ娘の舞ひを覚へてゐる。私は喜びに輝く娘の眼に正気が甦つたのを知つてゐる。そして、私の指に娘の柔らかい肌の感触が刻み込まれてゐることも。

夕暮れ時の海岸には弔いの調べが流れ、神の国への階梯《かいてい》を照らす光が黄金色に輝く。私には現実の映像として鮮明に見えてゐた。天女のやうに舞ひながら昇つて行くわが子を美しいと思つた。この美しい情景を汚してはならない、私は震へる心でさう思ひ決めてゐたのだ。

現実とは醜いものである。泥濘《でいねい》にまみれて生きねばならない長い時を、人は自らの意志で絶ち切ることも出来る。自我と闘い、疲弊する自らの映像を夢に映す寸前に、限りない至福の一瞬を味はへる稀有の選択である。

書斎から庭の樹々を眺めながら、私は書物の言葉に触発されて夢のことを考えてみるのだ。あの日のやうに陽光が降り注ぎ、爽やかな風が吹き渡る庭の光景は、果たして現実なのだらうかと。

沖之島の春には似合はない夢の話である。

「これは本当に夢の話なの?」

百合は間の抜けた質問をしていた。一読しただけでは作者の意図が摑めない。紀源市は離島教育の本を書くために心理学や精神医学の書籍を読み漁《あさ》った時期があると百合に話した。暸子の実母・金城瑞恵が事故死した頃のことだ。フロイトの名が出てきてもなんら不思議ではないが、顕在夢という概念を弄《もてあそ》ぶうちに戯文を書いたというのだろうか。百合はそう思いながらも胸の高ぶりを抑えられなかった。

「紀源市がわが子を突き落とした、とも読めますよね？」

「あれは事故だった、と爺様は明言したわ」

「少し文学趣味のある文章ですが、まったくの作り話というには内容が重すぎます。だからこそ紀源市は没原稿にしたのだとは考えられませんか？」

百合は紀源市と書斎で対座した時の記憶を呼び起こしていた。百合の心情を受け止め、金城瑞恵の事故死を語ってくれた爺様の言葉は嘘だったのだろうか。百合は原稿用紙を見詰めて物思いに沈んだ。

「書かれたものをすべて真実と考えるのは危険です。考証は後回しにして整理を急ぎましょう」

伊集院は立ち上がって書庫へ向かった。百合は未練がましくもう一度原稿を拾い読みした。「夢の話」を素直に解釈すれば、紀源市の心にはわが子の死を願う気持ちがあり、それが顕在夢として現出したのが瑞恵の事故死、あるいは紀源市による殺害、ということになる。しかしながら爺様には願望と現実の境が不分明となり、自ら夢を検証するために書き留めた一文が「夢の話」なのだろうか。

健吾が帰宅したらしく母屋から話し声が聞こえた。百合は伊集院を促して作業を切り上げることにした。書庫の壁は爺様のコーナーが残りわずかとなったが二面は手つかずの状態である。大雑把に区分するだけでもあと三日は必要かと思われる。次の日曜日に島を離れるつもりでいた百合は、少なくとも書庫の整理だけは完了させようと考え直さざるを得なかった。

居間では健吾と和田が座卓を挟んで話していた。健吾は今日から仕事に出掛けたのだが葬儀の疲れが取れていないらしく、視線を落とし、物憂そうな様子で坐っている。座卓にはお茶も出ていない。周到な気遣いをする健吾には珍しいことだった。百合がグラスに麦茶を入れて台所から運ぶと、すでに帰ったはずの伊集院がちゃっかり居間に上がり込んでいた。

「和田さんの姿が見えたので挨拶に引き返しました」

伊集院は言い訳がましく言った。正面から百合を見詰める眼に強い意志が籠もっていた。百合は自分のためのグラスを伊集院の前に置いた。

「百合さんと伊集院さんに書庫の整理を頼んだのです」健吾は和田を見て言った。「俺には手の付けようもないですから――」

「そうでしたか。考えてみれば大学で民俗学を専攻なさっているお二人ほど相応しい人はいませんね。さすがは健吾さんだ」

和田は筋肉の浮き出た腕を麦茶のグラスへ伸ばしながら言う。もう一方の手は握り締めたハンカチで額から首へと一連の流れで汗を拭く。如才なく百合と伊集院に頷いて見せる仕草はとても警部補とは思えない。

「和田さんも書庫を覗いて見ると良いですよ、気が滅入るほどの紙の山です」

「紙の山とはひどいことを言いますね。健吾さんに掛かっては町長も形無しですなあ」和田は口許を綻《ほころば》せて同意を求めるふうに百合を見た。「健吾さんや私にとっては何の値打ちもないでしょうが、町長が長年掛かって蒐集した貴重なものです、三枝さんたちには興味深いのではありませんか？」

「おっしゃる通りです」

百合は人の好さそうな和田の笑顔を見返して肯定した。百合は和恵の遺書を思い出していた。悠太の遺体を発見した和田は警察署に連絡を入れずに直接爺様に知らせたらしいことが記してあった。そして場合によっては職を失う危険を冒して土葬に手を貸している。職務を離れて紀源市という人物を敬愛していたのだろう。

「書庫は一見乱雑に見えますが、原稿も資料もきちんと区分して積んであります。昨日から作業に取り掛かり、およそ三分の一に眼を通しました。爺様が書き残された原稿や生前に発表したエッセイを先に整理しています。いかにも爺様らしくどの文章も端正な印象があり思わず引き込まれて読んでしまいます。先刻も――」

百合は鋭い視線を感じて口を閉ざした。伊集院が睨んでいた。微笑を浮かべて話を聞きながら眼は怒りを含んだ光を放っている。

「さっき、先輩と話していたんですよ」伊集院が語尾を引き取って言った。「爺様は学者になっても大成していただろうと。僕は読みながら思ったんですけど、沖之島を含む群島に関する資料は町立図書館へ、そして西郷隆盛に関するものは南洲研究会へ寄贈してはいかがでしょう？　紀源市文庫として保管してもらえれば最良ですね」

「それは良い考えですね」

和田が即座に応じた。健吾は焦点の合わない眼を宙に漂わせている。百合の視線に気付かないほど心は何かに捉われ、周囲が見えなくなっているらしい。

「どうです、健吾さん。町長も喜ぶとは思いませんか？」

健吾は和田の呼び掛けにも気付かなかった。和田が再び名前を呼ぶと浅い眠りから醒めたように身震いをした。

「すみません、このところ睡眠不足が続いているものですから、つい――」

「健吾さん、考えても仕方のないこともあります。何もかも一度に片付けようとせずに、しばらく放っておいたらどうです？　いずれ時が経てば自然の形に収まるものですよ」

和田は年長者らしく言った。健吾には和田の意図が伝わったのか薄い笑いを片頬に浮かべて頷き返した。

「では私はお先に失礼します。初七日の線香を供えに伺っただけなのに長居をしてしまいました。健吾さん、明日にでも仕事帰りに署へ寄って下さい」

和田はそう言い残して帰った。その様子から単なる訪問ではなかったことが想像された。和田の姿が門への坂道から消えると、

「健吾さん、何らかの進展があったのですか?」

伊集院が勢い込んで尋ねた。

「目撃者が見付かったそうです」

「爺様を見掛けた人が現れたのですか?」

「そうです。背広姿で出掛ける爺様を百合さんが見送った日のことです。弧里の海岸で爺様を見掛けた農婦がいたんです」

「その人は爺様の他に犯人も、いや他の人も見たのでしょうか?」

「爺様を見掛けたのは五十四歳になる女の人です。畑仕事をしていて海岸へ向かう爺様に気付いたそうです。遠目ながら元の町長ではないかとは思ったものの、さして気に留めずに仕事を続けたとのことです。

それから一時間ほどして女が海岸から県道の方へ小走りに急ぐのを見ています。けれどもこの時はかなり離れた場所からの目撃らしく、年齢はもちろん、大人か子供かもはっきりしない程度の印象らしいです。爺様の事故を知った後で想像が加わった可能性もあり、目撃された女が急いでいたかどうかは信憑性に欠けると和田さんは言っていました。

そして更に三十分ほどして、農婦は時計をしていなかったのでこの経過時間も特定できないそうですが、今度は年輩の男が海岸から現れたと言うのです。やはり離れた場所からの目撃ですが、農婦は珍しく何人もの人が弧里の海岸へ行く日だと思い、骨休めにしばらくその男を見ていたそうです。男は雑貨屋で電話を借りてタクシーを呼ぶこともなく、上城町の方向へ歩き去ったそうです。男の容姿に関しては、長身ではなく、太ってもいない、という曖昧なものです」

「年輩の男と年齢不詳の女、ですか……」

伊集院が呟いた。

「その二人は偶然に弧里の海岸へ来たのでしょうか?」

百合も胸の疑問をふと洩らしていた。

これだけの情報から目撃された男女を探し出すのは至難の技である。弧里の海岸から上城町へ向かう県道にはほとんど人家がなく、畑仕事を切り上げるには早過ぎる時刻であったことを考えれば、他に目撃者がいるとしても車で通り掛かった者くらいだろう。

「警察ではどう考えているのですか?」

百合は殺人事件として捜査を開始すると私情を交えて話した和田を思い出していた。だが実際には、何らの物的証拠もない現状では打つ手もないはずだ。

「和田さんも困惑気味でした。ビラを配って目撃者を募るわけにもいきませんからね、内密に聞き込みを行って情報を集める方針のようです。いずれ事故として処理されるのではないでしょうか」

健吾の声を聞きながら、むしろその方が良いのかもしれないと百合は思った。

十七

翌日、書庫の整理をして夕刻に引き上げた伊集院が一時間も経たずに再び紀家にやって来た。百合は和恵と二人きりの夕食をすませ台所で後片づけをしているところだった。健吾は仕事帰りに沖之島警察署へ寄ることになっている。

「三枝さん、上がってもらって下さい」和恵が食器洗いの手を休めて言った。「ビールでも飲んで少し気を紛らした方が良いですよ」

和恵はぎこちない笑顔を向けた。身に付いていない仕草を故意に演じるふうがある。

百合はこの数日来の和恵の変化に驚いていた。差し向かいの食事の時も百合は話題探しに頭を悩ませることがなかった。和恵は東京での百合の生活を尋ねたり、爺様の書き残したものについて百合の感想を聞いてくるのだった。無口な和恵にも閉口したものだが、性格を一変させた感のある和恵も百合は持て余し気味だった。

「あいにく私は飲めないので遠慮させてもらいますけど、気兼ねなくやって、健吾が帰って来たら笑い声の一つも聞かせて下さい。みんなで陰気な顔をしていたら家が腐ってしまいますよ」

百合が上がるようにと伊集院に伝える間に、和恵はビール瓶を冷蔵庫から取り出し、お盆に二つのグラスを揃え、茹《ゆ》でた落花生を手際よく皿に盛って居間へ運んで来た。

「沖之島の夜には焼酎もいいですけど、この暑さを凌ぐにはやはりビールに限りますね」

伊集院は口許を緩めて調子の良いことを言う。

「爺様の書斎を整理していただき本当に感謝しているんですよ。私など学問がないので読んでも何もわかりません。今日はゆっくりして下さいね、健吾もまもなく帰って来るでしょうから、若い者同士で楽しんで下さい」

和恵も愛想良く受けて伊集院にビールを勧める。喪に服している家とは思えない雰囲気だ。昨日、爺様の初七日を迎えた紀家だが、殊更な儀式めいたことは行われなかった。和田警部補が線香を供えに立ち寄った他には、近隣の主婦が和恵の健康を気遣って訪れただけである。百合は毎朝爺様の写真に掌を合わせるのが日課となっていたが、その度に沖之島へ来てからの出来事が生々しく思い出され、息苦しくなるほどに胸が締め付けられるのだった。残暑と呼ぶにはあまりにも暑い沖之島の夜だが百合は酒を飲む気にはなれなかった。

和恵は伊集院の相手を百合に言い置いてから台所へ立ち去った。やがて食器の触れ合う音も消え、和恵は居間へ声を掛けることなく自室へ引き上げたらしかった。

「ビールを飲みに来たわけじゃありませんよ」

伊集院が声を潜めて言った。台所の気配をうかがい、すっかり闇に包まれている庭を見渡し、最後に視線が百合に戻された。

「先輩、地引の容姿を話してみて下さい」

百合は問い返したい気持ちを自制した。

「身長は百六十センチ少し、向かい合った時に視線がわずかに高かったわ。体重は不明、と言うより病的なほどに痩せていてまるで枯れ木みたい。栄養失調だと思う。髪は鏡も見ずに自分で刈っていて、いかにも絶ち切った感じ。半白髪。顔色はもちろん悪くて、脂気がなく、粉を吹きそうなほど荒れている。一言で表現すれば、貧相」

「やはり地引ですね。この家を窺っています」

「地引晃次がどうしたの？」

「書庫の整理を終えての帰りです。牛小屋の裏の車庫から車を出した時に気付いたのですが、不審な男が煙草を吸いながら門から少し離れた場所に立っていました。一見して普通の島の男とは様子が違うので気になったんです。

食事をすませてから一旦はホテルへ引き上げましたが、妙に気になったのでシルビアを飛ばして来たという訳です。すると今度はその男が反対側のガードレールに腰掛けていました。直接声を掛けてみようかとも思いましたが、夕涼みをしている人を咎めることもできませんしね、とりあえず先輩の耳に入れようと再登場した次第です」

「地引はまだいるかしら？」

「いると思いますよ。誰かを、おそらくは健吾さんでしょうが、人を待っている感じでした。暴行を加える意志でもない限り、先輩を待ち伏せる理由がありません」

「変なことを言わないでよ、気味が悪い」

百合は口ほどに恐れを感じてはいなかった。自ら性的不能者であることを話した地引の酒に酔った顔が思い出された。百合は座卓に手を掛けると勢い良く立ち上がった。

「地引に会って来るわ」

「待って下さい」伊集院があわてて引き止めた。「先輩が問い質したところで地引が本当のことを言うわけがありません。このまま健吾さんに会わせましょう」

「地引は健さんに何の用があるの？」

「そんなことを僕に聞かないで下さいよ。僕が帰りながら観察して、ホテルに着き次第電話で報告します。くれぐれも軽率な振る舞いはしないで下さいよ」

伊集院はそう言い残し、百合の返事を聞く余裕もなく飛び出して行った。伊集院君、最近あなた、一言多いんじゃない？　百合は胸の内で悪態をつかざるを得なかった。

七分後に伊集院から電話があった。玄関で待ち構えていた百合は一回の呼出音で受話器を取り上げた。

「地引に間違いありません。散歩のつもりなのか枯れ木が揺れるようにゆらゆら歩いていました。先輩の描写力に敬服しました」

「まるで歩く骸骨でしょう?」

百合は気を良くして蛇足を加えた。

「弧里の海岸で目撃された男は地引かもしれません。爺様の葬儀に参列していたというのも気になりますが、地引は何かを企んでいる可能性があります。健吾さんに聞いてみて下さい。地引は二時間以上も待ち続けているんです。重要な用件を抱えているはずです」

「そんな厚かましい真似はできないわよ」

「いや、できます。三枝百合が聞けば健吾さんはきっと打ち明けてくれます。頼みましたよ」

伊集院は独断を押し付けて電話を切った。何を考えているのか、今にも走り出しそうな慌ただしさが感じられた。百合は闇に紛れて地引の様子を見に行きたい誘惑を辛うじて抑えた。

健吾が帰宅したのはそれから二時間後だった。九時にまもない時刻である。光の中に姿を現した健吾を見た時、百合は体調が優れないことを理由に自室へ逃れようかと考えた。それほど健吾は険しい顔をしていた。玄関へ向かう健吾の足取りは感情を表して荒々しかった。

地引に会ったに違いない、百合は確信した。沖之島警察署へ寄って不快な思いをしたとは考え難い。健吾は着替えでもしているのか十分が過ぎても居間へ姿を見せなかった。百合は落ち着かなかった。漆黒の闇の中に響く葉擦れの音が不安を増幅させるようだった。

「遅くなりました」

憔悴した顔に笑みを浮かべる健吾が痛々しかった。健吾は百合の向かいに腰を降ろすと、

「伊集院さんが来ていたのですか？」

卓上のビール瓶を眼で示して言った。

「おばさまが勧めて下さるのでビールを一本いただき、伊集院君は七時前に帰りました」

「酒気帯び運転ですね。和田さんがいなくて良かった」

珍しく冗談を言う健吾を気遣いながら百合は小さく笑い声を立てた。百合はショベルカーの免許に関して頓着することのなかった健吾の清々しい顔を思い出した。あの時と同じように向かい合いながらも今の健吾には翳りが感じられる。いったい健さんは何を悩んでいるのだろう、百合は不意に悲しい気分に陥った。

「どうしました？」

百合の微かな変化に気付いたらしく健吾が優しく問い掛けた。百合は胸苦しくなった。

「健さん……何か悩み事があるんじゃないですか？」

健吾は狼狽に眼を瞬かせた。座卓に置いた手の指が小刻みに動いていた。

「立ち入ったことを聞くつもりはありませんけど……最近の健さんは暗い顔をしているので心配なんです。健さん……地引に関係していることですか？」

健吾は眼を見開いて百合を見た。

「地引は夕方の五時くらいからずっと門の辺りにいたそうです。伊集院君が気付いて知らせてく

れました。地引が二時間以上も待ち続けるとしたら、それは健さんだろうと見当を付けました。健さんは不快な話を聞かされたのではありませんか？　地引は爺様のことを快く思っていません。地引は信用できません」

「すみません、百合さんにまで心配を掛けて――」

健吾は疲れた声で百合に詫びた。声を出すのも苦痛らしく、嘆息が部屋の空気をも重くさせる。しばらく沈黙が続いた。息苦しい静寂の中で健吾と向き合っていることが百合には何より辛かった。

「これ以上百合さんを巻き込みたくなかったんです。でも却って心配を掛ける結果になってしまいました。俺には隠し事をする才能が無いようですね」

健吾は百合と眼を合わせて弱々しく笑った。沖之島空港へ降り立った日の百合には、健吾に素直な笑顔を返せない状況など想像もできなかった。青い沖之島の空のように一片の曇りもなく瞭子や健吾と眼を見交わしていたはずだ。瞭子が失踪し、爺様が変死を遂げ、健吾までが厄災に見舞われているらしい紀家では、まるで日を経るにつれて笑顔が喪われていくようではないか。

「三日前の昼過ぎに地引が何の前触れもなく訪ねて来たんです。百合さんが空港へ伊集院さんを迎えに行った日です」

百合は瞬時に思い出していた。伊集院を空港へ迎えてから弧里の海岸へ行き、夕刻に戻った百合は書斎から出て来る健吾を見たのだ。健吾は百合が近付いても気付かないほど茫然とした様子だった。

「地引の目的は金です。これまで二十年以上も爺様から一定の金額を貰い続けて来た、今後は俺に金を出せという要求でした」

「それは本当のことなのですか?」

百合には爺様と地引の結び付きが意外だった。

「俺は爺様が金を出した理由を聞きました。すると地引は突拍子もないことを言い出しました。瞭子の実の母親を殺したのは爺様だと言うんです。ニヤニヤ笑いながら話す地引を相手にしている内に俺は腹が立ってきましたが、いくら変人とはいえ何の根拠もなく強請《ゆすり》をする訳がありません。俺は気を静めて地引の話を最後まで聞くことにしました」

「健さん、地引の話は嘘です。わたしは爺様から話を聞いたんです。地引は偶然弧里の海岸へ釣りに行って二人を見掛けただけです」

「百合さんは知っていたのですか?」

「瞭子の行方を知るために地引とも会いました」

健吾は驚いたように百合を見た。

「伊集院君と二人で調べてみました。瞭子の失踪は地引を発端にしているかもしれません」

百合は沖之島へ来る前に鹿児島で会った徳次・キエの話から始め、戦後まもなくのタエの自殺、戸籍では死亡したのはキエになっていること、最後に紀徳次と地引の関係までを話した。しかし、百合は悠太と暸子の関係、その遺児の流産については話すことができなかった。それは百合の立ち入り可能な範疇を越えていると思われた。

「百合さん、今の話だと地引は中国生まれで沖之島とは何の繋がりもありませんよね。地引が鹿児島から移り住んだのは何時なのですか?」

「わかりません。でもわたしは暸子の生まれる数年前ではないかと想像しています」

「何が目的でこんな島に移り住んだんですかね?」

「……ふと思い付いたことなのですが、地引は爺様を強請《ゆす》るつもりで沖之島に来たのではないでしょうか」

「でも金城瑞恵の事故は地引が島に来た後でしょう?」

「そうです。その件とは別に……」

百合は話しながら想いを巡らせていた。幾つもの線が頭の中で交差し、いずれも途中で見えなくなってしまうのだった。それらの線は必ず一点に結び付くはずなのだ。百合は焦慮に駆られながら話を続けた。

「地引は徳さんから沖之島のことを聞いています。戸籍上では生存しているタエが縊死《いし》したことも、爺様が身代わりを考え付いたことも、更に戦死の誤報という悲劇も知っているんです。

爺様とタエさんの関係を地引は歪めて見ています。話し難いのですが、爺様が弟の嫁を寝取ったという言い方をしました。そして保身のために徳さんとキエさんを鹿児島へ追い出したと考えているんです。これらの出来事を地引は自分勝手に解釈し、爺様を強請れば金になると思い付いたのではないでしょうか。

その頃、爺様は高校の教員をしていましたよね？　スキャンダルに弱い立場と地引が考えたとしても不思議はありません」

「結局、地引はそのまま島に住み着いたということでしょうかね」

「その数年後に、偶然にも爺様と金城瑞恵を弧里で見掛けたのです。でも健さん、地引は爺様が突き落とす場面を見たわけではありません。……爺様は本当にお金を渡していたのですか？」

健吾は黙って頷いた。百合には信じられなかった。爺様が地引の強請に応じたのは、自らの手でわが子を殺害したと認めたからだろうか。爺様の書き残した原稿が思い出されていた。「夢の話」に描かれた世界は現実だったのだろうか。

「俺は地引に証拠を見せるようにと言いました」健吾の声は次第に落ち着きを取り戻していた。「源爺と俺の仲では証文は要らないのだと地引はうそぶきました。源爺の預金通帳でも見るんだな、地引はそう言い残してその日は帰りました」

「通帳で確認できたのですか？」

「銀行の口座から毎月一定額が引き下ろされていました。少なくともこの五年間は月初めに口座から現金が引き出されていました。どのような形で地引の手に金が渡っていたのかはわかりません。また引き出された現金が口止め料かどうかも不明ですが、少なくとも地引が爺様の口座の動きを知っていたことは確かです」

「健さんは地引の言うことを信じるんですか?」

百合の語気が刺々《とげとげ》しく響いた。悔しさが健吾を咎めるような言い方をさせ、自らの気持ちも高ぶらせるのだった。

健吾はゆっくりと頭を振って否定した。

「百合さんから話を聞かなければ信じていたかもしれません。俺は怖かったんです。地引に激しい怒りを覚えると同時に、正体のわからない地引が疫病神に思えて怖かったんですよ。近い内に地引の家へ行って話を付けてきます」

「健さん一人では心配です。あまり頼りにならないでしょうけど、伊集院君を連れて行って下さい」

「大丈夫ですよ。腕力なら負けません。俺は紀家の体面を守るために柳の影に怯《おび》えていたようなものです。正体さえわかれば何も怖くありません。この家にはもう喪うものなどありませんからね」

健吾はそう言って自嘲ぎみの笑みを浮かべた。

十八

「地引はもう一つ気になることを匂わせました」健吾が言った。「瞭子がどこにいるのか教えてやってもいいと言ったんです」

「地引は瞭子の居場所を知っているのですか？」

百合は短く叫び声を上げ両手で口を覆った。ありうるかもしれないと思った。瞭子は失踪前に地引の存在を百合に教え、鹿児島の紀徳次のことを知りたいのなら地引を訪ねるようにと言ったのだ。おそらく瞭子は最初の情報を地引から入手して出生の秘密を辿ったのだろう。迂闊だった。もっと早くに地引を問い詰めるべきだったと百合は後悔した。

「単車を駐車場に停めて出て来ると地引が幽霊みたいに現れたんです。三十分くらい前に和田さんから地引のことを聞いたばかりでしたからね、突然だったので驚きましたが、それが収まると猛烈な怒りを覚えました。

地引は薄笑いを浮かべて先日と同じ要求を繰り返しました。俺は通帳のことは隠して、爺様には金を出す理由がないと言いました。実際、通帳から引き出された金がどのように使われたのかわかりませんからね。すると地引が言ったんです。早く瞭子を見付けないと死んでしまうかもしれないぞ、あの家系は二代にわたって妙な死に方をしているからな、と。その時にはよく飲み込めなかったのですが、いま百合さんの話を聞いて理解できました。たぶん地引の脅しだとは思いますが、正直に言うと不安もあるのです」

「瞭子は決して死ぬようなことはありません」百合は即座に否定した。「瞭子はすべてが終わったら必ず連絡をすると約束しました。瞭子は何かをやるために何処かへ行っただけです」

「そうですね、百合さんの言う通りです。三年前もそうでした。瞭子が五ヶ月ぶりに帰って来た時、大人びたというのか、印象が変わっていたことを覚えています。そのうちひょっこり帰って来るでしょう」

午前零時を知らせる柱時計の音が会話の途切れたわずかな沈黙を際立たせる。健吾は眼を上げて時刻を確認すると、

「百合さん、書庫の整理をお願いしたりで心苦しいのですが、仕事は大丈夫なのですか?」

時の経過を惜しむように言った。

「健さんには話していませんでしたが、一週間前ほど前に病院を辞めました。辞表を送ったんです」

「そうでしたか。……申し訳ないことをしました。百合さんにまで迷惑を掛けてしまって——」

「違います、沖之島に来る前から辞めていたようなものなんです。休暇のことで婦長と対立してしまいましたから……」

「……百合さん、少し落ち着いたらドライブでもしませんか？　百合さんに聞いて欲しいことがあるんです」

百合は黙って頷いた。まっすぐに向けられた健吾の柔和な眼差しがまぶしかった。百合は嬉しかった。穏やかな顔の健吾を見ていると縁側で風に吹かれているように快く、満ち足りた気持ちになった。

翌日、伊集院と百合が書斎の整理を続けている離れの庭先に和恵が現れた。和恵は百合を手招き、

「三枝さん、車で町まで送ってもらえないかしら？　少し買い物をしようかと思って――」

そう言って恐縮する様子を見せた。

百合は返答に詰まった。困惑が表情に現れたのか和恵は顔を曇らせた。百合もあわてて手を振り返した。

「そうじゃないんです。わたし、人を乗せて自動車を運転したことがないんです。もし事故でも起こしたら大変ですから――。伊集院君に送ってもらって下さい」

「三枝さんにお願いしたいの。島の道路はほとんどが畑に囲まれているから事故など起きやしないわ。まっすぐ走れば大丈夫よ」

和恵はそう言い残して居間の方へ歩き去った。強引に話を進める和恵の態度が腑に落ちなかっ

た。単に上城町商店街まで送ってもらうだけなら運転手に拘泥《こうでい》することはない。話したいことでもあるのだろうと見当を付けた百合は、いかにも不安そうな顔付きをして揶揄《やゆ》する伊集院を軽く睨み返して書斎を出た。

助手席に坐り込んだ和恵は庭で切り取ったらしくクロトンの枝を数本手にしている。母屋の神棚に花の代わりに供えられているものと同じだ。沖之島では榊と同様に神聖な木なのだろう。

「けっこう上手じゃない」和恵が呑気な声で百合の運転を評した。「少しも怖くないわよ」

百合は汗ばむ掌をジーンズで拭いながら前を向いたまま笑顔で応えた。助手席に人を乗せるのがこれほど緊張を要する行為とは思わなかった。話し掛けられても応える余裕がない。早く商店街に着くことだけを百合は願っていた。

沖之島警察署の前を通り過ぎ、ようやく上城町商店街が近付いた頃、

「三枝さん、ついでに弧里までお願いできるかしら?」

和恵の声がした。百合は気が遠くなりそうなほど深い疲労感を覚えた。

「爺様が亡くなられた海岸にお参りしたいの。この先を右に曲がってまっすぐに行けば十分くらいで着くわ」

断れるわけがなかった。百合は十字路で慎重に左右を確認してから軽自動車を右折させた。歩行者のある時には車を停めて歩き去るのを待ち、苦労の末に商店街を抜けた時には長距離を走り終えた選手の気持ちになっていた。

無事に弧里の海岸に着いたのは十五分後だった。和恵は爺様が事故に遭ったと思われる池にクロトンを投げ入れて合掌した。

「三枝さん、この前あなたに遺書を見せたのはね、爺様の亡霊から逃げるためだったの」

和恵は水面に視線を向けたまま言った。晴れやかな声だった。

「わたしは爺様をずっと憎んでいたのかもしれない。死ぬ気になって初めて気付いたのよ。わたしの頭はどうにかなっているかもしれないわ、そのつもりで聞いて下さいね。

今日ここへ来たのは爺様と永遠に別れるためだわ、悲しいから来たんじゃないの。爺様が死んで初めてわかった、私は少しも悲しんでいないということが。これで終わり、今日からは誰にも気兼ねなく暮らせるわ。

紀の家に嫁いで来て三十四年になるわ。中学の教師をしていた夫が生きていた頃は何の問題もなかった。島の農業は台風との闘いなの。一度台風に見舞われると花は吹き飛び、砂糖黍はなぎ倒されて収穫が思うようにならないのよ。だから定収入の得られる公務員は嫁ぎ先としては申し分なかったわ。

悠太が一歳の誕生日を迎えてすぐに夫は脳梗塞で呆気なく死んだのよ。四歳と一歳の子供を抱えてわたしは途方に暮れたわ。実家には戻れないし、爺様の庇護の元で子供たちを育てるしか道はなかった。そして一年も過ぎない内に爺様はわたしには何の相談もなく暸子を連れて来て実子として育てるように命じた。当時のわたしは何の罪もない暸子に憎しみを感じたりもしたわ。乳飲み子を邪険に扱う自分が嫌になり、悔しさに泣かない日はなかった。

爺様は四十代の半ばで、教育者として群島内では有名になっていた。戦後まもなくアメリカ軍政府の目を盗んで本土から教科書や指導要領を取り寄せる画策をしたり、復帰運動の先頭に立っていたから組合の人たちには英雄みたいに思われていたわ。あえて教頭職に就こうとしない言動も却って人気を高めていたものよ。その頃から爺様には思惑があったんだわ、町長選に立候補するために着実に土台を築いていたに違いないわよ。

五期二十年という期間を爺様は町長として権力を振るい続けて来た。他人の意見など聞く人ではなかったわ。人の考えの先を読み、自分の思い描く青写真を次々に実行していった。爺様の強引さは指導力として町民には受け容れられ、その権力は年を経るごとに大きくなっていくのがはっきりわかるほどだった。爺様は特定の人を力で抑圧することはなく、相手が進退窮まったところで必ず助けて上げるの。それが爺様の権力を維持する術だったのよ。爺様に救われた人はまるで手品みたいに従順な信奉者になったものだわ。

そして爺様は公的な場と家庭の区別が付かなくなった。周りの人々は爺様の顔色を窺い、望むことを指示される前に行うことが当たり前になっていったの。狭い沖之島では爺様に逆らえる人などいなかった。わたしは三十年もの間、舅の奴隷として生きて来たのよ。

……爺様はね、自分の思い描くことが現実の生活になった珍しい人よ。人を従わせることによって生活が成り立っていることなど考えもしなかったでしょう。わたしはようやく爺様のいる生活から逃れることができたのよ。

悠太が生きていたらどんなに立派な青年になっていたことでしょうね、悠太はただひとり爺様に逆らって死んだのだもの……」

「おばさま……」百合は恍惚とした表情で話す和恵を遮った。「おばさまの気持ちはわかります。でも余所では爺様のことは話さないで下さい。事故とはいえ無責任な噂をしている人もいるそうです。妙な誤解を受けるかもしれませんから……」

百合には和恵の憎悪が理解できなかった。他人に遺書を見せ、舅への憎しみを隠そうともしない和恵に狂気を見るようで怖かった。

「金城瑞恵の事故死は爺様が教えてくれました。出産後、精神を病んでいたそうですね。母親に放って置かれる暸子が不憫で、おばさまが悠太さんと一緒に育てられたことも聞きました。……おばさまは暸子の父親をご存じですか?」

「わたしは知りません」和恵は振り返って百合を見た。「瑞恵さんは二十歳くらいだったでしょうかね、暸子とそっくりな顔立ちで、本当に可愛い娘さんでした。誰にもお腹の子の父親を打ち明けなかったと思いますよ」

「暸子の父親は島の人でしょうか? 暸子の容貌は沖縄の人を想わせますけど――」

「それは瑞恵さんの血筋です、瑞恵さんの先祖は沖縄の出身ですから。でも瑞恵さんは島を離れたことはありませんからね、相手は島の人でしょう。……三枝さんは暸子の祖父、徳次さんと言いますが、その人のことを暸子から聞いたことがありますか?」

百合には思い掛けない言葉だった。和恵の口から徳次の名を聞くとは思わなかった。百合は素早くこれまでに聞き得た話を反芻してみた。けれども和恵と徳次の接点を見出すことはできなかった。

「爺様の弟が内地にいるのは亡くなった夫から聞いていました。暸子の祖父です。その人が島に来ているらしいのです」

「おばさまはそれを誰から聞いたのですか?」

「ニシバルの婆さんが港で見掛けたそうです。爺様の葬儀に参列するために戻って来たのではないかしら、わたしは気付きませんでしたが。何千人という弔問客でしたからね、名乗ってくれなければわかりませんよ」

「ニシバルの新田さんは徳次さんと話したのでしょうか?」

「あの婆さんのことだもの、実際に話していたのなら今頃は部落中に噂が広まっていますよ。四十数年ぶりに顔を合わせて相手が誰なのかわかるものかしらね?」

和恵は疑わしげに言った。百合は伊集院と空港近くの海岸で交わした会話を思い出していた。徳次が東京に住む知人を訪ねると言って鹿児島を発ったのは爺様の葬儀の数日前である。そして伊集院が想像したように、徳次が東京へ向かわずに沖之島をめざしていたのなら、爺様の葬儀前にこの地を踏んでいるのだ。紀徳次は兄の葬儀のために来島したのではない。

百合は上城町商店街で和恵を降ろすと軽自動車を和地部落へ向け、紀家を素通りして新田家を訪ねた。ツル婆さんは庭の掃除をしていた。箒を持つ手を忙しなく動かして落ち葉を寄せ集めている。喜寿を越える年齢なのに老人特有の緩慢さは少しも感じられない。

「ツル婆さん、こんにちは」

百合は石垣の門から声を掛けた。ツル婆さんは満面に笑みを浮かべて見返した。話し相手の出現を心から喜んでいるらしく、箒を放り出して手を振りながら歩み寄って来た。

「また調査かね？　ちょうど一休みしようと思っていたからね、上がってお茶でも飲まないね？」

ツル婆さんは百合の腕を捉えて家の方へ導いた。

「お婆さん、今日は時間がないんです」百合は少し疚《やま》しい気持ちになりながら言った。ツル婆さんの長話に付き合っている余裕はない。「お婆さんは紀徳次さんを知っているのですか？」

ツル婆さんは百合の腕を放し、皺《しわ》の寄った細い眼を輝かせた。

「赤ん坊の時から知っているがね。癇《かん》の強い子供でね、何時間もおぶってあげたものよ」

「港で見掛けたそうですが、本当に徳次さんだったんですか？」

「まちがいないよ。徳次が島を出たのは戦後二、三年してからだったけどね、人の顔はそう変わるものじゃないがね、顔に皺が増えてもわたしにはすぐにわかったよ。それなのにあの礼儀知らずは育ててもらった恩を忘れて——」

「声を掛けなかったんですか？」

「話し掛けようにも逃げるみたいに行っちゃったんだよ。若い女の運転する車に乗るとわたしの方など見向きもせずに行っちまったが――。何かい、徳次はイーチへは顔も出していないのかい？」

「徳次さんは港で瞭子と会っていたんですか？　ツル婆さん、それは何時のことなんです？」

「立ち話もなんだからね、ちょっと上がんなさい。内地のお菓子もあるからね――」

百合はツル婆さんの誘いを受けざるを得なかった。


「てっきり事故ったかと思いましたよ。もう三十分待っても帰らなかったら沖之島署へ問い合わせるつもりでした」

書斎で資料に眼を通していた伊集院は百合を見て安堵の声を上げた。文机を離れて縁側に歩み寄って来たくらいだから本当に心配していたのかもしれない。

「世の中は思い掛けないことが起こるものよ」百合はそう前置きをすると、「伊集院君、紀徳次はやはり沖之島に来ていたわ」

勢い込んで告げた。けれども伊集院の反応は百合の期待を裏切り冷ややかなものだった。

「誰かに目撃されたのですね？」

「聞き取り調査をした家のお婆さんが港で見掛けたそうなの。それも若い女と一緒にいるところを」

「先輩、それは何時のことですか?」

「九月四日、瞭子の失踪から三日後のことだわ」

「と言うことは、紀源市が変死体で発見される二日前……」伊集院は独り言を洩らすように言った。「徳次は鹿児島からまっすぐに沖之島へ向かったんですね」

「徳さんは爺様に借金を申し込むために来たのかしら?」

「先輩、そのお婆さんは耄碌《もうろく》していないでしょうね? 聞いた話を詳しく教えて下さい」

伊集院は百合の質問を無視して性急に尋ね返した。

「もうすぐ八十歳になるお年寄りだけれど、目も耳も口も達者なお婆ちゃんよ。立ち話で聞き出すつもりだったのに、家の中に引き入れられて小一時間も話を聞かされたわ。だから遅くなったのよ。

お婆ちゃんは沖縄の大学へ通っている孫を一家で港まで見送りに行って徳さんを見掛けたの。だから日付はまちがいないわ。徳さんは下船客の一番最後に、乗船が開始される直前に降りて来て、人を捜す様子だったらしい。お婆ちゃんは孫との別れが辛くて、昇降階段の脇に陣取っていたので徳さんを間近で見ることができたのよ。見た瞬間に、この人は島の人間だと感じ、戦後復員して来た時の徳さんの顔が思い浮かんだそうよ。わたしもね、最初は四十年ぶりに会って判るものかしらと疑っていたんだけれど、お婆ちゃんの話を聞いているうちに、四十年も昔のことをつい昨日の話みたいに言うお婆ちゃんの直感は信じられると思った。

徳さんは瞭子の車で逃げるように立ち去ったので声を掛けることはできなかった、とお婆ちゃんは腹立たしそうに付け加えたわ。徳次を子守してやったのに、あの恩知らずが――、そう言って昔の記憶を延々と話してくれたのよ」

「……車を運転していた若い女が瞭子さんだというのは先輩の想像ですね？」

「お婆ちゃんは若い女としか言わなかったけど、瞭子に違いないわよ。徳さんと結び付く若い女は、わたしを除いたら瞭子しかいないじゃない？」

百合は憤然として言い返した。伊集院は唇を噛んでしばらく黙り込むと小さく舌打ちを洩らした。

「……僕たちは思い込みに縛られていたようですね。鹿児島から届いた瞭子さんの手紙がある意図の下に仕組まれたものだとすると、僕たちが調べ上げたことも計算されていたかもしれません」

「誰がそんな途方もないことを考えると言うの？」

伊集院は応えなかった。眉間に深い皺を寄せて悲しげに俯いた。

伊集院一馬の創作ノート（五）

沖之島へ来てまもなく一ヶ月になる。紀家で起こっている悲劇の中で俺は何の役を振られているのだろうかとふと考えた。暸子さんは何を願ってこの芝居を続けているのだろう。少なくとも当初からの筋書きとは異なった展開になったに違いない。なぜなら、俺が沖之島へ現れるのは百合にさえ知らせていなかったのだから。

紀源市の変死は暸子さんのシナリオに含まれていたというのか。俺には信じられない、いや信じたくない。百合の前では死んでも口にできない言葉だ。こんな結論しか導き出せない自分の頭を呪いたくなる。人を信じる気持ちより疑う感情の方が多いらしい自分が嫌になってくる。しかし。

徳次が港で目撃されたのが九月四日。紀源市の殺害が翌々日の六日。それから十日が過ぎている。俺が沖之島へ戻ったのが十二日。少なくともこの日の朝まで徳次は鹿児島にはいなかった。まだ島にいる可能性は高い。いったい何のために？

ホテルの窓から沖合に浮かぶ船の姿を確認して港へ向かう。港近くの空き地にシルビアを停めて桟橋まで五分の距離を歩く。頭の中に鮮明に記憶されている紀徳次の顔を思い浮かべながら乗船口へ近付く。ここまでは日課のように繰り返してきたことだ。

――おはようございます。

今日から加わった改札係への挨拶だ。毎日現れては背後に立つ俺を見咎めた森さんが、

――人捜しかい？

気さくに話し掛けてきたのは昨日のことだ。森さんはほぼ同年齢に見える。徳次の写真を示して十五年前に撮したものだと補足する俺に、

――十日くらい前に鹿児島から来た客だな、この人は。

森さんはあっさりと言った。

――覚えているんですか？　その男はもう島を離れましたか？

――それ以来見ていないから、まだ島にいるんじゃないか。

俺は森さんの言葉を心強く聞いたのだった。

今日も徳次の姿はなかった。俺はシルビアに乗り込み、しばらく考えた後に下城町へ向かった。三軒ある旅館を徳次の写真を見せて回ったが何の収穫も得られなかった。当然の結果とは思いながらも気落ちしている自分に気付く。徳次あるいは暸子さんを見付け出さなければこの芝居の幕は永遠に降りないのだ。

下城町から戻り紀家に行く。書庫は沖之島関係と西郷隆盛関係の資料をわずかに残して片付いている。今日の昼過ぎにはすべて完了するだろう。

百合は書庫の整理を終えたら東京へ帰る心積もりのようだ。百合のいない沖之島に滞在しても仕方がないが、紀徳次を発見するまでは後ろ髪を引かれる思いが残る。瞭子さんも島のどこかに潜んでいるかもしれないのだ。とても引き上げる気持ちにはなれない。

百合は縁側に腰掛けて資料に眼を落としている。庭先に立ち止まってしばらく眺めていても気付く様子はない。俺がわざとらしい咳払いをすると、

――遅かったわね。三十分もあれば沖之島コーナーは終了よ。

周囲に積み上げてある資料を手で示して言った。

俺は桟橋の見張りを続けていること、昨日森さんから聞いた徳次らしい男は沖之島へ上陸したままであること、そして徳次は下城町の旅館には宿泊していないことを順に話した。

――伊集院君、あなたがその緻密さで学問に取り組めば、まちがいなく大成すると思うわ。

百合は妙な誉め方をした。俺も民俗学に興味以上の関心を持てない己の心が残念ではある。しかし並外れた関心を抱けるというのはそれだけで一種の才能である。そこが俺と百合の違いだ。

爺様の文机に向かって片端から資料に眼を通し始めた。よほどの難物に出くわさなければ一時間後には解放感を味わっているだろう。「終わったあ」百合の声を背中に聞いても振り返らずに読み続けた。自筆の原稿はほとんどなく、コピーや南洲研究会の会報誌が大勢を占めている。目新しいものは何もなかった。

頃合いを見計らったかのように百合と健吾さんが現れた。百合の捧げ持つお盆にはおにぎりの

皿と三つのグラスが載せてある。

――ようやく終わりました。

そう健吾さんに報告すると、

――ビールで完了祝いをしましょう。

左右の手に提げていたビール瓶を胸の高さに持ち上げて見せた。

――クルマなんですよ。

と一応辞退する俺に、

――大丈夫ですよ。蛇行運転さえしなければ沖之島では停止を求められません。

健吾さんはこともなげに言った。

俺は一昨夜の情景を思い出していた。地引の様子を百合に電話で知らせると、俺は全速力で三度紀家へ向かったのだった。かなり離れた場所にシルビアを停め、密かに紀家の庭に忍び込み、家屋の裏側伝いに牛舎脇の駐車場まで近付いたのだ。健吾さんは通勤にオートバイを用いており、律儀に駐車場へ停める習慣であることは知っていた。地引の姿は見えなかったが健吾さんの帰宅を待ち構えているに相違なかった。俺は木陰に身を潜めて待ち続けた。

うんざりするほどの時間が過ぎてからオートバイが駐車場へ滑り込んで来た。健吾さんがエンジンを切るやどこからともなく地引が現れた。健吾さんの躰が驚きに震えた。駐車場の裸電球の下で二人は向き合っている。地引より頭ひとつ背の高い健吾さんに萎縮が感じられた。不気味に笑い掛けながら話す地引の気合いに呑まれてしまったらしい。俺はまるで腕力には自信がなかったが、殴り合いにでもなったら飛び出せるように態勢を整えた。

二人の話し合いは十五分ほど続き、地引が身をくねらせて闇に紛れると、健吾さんは肩で息をついてから裸電球を消した。同時に俺は深々と安堵の溜息を吐いた。

おにぎりの昼食を終えて健吾さんが外出するのを見届けてから俺はその日の光景を百合に話した。暴力沙汰にならなくて心底ホッとした部分は割愛した。健吾さんは近い内に地引と話をつけると言ったらしいが、その時は同行を申し出ようと俺は考えていた。もちろん百合への見栄を認めない訳にはいかないが、地引には暴力を恐れない本性が感じられてならなかった。俺や健吾さんとは明らかに異なる人種だった。できることなら紳士的な話し合いを望みたい。しかしそれが叶う相手ではなさそうだ。

三時過ぎにホテルへ戻った。足早にロビーを通り抜けようとする俺を親父さんは見逃さなかった。一冊の本を手にしてフロントから飛び出して来た。

「一馬さん、待っとりました。これを見て下さい」

親父さんは期待に胸をときめかす子供みたいに俺を見上げている。本と思ったのは白紙を製本しただけのノートのようだ。親父さんが広げた頁に視線を落とすと見覚えのある筆跡で短い文章が書き付けてあった。

「沖之島は、私の人生における第二の始点である」

一九六六年七月

城北大学文学部講師　大淵憲次郎

「何ですか、これは？」

俺は指導教授の顔を思い出しながら尋ねた。二十三年前の七月に大淵教授は沖之島を訪れこのホテルに投宿したということだろうか。

「これを一馬さんに見せたくてねえ、驚いたでしょう？　若き日の大淵憲次郎教授が泊まられた時に書いていただいたものですよ。他にも歌手になった人や、オリンピックに出た人の無名時代の文章があります。このホテルに泊まった方で、わたしが有為《ゆうい》の青年と見込んだ人々に記帳を頼んだものです。そのためにわざわざ白い本を作ったんですよ」

親父さんは嬉しそうな声で説明した。このノートを大淵教授に見せたらどんな顔をするだろうかと考えて俺の口許は緩《ゆる》んだ。

「ぜひ一馬さんにも記帳をお願いしたいものです」

「俺はユーイの青年なんかじゃありませんよ」

「そう言わずに何か書いて下さい」

白い本を俺に押し付けてから親父さんはフロントへ引き返した。俺は溜息を洩《も》らした。社会調査に来島したことでもあり、大淵教授に破門された件は親父さんには話していなかったのだ。気後れは覚えるものの親父さんの無邪気な趣味を拒むことはできなかった。
俺は部屋に入ると記帳は後回しにして『南洲翁伝説』を読み返すことにした。ベッドに寝転がって頁を繰った。創作ノートに気になる文章を引き写しながら読み進んだ。

「國破れて山河在り。
先の大戦に敗れ、沖之島は島史上新たな為政者を迎へることになつた。琉球、薩摩、そして今度は米軍の支配下に置かれた訳である。島民に動揺は無かつた。為政者が変はらうとも沖之島の人々の生活は変へやうもない。ただ新たな権力者に従ひ、その日その日を暮らすのみである。
大戦に疲弊した日本国は南の離島を持て余してゐた。沖之島の島民は自ら経済を立て直さなければならなかつた。歴史が物語るやうに、支配者は已れの欲望を満たすべく侵略を行ふのである。戦ひに敗れた時、侵略地の民を気遣ふ者はゐない。離島の人々は戦時下は大日本帝国臣民と呼ばれ、敗戦後は日本国に寄生する虫のごときに扱はれた。やがて日本国が独立して新生日本をめざす日を迎へても、沖之島では依然として米軍の支配が続いてゐた。」（「國破れて――」より抜粋）
「私は戦後の荒廃を生きながら、つくづく権力といふものを厭い、かつ熱く求めるやうになつた。教員をしてゐた私は密かに大志を抱いてゐた。民主主義が唱へられ、平等の思想が説かれやうとも、それは日本国に適用されこそすれ、離島の子供たちには離島の教育が必要であつた。けだし、この考へは教育に限らず、全てに敷衍《ふえん》されるべきものであると私は固く信じた。沖之島は日本国からも沖縄からも、もちろん米軍からも独立し、自らの行政を始めるべきであった。

〈中略〉

私は沖之島の歴史を調べる傍ら、組合活動にも率先して参加し、いつしか指導者となつてゐた。米軍将校を相手に沖之島の特殊性を説き、やがて訪れるであらう日本復帰に備へるべきことを強調した。私が英語を話せたことは大いに私の立場を重要なものに変へた。私は教育界においては群島でも名を知られるやうになつてゐた。権力は私の目の前にあつた。」（「國破れて――」より抜粋）

「私の家は代々教育者の家系である。それは南洲西郷隆盛が島津久光の逆鱗に触れ、沖之島へ流罪になつた時に始まる。

祖先は南洲翁の塾生の一人であつた。罪人としての西郷が公に塾を開ける訳はない。西郷を慕う若者たちが寸暇を惜しんでその言葉を心に刻み、教へを実践してゐたに過ぎない。

〈中略〉

勤務の傍ら私は古老を訪ねては南洲翁に関する伝聞を集め、古文書にもすべて眼を通し、或る事実を追ひ求めてゐた。紀家の外戚に西郷の血を引く者がゐるとの云ひ伝へがあつたのだ。南洲翁の落し胤である。」（「櫛の話（一）」より抜粋）

「戦後まもなく私は或る女を世話するやうになつた。夫を戦場で亡くし、独り健気に生きる若く美しい女性であつた。女の祖先は沖縄と聞いてゐた。目鼻立ちのはつきりした顔は確かに琉球人を想はせた。私は女を後添いにと考へてゐた。

ある日、心を許した女は家に代々伝はるものと前置きをして小箱を差し出した。開けて見ると古い櫛が納めてあつた。形見として母から娘へと遺された品なのだらう、私は単に女への心遣ひから恭しく手に取つて眺めた。薄く墨文字が書かれてゐた。判読すべく眼をこらした私は驚愕のため震へた。櫛には南洲の文字が読み取れたのだ。

〈中略〉

運命のいたづらと呼ぶ他はない。私の先祖と女の先祖は、遠く南洲翁の時代には同じであつたのだ。西郷の子を身籠もり琉球へ渡つたと語り継がれてきた紀家五代目・源吉の妹は、私の愛する女の祖先であり、西郷隆盛の末裔に違ひなかつた。

私は天啓を感じた。目の前にある現実を信じやうと思つた。この運命のいたづらは、かつて南洲翁に私淑した祖先の血を私に甦らせた。私は望ましい世界を創造する使命を与へられたやうに思つた。

私は私の信ずる現実を得るために権力を手に入れねばならなかつた。試練に打ち勝つ強い意志を持たねばならなかつた。私は南洲翁の教へをこの占領下で実現させるために撰ばれた使徒であつた。迷いは許されなかつた。」（「櫛の話（二）」より抜粋）

紀源市は、わたしはすべてをあの本に書きました、と話した。俺には理解できなかった。時に美文調の、時に文学趣味の勝った爺様の文体とは相性が悪いらしい。まるで、信じたことが現実、と言わんばかりだ。「信じる者は救われる」か?

俺の集中力はすでに切れ掛かっていた。

枕元の電話が鳴った。まもなく眠りに誘われそうな最良の瞬間を破壊する悪意が感じられる。受話器を取り上げると百合の震え声が飛び込んで来た。

「伊集院君、すぐに来て、すぐ——」

十九

薄闇が拡がり始める頃、健吾が蒼白な顔で帰宅した。健吾は黙って庭から居間へ上がり込み崩れるように坐った。台所で夕食の支度をしていた百合は振り返って声を掛けた。応答がなかった。健吾は両手で頭を抱え、低く呻き声を洩らした。

「具合が悪いのですか?」

百合は健吾の傍らへ近付いて尋ねた。和恵もタオルで手を拭いながら追って来た。

「どうしたの? 健吾」

健吾は母親の声にも反応を示さなかった。髪の毛を摑んだ指が小刻みに震えていた。

「何があったの？」

健吾はようやく顔を上げると深く息を吐いた。健吾の眼が百合に注がれた。その虚ろな眼を見返す百合の胸は締め付けられ、息苦しさが躰を震わせた。

「地引を……」健吾は口許を強ばらせて呟いた。「殺してしまった……」

百合は息を飲んだ。眼を見開いて健吾を見詰めた。

「どういうことなの、健吾？」

和恵が語気を強めて訊いた。声の響きとは裏腹に躰は崩折れ、救いを求めるように息子の腕を引き寄せている。

「……地引は頭を切り株に打ち付けて死んでしまいました。言い争っているうちに突き倒してしまったんです」

百合には健吾の話す状況が容易に想像できた。長椅子の周囲に幾つもの切り株の残る地引の庭を思い描いていた。体格の著しく異なる二人である。健吾が腕を振り払うだけで軽量の地引は吹き飛んだことだろう。

「健さん、地引の死を確認したのですか？」

「いや、倒れて動かなくなったので、とにかく和田さんに連絡をしようと思い帰って来ました」

百合は返事を聞くなり小走りに玄関へ急ぎ、沖之島シーサイドホテルの伊集院を呼び出した。

一人で地引の家を訪ねる勇気はなかった。伊集院を同行して地引の生死を確かめに行くつもりだった。数度の呼出音の後に伊集院の声が聞こえた。百合の脳裏に不意に現実としての殺人が認識され、生々しい恐怖に包まれた。

「伊集院君、すぐに来て、すぐ——」

百合は喘《あえ》ぐようにそれだけを言った。大声で問い返す伊集院に同じ文句を繰り返すことしかできなかった。

伊集院はよほど急いで駆け付けたらしく、百合が和恵に警察署への連絡を頼んで門へ出ると、まもなく夕闇の中にシルビアが現れた。百合は素早く助手席に乗り込み方向を指示した。伊集院は間髪を入れずに百合の指示を実践に移した。

「地引が切り株に頭を打って倒れているらしいわ。健さんが誤って突き倒したの」百合は早口で説明した。「昏倒しただけかもしれないわ、仮死状態でも適切な処置をすれば蘇生するわ」

百合は地引の家へ向かう脇道の手前で停車を命じ、車から飛び出して次第に闇の濃くなる赤土の道を走った。半ばの距離を駆けた地点で伊集院に追い付かれた。伊集院が肩を並べて走りながら大声で尋ねた。

「健吾さんが地引を突き倒した理由を聞きましたか?」

百合は首を振った。理由など百合にはどうでもよいことだった。地引が健吾の神経を逆撫でするような暴言を吐いたに違いないのだ。一片の好意さえ抱いてはいない地引だが、いまは生きていてほしかった。

薄闇の庭に地引は躰を横たえていた。両足を投げ出し、上半身を捻《ひね》った姿は、まるで酔い潰れてでもいるみたいだ。百合は意を決して地引の側へ駈け寄った。伊集院が緊迫した声で背後から呼び止めたが振り返らなかった。看護婦として過ごした年月に培われた習性が自然に躰を動かしていた。

地引の脇にしゃがみ込んでその顔色をうかがった。アルコール臭が鼻を衝いた。眼は閉じられ、口が半開きに歪んでいる。百合は指先を地引の口に伸ばした。吐息は感じられない。続いて胸に置かれた腕を持ち上げて脈を探った。骨と皮の腕は硬く、生暖かかった。

指先に神経を集中しても血管を捉えることができなかった。百合は地引の躰を仰向けにした。上半身が音も立てずに転がると切り株が現れ、黒く付着した血痕が確認できた。百合は地引に跨って胸を強く押した。掌に胸骨がはっきりと感じられる。規則正しく力を込めて地引の胸を押し続けた。百合は夢中で人工呼吸を繰り返しながら泣いていた。

「勝手な真似をされては困ります」

怒鳴り声がした。和田警部補だった。百合の躰を遺体から引き離すつもりなのか丸太のような腕が伸びてきた。百合は身を竦《すく》ませながらも濡れた眼で和田を見返した。

「わたしは看護婦です。傷付いた人を救うのが仕事です」

鼻の奥に強い刺激が走り涙が溢れ出た。百合は悔しかった。地引の死を確認したことが無性に悲しかった。

「……失礼しました」和田がぎこちなく手を引き戻した。「三枝さんが駈け付けた時、地引の状態はどうでしたか？」

「息はありませんでした」

百合は急に脱力感に襲われ、地引の遺体を見下ろして言った。


伊集院に抱えられて百合は紀家に戻った。庭に制服姿の警察官が立っていた。年若い警察官は百合たちへの対応を迷い、姿勢を正して挙手の礼をした。

健吾は居間に悄然と坐っていた。百合は健吾と眼を合わせることができなかった。新たな悲しみに襲われ、たちまち視界が曇った。最も声を掛けたい相手を前にして何も言うことができないのだ。身を削るように時が過ぎていく。

やがて部下を率いて和田警部補が現れた。和田は他の警察官たちに庭先で停止を命じ、一人だけで居間の方へ歩み寄って来た。

「……健吾さん」和田は沈んだ声で健吾に語り掛けた。「地引の遺体をいま収容しました。……残念です」

健吾は黙って頭を下げた。百合たちが戻るまでの短時間のうちに気持ちが落ち着いたらしく澄んだ眼をしていた。

「申し訳ありません」

健吾の口調に乱れはなかった。正座をしている姿に百合は爺様を思い出した。

「署まで同行願えますか」和田は口ごもりながら言った。「詳しい話を聞かせて下さい」

健吾は無言で頷くと視線を百合に向けた。

「こんなことになるなんて、俺には今でも信じられません」健吾は眼を翳らせた。「百合さんの休暇を台無しにしてしまいました。空港へ百合さんを迎えた日、俺は幾つもの計画を立てていたんです。釣りにも案内したかったし、皆でキャンプをしたらどんなに楽しいだろうと想像したりしました。……でも何も果たすことができませんでした。思い出になるような日を百合さんと過ごせなかったのが唯一の心残りです」

健吾は淡々と話した。そのすべてを諦めたような話し方は却って健吾の思いを直截《ちょくせつ》に伝えて来た。

「百合さん、瞭子から連絡があったら、こう伝えてもらえませんか？　……紀の家はなくなった、と。もうイエに縛られることはありません、瞭子には紀家を離れて自由に生きてほしいのです」

百合は深く頷いた。健吾は己れの身を案ずるよりも事件が知れ渡った後の処置をずっと考えていたのかもしれない。健吾は待たせている和田に気遣う眼を向け詫びる仕草をした。

「お袋にはしばらく実家の兄の家へ行くように言いました。ショックが大きかったらしく、呼吸が苦しいからと自室で寝ています。以前にも似た症状がありましたから心配はないと思いますが……。後で部屋を覗いてもらえますか？　看護婦さんに見てもらえばお袋も安心するでしょうから――」

健吾は伊集院にも礼を言って立ち上がった。健吾の足音が廊下を玄関に向かって遠離《とおざか》った。茫然としてその響きを聞いていた百合は弾かれたように立ち上がった。健吾の後を追って玄関へ急ぎ、草履を突っ掛けて庭へ飛び出した。居間からの光を受けて健吾の後ろ姿が見えた。

「健さん」

百合は呼び掛けた。精一杯の声を出したにもかかわらず囁くような震え声が洩れただけだった。

「みんなでキャンプのできる日を楽しみにしています」

百合は笑顔を作ろうとして失敗した。健吾の後方では和田警部補が辛抱強く待っている。百合は駈け寄りたい気持ちを抑えて健吾を見上げた。

「百合さん……」

健吾は微かな笑みを浮かべて寂しそうに頷いた。百合は唇を嚙みしめていた。健吾はしばらく百合を見詰め、眼で別れを告げると和田に先立って門への坂道を歩き始めた。

翌朝、百合は十分置きに城北大学の比嘉研究室へ電話を掛けていた。比嘉は講義の有無に関わりなく研究室へ出向く。会社員となんら変わらない生活を院生たちにからかわれる度に、ここは僕の書斎を兼ねているのだよ、澄まして応えるのだった。

「先輩、少し落ち着いて下さい」伊集院が百合の様子を見かねて声を掛けた。「比嘉さんが研究室へ着くのは、講義のある日は八時三十分、無い日は九時十五分です。あと三十分もしたら必ず連絡ができますよ。坐ったらどうですか？」

伊集院は昨夜、百合を気遣い居間で毛布一枚を掛けて寝たのだった。その顔にはくっきりと疲労が浮かんでいる。熟睡できずに朝を迎えたことは明らかだった。

まもなく九時になるのに和恵は居間に現れない。健吾が連行された後で百合が部屋を見舞うと、和恵は敷布団の上に横たわり苦しそうに躰を動かしていた。顔色は青白いものの意識の混濁はなく、脈拍も力強い流れを感じさせた。百合の質問に応える語調にも乱れはない。過呼吸症候群だろうと見当を付けた百合は、台所から紙袋を探して来て和恵に手渡した。過呼吸は極度の不安等が引き金になって起こる一時的な呼吸困難である。気分を楽にして、紙袋の中でゆっくりと呼吸を繰り返すうちに、血中の二酸化炭素濃度が上昇して静まるのが普通だ。百合は紙袋を口にあてて肩で息をする和恵の姿をしばらく見守ってから居間へ引き返したのだった。

「先輩、一時間ほど港へ行って来ます」

伊集院はそう告げるや壁時計に眼を走らせながら玄関へ向かった。百合はつくづく伊集院の執念に感心していた。今日の百合には暸子の失踪も爺様の変死も遠い過去の出来事にしか思えなかった。虚脱感が躰を支配していた。比嘉への電話を終えたならすぐにも沖之島署へ和田を訪ねて健吾の様子を聞きたかった。

　百合は腕時計の針が九時十五分を指すのを待って再び比嘉の研究室へ電話を入れた。二度目の呼出音で受話器が取り上げられた。

「比嘉さん？　三枝です」

　百合は性急に呼び掛けた。一拍の間を置いて比嘉の懐かしい声が耳に届いた。

「三枝君か。元気でやってますか？」

　比嘉はのんびりとした声で尋ねた。

「比嘉さん、わたし信じられないような状況に見舞われているんです。申し訳ありませんが口を挟まずに話を聞いて下さい」

　百合は沖之島へ調査に訪れてから遭遇した出来事を簡潔に話した。それでも十分間を要した。比嘉は途中で、「伊集院君が？」とその存在を訝《いぶか》るふうに奇声を発したが、次第に受話器から洩れる吐息に緊迫感が増していった。百合の話を聞き終えても比嘉は唸《うな》り声を上げただけで黙り込んでいた。

「比嘉さん、わたしはどうしたら良いでしょう？」

　百合は救いを求めて呼び掛けた。比嘉は深々と息を吐き、

「おそらく健吾さんは鹿児島へ移送されると思う、状況がどうであっても殺人事件には違いない

からね。知り合いの警部補から身柄がどこへ移されるのか聞いておくことだ。――三枝君、夜まで時間を下さい。その間に対処法を考えてみます」

硬い声を残して電話を切った。百合は落胆して受話器を戻した。けれども無理もないことだった。こんな話を聞かされて即座に対応を指示できる者などいるわけがないのだ。

二十

午後から沖之島警察署の和田警部補を訪ねた。身柄を拘束された健吾との面会は不可能だろう。その様子を知るには和田を頼るしかなかった。

署内の雰囲気が一変していた。先日訪れた時の和やかさはなく、もの問いたげに窓口に立つ百合に咎めるような視線が向けられた。制服姿の警察官が近付いて来た。

「ご用件は?」

気忙しそうに尋ねた三十年輩の男は百合と伊集院を値踏みする眼で見た。観光客の些事に関わっている閑はないと言いたげである。

「生活安全刑事課の和田さんはいらっしゃいますでしょうか?」

「お知り合いですか?」いくぶん表情を和らげたのは和田の名前が功を奏したのだろう。言葉も丁寧になっている。「課長補佐は外出していますが、まもなく戻ります。お待ちになりますか?」

男は片隅に備えてある木製の長椅子を手で勧め会釈をして席に戻った。

和田警部補が姿を見せたのは三十分後だった。先刻の警察官に耳打ちされて百合たちの来訪を知ると片手を上げて見せたものの、和田はフロアー内を忙しく動き回ったり電話を掛けたりでなかなか手が空かなかった。外部からは窺い知れないが署内は驚天動地の混乱に陥っているのかもしれなかった。およそ犯罪とは縁のない島である。初めて経験する殺人事件に誰もが神経を尖らせているに違いなかった。

「お待たせしました」ようやく和田が声を掛けて来た時には沖之島署へ着いてから小一時間が過ぎていた。「外へ出ましょうか?」

和田の隈のできた顔には精気が漲《みなぎ》っている。百合と伊集院を促して足早に出入り口の方へ歩いた。和田はコンクリートの階段を駈け下り、建物を迂回して裏の駐車場へ歩を進めた。そしてバレーボールの試合を観戦するために置いてあるらしいプラスチックの椅子を寄せ集めてその一つに腰を降ろした。

「中では話し難いこともありますからね」

和田は二人に椅子を勧めながら言った。

「ところで、和恵さんの具合はどうですか?」

「過呼吸は習慣化する恐れがありますが、安静にしていれば自然に治りますし、日常生活にも支障はありません」

百合が答えた。紀家に深い関わりを持つ和田は、単なる社交辞令として和恵の容態を聞いた訳ではないだろう。和田は一枚の紙片をポケットから取り出し、

「差し入れの品を書いてあります。今日中に署まで届けるように和恵さんに伝えて下さい。具合が悪いようでしたら、三枝さん、お願いできますか?」

そう言って百合に手渡した。百合は一瞥してジーンズのポケットに納めた。和恵に品物を揃えてもらったら自らの手で届けようと思った。

「和田さん、健吾さんの様子を教えていただけますか?」

和田は無言で頷いた。優しい眼で百合を見ていた。昨夜の情景を思い出したのかもしれなかった。

「明け方に少しうなされていたようですが落ち着いていますから何も心配はありません。午前中に現場検証に同行してもらいました。昨夜の取り調べと矛盾するところは微塵もありませんし、記憶も鮮明です。——健吾さんは紀家の惣領ですからね、芯は強いはずです。元町長の血が流れている人ですから」

「事故ではなかったのですか?」

「個人的には不幸な事故と考えています。しかしながら、三枝さんもご存知の通りの事情ですからね、検察庁は殺人容疑で立件するでしょう」

「殺人だなんて……。健さんがそんなことを考えるはずはありません。死んだ地引が悪いのです」

「三枝さんの気持ちは痛いほどわかりますが、わたしの口からは何とも言えません」

「健さんを助けて下さい」

百合は思わず身を乗り出していた。和田は頻《しき》りに頷きながらハンカチを取り出して額の汗を拭った。

「三枝さん、沖之島署のような規模では殺人事件を扱う権限はないんですよ。本部からの指令で動かざるを得ないのです」和田は詫びるように眼を伏せた。「わたしには残念ながら健吾さんを救う力はありません。……三枝さん、この件に関しては、逮捕後四十八時間以内に鹿児島地方検察庁へ身柄を移送することが義務づけられています。明日には沖之島署の管轄から離れます」

「健さんは鹿児島へ行くのですか？　裁判を受けるのですか？」

「わたしの口から話すことはできないのです、勘弁して下さい。……裁判というのは思わぬ結論を導き出すこともあります。素人の手には余る世界です。有能な弁護士が付けば、無罪で争えると思います。……これはわたしの個人的な見解です」

和田は腕時計に視線を落とした。部外者を相手に事件の背景を説明する時間などあるはずはなかった。和田の指示を仰ぎに来たらしい制服の警察官がバレーコートの端に立ち止まって逡巡している。和田は手を上げて制すると、

「三枝さん、健吾さんの移送は通常の手続きを踏みません。ですから空港へいらしても顔を見ることはできません」

百合に眼を戻して言った。百合への労《いたわ》りが感じられた。軽く会釈をして立ち上がる警部補を伊集院があわてて呼び止めた。

「和田さん、忙しいところ申し訳ありませんが、元町長の件は進展があったのでしょうか？　差し支えのない範囲で教えていただけませんか？」

和田は再び部下の方へ視線を投げ、手振りで待機を命じた。

「まったく進捗はありません。目撃された男女の足取りも取れていません。町長が発見された翌日から空港と桟橋には署員を派遣し、旅行代理店にも情報依頼をしてあるのですが、不審な人物は浮かび上がりません。なにしろ人相さえ曖昧なのですから雲を摑むような話です」和田は憂鬱そうに首を振った。「それより伊集院さん、お二人で調べたことをわたしにも教えてもらえますかね？　健吾さんも知らなかった事実を探り出したそうですね」

「なにぶん紀家に深く関わることですから……」

「伊集院さん、わたしはね、一警察官としての立場を離れて捜査に当たっているんですよ。お二人の暸子ちゃんや健吾さんに対する気持ちと同じように、わたしには何としても町長の無念を晴らしたいという強い思いがあるんです。いわばお二人の同士とも言えます。和田個人に話していただきたいのですよ」

和田の鋭い眼が伊集院に注がれている。百合は胸が熱くなった。若年の百合たちを対等に扱ってくれる和田の態度が嬉しかった。

「わかりました。少し長い話になります。和田さんの躰の空く時間を教えて下さい」

「申し訳ありませんが今日は九時までは……」

「では九時過ぎに二人でもう一度お訪ねします」

伊集院が言った。和田は口許を引き締めて頷くと部下の方へ小走りに歩み去った。


「正直に話すんですか？　先輩」

紀家に戻り母屋の縁側に腰を降ろすなり伊集院が訊いた。すべて戸を開け放した屋敷に人の姿は見えない。

「和田さんのこと？」

百合は故意に尋ね返した。沖之島警察署を出てから百合自身も迷っていたのだ。

「紀源市の書いたエッセイ『夢の話』やキエさんから聞いた話を僕たちが暴露するのは許される行為なんですかね？　捜査を混乱させるばかりでなく、人を中傷することになるのではと心配なんです」

「わたしも同じことを考えていたの。でも和田さんを信じてすべてを話した方が良くはないかしら？　……瞭子と悠太さんのことは除いて」

「紀徳次はどこにいるのでしょうかね？　このままでは嫌疑が掛かりますよ。金が絡んで起こる事件が世の中には多すぎますからね」

「わたしが望むのは犯人なんていないこと、あるいは迷宮入りになってくれることよ。もう人が不幸になるのを見たくないわ」

「僕はメビウスの輪を連想するんですよ。光の中を歩いて行くと、いつのまにか反転して闇の中へ踏み込んでしまう、一連の出来事を思い返すとそんな印象を抱いてしまいます。もう少し歩き続ければ再び光の中へ戻れるにもかかわらず闇の中に没したという気がしませんか？」

「暸子は必ず光の中へ帰って来るわ」

百合は願いを込めて言った。暸子は反転した現実の向こう側にいるだけなのだ。いつか自らの力でこの現実の中へ戻って来るはずだ。降り注ぐ陽光が暸子の眼のように輝きを増した。

九時前に迎えに来る約束をして伊集院はホテルへ帰った。悄然とした雰囲気があった。爺様の変死の謎を追って精力的に駆け回っていた日の姿ではなかった。沖之島へ来て一ヶ月が過ぎている。積み重なっていた疲労が吹き出したのだろうかと百合は想像した。

百合は紀要に発表しなければならない論文をふと思い出した。原稿の締切り日まで二ヶ月と少しの時間しかない。鞄の中に仕舞い込んである資料に眼を通さなければならなかった。一刻も早く資料の整理を始めなければ論文の完成などありえないことは承知している。けれども心は脱力感に支配され、書くことはもとより神経を集中して読むことなど今の百合には不可能だった。

放心の状態にあったらしい。背後から肩を叩かれるまで百合は和恵に気付かなかった。百合は夢から醒めたような気分で傍らに立っている和恵を見上げた。

和恵は外出するつもりなのか薄化粧をしている。顔色は良くないものの午前中に比べれば精気が甦っている。

「三枝さん」和恵は弱々しい声で話し掛けてきた。「警察署まで車で送ってもらえないでしょうか？　せめて着替えだけでも届けようかと思って……」

百合は黙って首肯した。

「さっき寝ていて思ったんですよ。一度捨てた命ですからね、いまさら喪うものなど何もないのに、くよくよ考えても仕方ないでしょう？　これまでわたしは子供たちに助けられて生きて来たようなものです。今度はわたしが母親の役目を果たさなければならないのに、寝込んでなどいられないって」

「おばさまの言う通りです。健吾さんは不幸な事故に遭っただけなんです、すぐに帰って来ます。暸子も必ず帰って来ます。その時に迎えてあげられるのはおばさましかいません」

「わたし、鹿児島へ行くことにしたわ」

「……そうですか」

百合は和恵の目を見返した。健吾の身柄が移送されることを和田にでも聞いたのだろうか。和恵の目に迷いは見られなかった。

「鹿児島へは何時？」

「準備に二、三日掛かりますが、なるべく早く発ちたいと思います。三枝さんには申し訳ありませんけど――」

「わたしも明後日には東京へ戻るつもりでした。お気遣いいただいて恐縮です。……先程、警察署へ和田さんを訪ねて来たんです」

百合は和田から預かった差し入れ品を記した紙片を手渡した。和恵は項目を確かめるふうにしばらく眼を向けていた。そして自嘲めいた口振りで、

「世の中は良くしたもので、母親が頼りにならないと周囲の人が気を遣ってくれるわね」

そう言いながら腰を降ろした。百合には返す言葉がなかった。

「健吾のことを何か言ってましたか？」

「……明日、鹿児島地方検察庁へ行くことになるそうです。それから裁判になるのではないかと和田さんは言っていました。でも、事故として処理されるとわたしは思います。健吾さんは話し合うために地引を訪ねたのですから――」

「裁判ですか……」

和恵は重い吐息と共に呟いていた。


比嘉から電話が掛かって来たのは午後六時を過ぎた直後だった。和恵と二人で沖之島警察署へ

差し入れ品を届けて戻ると間を計ったかのように呼出音が聞こえた。百合は庭を駈けて玄関へ飛び込み、受話器を取り上げた。思わず自分の苗字を告げていた。

「三枝君？　ちょうど良かった」比嘉の柔らかい声が流れてきた。「今朝の件だけどね、僕の手には余るので教授に相談したんです」

「大淵教授に、ですか？」

「そうしたら紀さんを教授が知っていると言うので驚きました。若い頃の調査で世話になったそうです」

比嘉は百合の反応を待って間を取った。けれども想像した結果とは違ったらしく、

「知ってたの？」

心持ち声の調子を落として尋ねた。

「伊集院君が会った時に聞いたそうです」

「伊集院君が？」比嘉は怪訝そうに呟いたものの問い返すことはせず、「そのお孫さんに関わることなら何とか力になりたいと教授は言って、弁護士をしている大学時代の友人にその場で電話を入れました。そして半ば強引に弁護を引き受けさせました。刑事事件では日本で有数の人らしいです」

百合は思い掛けない展開に驚いていた。大淵教授の友人なら望みうる最高の弁護士に違いない。しかし弁護料も並外れた額になるのではないか、と百合は現実的なことを考えた。

「でも比嘉さん、わたしが決められる事柄ではありませんし——。お金も掛かるのではないですか?」

「その辺は教授が交渉してくれるでしょう。お孫さんは沖之島警察署に拘置されているの?」

「そうです。でも明日には鹿児島の検察庁へ移されます」

「名前と年齢を知らせたら、すぐにでも弁護士が現地へ向かう段取りになっています。ご家族の了承を得て明日の朝、今日と同じ時刻に電話を下さい。——それから、これは教授から君への伝言です。調査を十二分に終えてから引き上げるようにとのことです」

鬼みたいな性格、と百合は胸の中で罵った。弁護士を斡旋してくれた教授の好意が嬉しかっただけに、百合の心中を察することもなく調査の継続を命じる神経に腹が立った。

「ところで調査はどうなの? 大変な状況に巻き込まれて気の毒だけど……」

「完了しました。でも比嘉さん、わたしは論文を書ける状態ではないんです」

「毎日、資料を目の前に置いて過ごしなさい、機が熟すれば百枚ほどの論文は一気に書けます。と、これも教授の言葉です。——三枝君、君の辛い立場は理解しているつもりだけど、君にとって最も重要なことは、何を措いても論文を仕上げることだと僕も思う。このような非常時に、あえて調査の放棄を戒める教授の気持ちが僕には良くわかります。焦らず、自棄を起こさず。——これは僕の言葉です」

そう言い残して比嘉は電話を切った。焦らず、自棄を起こさず。いかにも比嘉専任講師に相応しい言葉だった。

二十一

「三枝さん、電話ですよ。伊集院さんから」

和恵の呼ぶ声を聞いて百合は荷物をまとめる手を止めた。明日には沖之島を発つことに決めている。一ヶ月あまりにも及ぶ長い滞在になった。次々と信じ難い出来事に見舞われながら、何ひとつ解決を見ないで島を離れなければならない。心残りだが東京へ戻るべき時期だった。

伊集院は明日の船で鹿児島へ向かうことになっている。ほぼ一日を費やす船旅は耐え難い苦痛と言うが車を運ばなければならないのだ。伊集院にとっても今日は沖之島での最後の一日である。

受話器を取り上げて呼び掛けると、

「先輩、紀徳次を発見しました。栈橋で見付けて強引にホテルまで同行してもらいました」

伊集院は一息に話した。

百合は気が重くなった。明日は沖之島を発つという日に徳さんが現れるなんて——。百合はこれ以上の不幸を見たくなかった。

「最初は頑なな態度でしたが、先輩の名前を出したら急におとなしくなりました。どうします？先輩がホテルに来ますか。それとも徳次さんを紀家に案内した方が良いですかね？」

百合に判断できることではなかった。戦後まもなく島を離れ、一度も帰ろうとはしなかった徳次が生家に来るだろうか。

「徳さんに聞いてみてくれない？」そう言って百合は声を潜めた。「おばさまは実家へ出掛ける用意をしているから、三十分もすればこの家はわたしだけになるわ。——もっとも徳さんの気持ち次第だけど」

「少し待って下さい。聞いてみます」

伊集院は硬い音を立てて受話器を置いた。どこから電話をしてきたのか、騒音はまったく混じらない。電話口から相当遠くで話しているらしく会話は伝わって来なかった。

三分ほど過ぎてからようやく伊集院の声が返って来た。

「そっちへ行きます。誰もいなくなったらもう一度電話を下さい。徳次さんは島の人とは顔を合わせたくないと言っています」

百合は一ヶ月前に鹿児島で会った時の徳次を思い出していた。仲睦まじい老人たちの姿が強く印象に残っている。その徳次がどうして沖之島にいるのだろうか。百合は受話器を戻すと不意に悪寒を覚えた。

伊集院に伴われて現れた紀徳次は、坂道の途中で立ち止まり、鬱蒼と繁る庭の樹木を眺め渡した。四十年を経て目にする生家は徳次の記憶の中にある光景とどれほど乖離《かいり》していることだろう。百合は玄関から庭へ出て徳次を迎えた。着崩れた背広姿の老人は萎縮して貧相だった。

「こんにちは、徳さん」

徳次の顔に微かな笑みが浮かんだ。気恥ずかしげな眼で百合を見ている。

「一週間くらい前に彼が鹿児島にキエさんを訪ねたの」百合は徳次の後方に立っている伊集院を眼で示した。「キエさんは元気で徳さんの帰りを待っているわ」

計算した言葉ではなかった。百合は思わず語り掛けていた。

この人のいるべき場所は沖之島ではない、一刻も早くキエさんの元へ帰してあげたい。百合は樹下に佇む徳次を見て心からそう思った。

徳次を離れの書斎に案内した。爺様を話題にするには最も相応しい場所に違いない。百合はかつて爺様と対座した日を思い出しながら徳次の向かいに腰を降ろした。伊集院は少し離れて部外者然として坐った。徳次を威圧しないように配慮したのだろう。

「徳さんにはたくさん聞きたいことがあるんです。でもわたしたちが知っていることを先に話します。……徳さんは瞭子の兄・健吾さんの事件は知っているのですか？」

徳次は眼を伏せて頷いた。どこかで殺人事件を報じる記事を見たのだろう。事件の発表は身柄を移送した後に行うと言った和田警部補の努力も実らなかったようだ。

「健さんの不幸な事件は……」百合は言った。「目に見えない糸に引き寄せられて起きた事故なんです。何もかも繋がりを持っているんです。……瞭子が姿を隠してから二十日になります。徳さん、わたしは瞭子を救ってあげたいんです。力を貸して下さい」

百合はこれまでに知りえたことをすべて徳次に話した。徳次は黙ったまま百合の話を聞いていた。瞭子の名を聞いた時その両肩に力が込められたのに百合は気付いた。徳次は俯いたまま顔を上げなかった。

「徳さん――」百合はやさしく語り掛けた。「どうして徳さんは沖之島へ来たのですか?」

それは百合が最も知りたい事柄だった。しかし徳次の心は別の思いに捉われていた。

「……わしが疫病神を沖之島へ送り込んだようなものですが。

……地引はキエの又従兄弟にあたります。戦前に親が満州の開拓団に参加して島を出たらしかです。地引がわしらを訪ねて来たのは戦後十年くらい経ってからでした。地引は二十代半ばにしては妙な凄《すご》みを身に付けていました。年若いやくざ者に見られる捨て鉢な雰囲気があったとですよ。

わしは飯場で働いてはどうかと勧めました。地引は住む家にも困っていたらしく、翌日にはトランクに荷物を詰めて引っ越して来ました。けれども数日後には組合の金を盗んで姿を消したとです。地引は金城家を頼って沖之島へ逃げたのではないかとわしは漠然と思ったですよ。そして、わしは怖れてもいたとです、いずれ事件を起こすのではないかと……」

徳次の表情から窺えるのは諦めだった。深い絶望感が徳次の心に静謐をもたらしたのか、感情を交えない落ち着いた声だった。

「百合さん……わしはとんでもない事をやってしまいました」徳次は百合を見詰めて言った。

「兄を……源兄を殺しました」

伊集院が腰を浮かして百合の隣へ移動した。咄嗟に躰が動いたらしく、伊集院はしばらく徳次を見下ろして立っていたが、出番を間違えた役者みたいに再び坐り直した。百合は眼を伏せた徳次の顔を凝視していた。長い沈黙が続いた。

「徳さん……瞭子がどこにいるのか知っているのですか?」

「……瞭子は鹿児島に行きました」

「何時のことですか?」

「翌日、飛行機で鹿児島へ向かいました」

「爺様が亡くなった翌日のことですか? それまで瞭子は島にいたんですか? 徳さんと一緒だったんですか?」

百合は質問を浴びせ掛けていた。信じたくなかった。徳次にすべてを否定してもらいたかった。けれども徳次は俯いたまま再び頷いていた。

「徳さん……最初から話してくれませんか。五月に瞭子が徳さんとキエさんを訪ねた日からのことを教えて下さい」

百合は殺人を告白した老人を凝視しながらその人生に思いを巡らせて胸が詰まった。徳次は戦後まもなく縊死《いし》した妻の面影を四十年もの間引きずっていたのだろうか。戦死の誤報という偶然の悲劇が生んだ結果とはいえ、兄の所業を恨み続けていたのだろうか。

「瞭子が初めて顔を見せたのは三月でした」

徳次は眼を上げずに低い嗄《しわが》れ声で語り始めた。いずれ話す日が来ることを想定していたかのように淡々とした口調だった。

「瞭子を見たときのわしらの驚きは、何と言ったら良いのか、信じ難くて躰が震えるほどでしたが。キエの実家から送られて来たペンダントの写真をわしらは何度も何度も眺めておりましたから、死んだはずの瑞恵が現れたと思ったですよ。キエと二人で頭が混乱したくらいです。

瞭子の話を聞くうちに、瞭子が紀の苗字を名乗っている理由がわかりました。わしは瞭子を見詰めながら泣いたとですよ。因果とでも言うんですか、紀の血が流れている者はみな運命に翻弄されとるような気がして、瞭子に申し訳なくて胸が苦しくなったとです。

その日は、瞭子は役場の仕事で来ていたらしく、三十分くらいで帰りました。また訪ねるのでその時には母親のことを聞かせてくれと言いました。いま思えば、瞭子はわしらの動揺が激しかったので何も聞かずに帰ったのでしょう。それから何日も、わしとキエは瞭子の話ばかりして過ごしました。沖之島とは縁を切ったつもりでおりましたが、瞭子の出現によって、島を出てからのことを次々に思い出すようになったとです。毎日、キエと昔話をしました。瞭子が訪ねてくれたことがもうすぐ死ぬ年寄りにはそれほど嬉しかったですが。

キエは長くとも半年の命と医者に言われとります。死ぬ前に何もかも暸子に話してから死にたいと考えたんです。暸子に手紙を書くと、折り返し暸子から小包が届きました。食べ物や服がぎっしり詰めてありました。その中に便箋が入っていて、五月の連休にまた鹿児島へ行くとありました。それまで待つ日々がわしらには何より楽しみでしたが。キエは暦の数字を毎日ひとつずつ消していました。

暸子はあのむさ苦しい家に泊まってくれました。わしらは孫と暮らしている錯覚に陥りました。キエもわしも初めて家族というものを味わった気がしたもんです。夜遅くまで三人で話しました。わしらが知っていることはすべて隠さずに教えました。戦後、島を出た理由など躊躇《ためら》われる事柄もありましたが、暸子に見詰められると嘘は吐けん気持ちになったとですよ。暸子は芯の強か子です、わしら年寄りが涙ぐむのを却って慰めてくれたとです。

暸子は三日泊まって帰りました。キエとわしは飛行場まで見送りに行きました。わしら初めて鹿児島の空港へ行ったとですよ。暸子は休みが取れたらまた来ると約束をして、後で読むようにと封筒を手渡しました。空港からの帰りはわしら躰中の力が抜けたみたいで、寂しくて封筒を開けることさえ忘れてバスで戻りました。暸子がいなくなった家でキエと向かい合っていると、無性に空しく感じられたとですよ。封筒の中にはお礼の手紙と現金が入っていました。わしらには半年も暮らせる金額でした。

……わしはキエに人並みの死を迎えさせたいと考えるようになりました。考えた末に源兄に借金を申し込みました。しかし、待てども源兄からの返事はなく、わしは瞭子のお金で沖之島へ行くことを思い付いたとです。キエが手紙の中身を抜いたことなど知りません。わしは旅行の準備をし、キエに初めて嘘を吐きました。東京へ知人を訪ねると話したんです。キエは嘘に気付いていたかもしれません、でも何も言わずに送り出してくれました。

沖之島へ向かう四、五日前に瞭子から速達が届きました。開けて見ると別の封筒が入っていて、至急送り返してほしいと書いてありました。宛名は沖之島の百合さんでした。わしらには何のことか判りませんでしたが、よほど急ぐのだろうとその日の内に投函したとです。

……わしはキエに隠れて瞭子へ電話をしてあったとです。役場に電話をして島へ行くことを話してあったとですよ。理由は話さずに、着いたら宿の世話を頼むつもりでした。だから瞭子から速達が届いた時には、都合が悪くなったかと思いました。でもそうではなく、手紙には電話番号が書き添えてありました。しばらく家を空けるのでこの番号へ連絡をするようにとあったとです。

わしは船で島へ向かいました。四十年も昔にキエと二人で島を出た時のことが思い出されました。故郷へ向かいながらわしは少し怖い気持ちでした、まるで浦島太郎ですが。長か時間が過ぎると見知らぬ土地を訪ねるような不安があるとですよ。

港へは瞭子が迎えに来ていました。わしは見知っている人とは会いたくありませんでした。ニシバルのツル姉さんに見られたことなど気付きもしませんでした。瞭子の車で逃げるように桟橋を抜け出したとです。本当に、誰かに追われているような気分でした。瞭子は下城町へ車を走らせました。運転しながら周囲の建物を説明してくれましたが、わしの記憶にあるものは一つもありませんでした。ただ風景だけが懐かしく思われました。

瞭子は町外れの民宿に泊まっており、その日からわしも泊まれるように手配してありました。二人で夕食を摂りながら話しましたが、瞭子は民宿に泊まっている理由は言いませんでした。気になったのは、五月に鹿児島へ来た時と様子が少し変わって感じられたことです。瞭子は悩み事を抱えているふうに思われたとですよ。

わしは瞭子に事情を打ち明け、源兄と二人だけで会わせてくれるように頼みました。いまさら島の人に無惨な姿を晒《さら》すつもりはありません。人に顔を見られたくなかったとです。瞭子は源兄を呼び出すしかないと言いました。わしは手紙を書いたとです。源兄とわししか知らない約束を書いて投函しました。瞭子の提案通り弧里の海岸へ日時を指定して源兄を呼び出すことにしたとです。他人には会いたくないので是非弧里まで来てくれるようにと書きました。源兄は驚いたことでしょう。四十年も音信の無かった弟からいきなり会いたいと言われれば、誰でも不審に思って当然ですが。わしはキエの生命が短いことも付け加えました。キエの様子を知らせれば源兄は必ず来ると思ったですよ。

……わしは源兄に勧められて戦後まもなく鹿児島へ行く決心をしました。あのままでは自分たちが生きていけんと思われたとです。と言うより刺々しい気持ちになって島を飛び出したというのが本当のところですが。キエはそんなわしに同情して従いて来ました。キエはタエの身代わりとして戸籍では死亡したことになっとります。……源兄との間には、キエにも話していない約束があったとです。島を出る時に、キエを死んだことにする見返りとして、源兄は将来必ずキエに報いることを誓ったとです。

わしは源兄から借金をしてキエを入院させたいと考えました。キエが死ねばわしも生きている甲斐はなかとです、借金のカタに命でも預ける覚悟はしておりました。こんな年寄りにはそれくらいしか差し出すものはなかとですよ。

その日、わしは瞭子に車で送ってもらい、約束の時刻よりよほど早く弧里へ着きました。瞭子はわしを海岸まで案内しました。初めて懐かしいと思いました。弧里の浜は昔と少しも変わっていませんでした。ところどころに潮の溜まった池があり、満ちたり引いたりしていました。その池のひとつを瞭子は示して、そこが母の死んだ場所だと教えてくれました。この辺りで待てば源兄が見付けるはずだと言いました。瞭子は話が終わるまで待っていると車へ引き返しました。

約束の時刻までわしは海を見て過ごしたとですよ。波の音を聞いていると生れ故郷の島にいることが実感されたとです。海からの風が気持ちよくて、陽射しも気になりませんでした。わしは何も考えずにじっと海を見ていたとです。あまりの快さに自分が何のために弧里にいるのかさえ忘れていました。

そんなわしを見付けて源兄が声を掛けて来ました。振り返ると五メートルと離れていないところに立っていました。お互いに四十年ぶりですが。名前を呼ばれたので兄だと気付いたくらいで、源兄には昔の面影を見出せませんでした。

——徳次、なぜ家へ来ないのだ?

源兄はわしを見て言ったとです。源兄は昔から無駄を嫌った人でした。肉親とはいえ、いや肉親だからこそなのかもしれんですが、挨拶をしたり暮らし向きを尋ねたりする人ではありません。

わしはキエを入院させる金を貸してほしいと率直に頼みました。返済の当ての無いことも話し、融通してもらえるならわしの躰を預けると申し出たとです。……源兄は首を縦には振りませんでした。さらにこう言ったとです。

——キエのためと言うが、お前たちはこの兄にどれほどの被害を与えたか考えたことはあるのか? 地引に何を話した? 何のためにそんな事をした。復讐のつもりなのか?

源兄の口から地引の名を聞くとは思いませんでした。地引とは何年も会っていません。しかし、源兄の鋭い眼付きから容易に想像できたとです。源兄に強請を働いたに違いないとすぐに判ったとです。地引はそんな男ですが。タエのことを思慮なく話したことを後悔しても今更どうなるものでもありません。

わしは自分の馬鹿さ加減を詫びて、もう一度金の無心をしたとです。頭を下げてはいるものの、その時のわしは屈辱感に躰が震えそうでした。キエのためと思えばこそ堪えていましたが、心の中では源兄の身勝手さを責めていたとです。怒りが沸き上がっておりました。

——紀の家を護るには他に方法はなかったのだ。それはお前たちも承知しているはずだ。

源兄の言う通りだったとです。けれどもわしは金を借りたかった。岩場に膝をついて頭を下げました。不意に情けなか思いが溢《あふ》れて来て、悔しさに涙を流しました。兄に憎悪を覚えとりました。

源兄は背中を向けて池を見ていました。そこに落ちたら二度と浮上できないことは知っとりました。わしは立ち上がると源兄の背中を見詰めたとです。頭の中には源兄が潮に呑み込まれる光景がはっきりと浮かんでおったです。わしは源兄に近付きました。そして、背中を押していたとです。気付いた時には、源兄は池の中を廻りながら引き潮に巻き込まれて沈んでいったとです」

伊集院一馬の創作ノート（六）

世の中には「はずみ」というものがある。徳次の殺人の動機を何と形容したら良いのだろう。「はずみ」で実の兄を殺害したには違いないが、深層心理に照らせばまた別の解釈がなされるかもしれない。

俺は殺人者の告白を聞きながら無性に悲しくなった。徳次が語ったように紀家には不幸へ突き進む血が流れているらしい。余命わずかの妻を思う行為が最悪のかたちで老人を結末へ導いたのだ。

徳次は実兄の殺害を告白すると百合を見て頭を垂れた。

——徳さん、瞭子は爺様が死んだことを知っているのですか？

百合が訊いた。

——瞭子はわしのことが心配で岩陰から見とったのです。しばらくして現れ、鹿児島へ帰りましょう、そう言ってわしの腕を取ったとです。

——弧里の海岸から帰る男女が目撃されていて、警察もその行方を追っているわ。徳さん、その二人は徳さんと瞭子だったのね？

百合は学者（の卵？）特有のしつこさでダメを押す。俺は苛々が募って来て思わず口を挟んでしまった。

——徳次さん。瞭子さんはその……事故に関しては何も言わなかったのですか？

俺と徳次はしばらく見詰め合った。徳次とは初対面である。港でその姿を発見した後、ほとんど威嚇してホテルまで連行したことに腹を立てているかもしれなかった。徳次は応える代わりに眼を閉じて首を垂れた。

徳次を最初に発見したのは森さんだった。船会社の新入りで、毎日桟橋で切符を点検するのが役目の気の好い若者だ。森さんは俺が人を捜していることを知ると、単調な業務に喜びを見出したようで、半ば諦めていた俺以上に乗船客に留意していたのだった。

――伊集院さん、写真の人ですよ。

その言葉を聞いた時には耳を疑った。明日には沖之島を発つこともあり俺は惰性で港へ来ていたのだった。森さんの指さす方には紛れもなく紀徳次が人目を避けて立っていた。

俺は信じ難い気持ちで徳次を見た。一瞬、探し求めていた人間を間近に見たことに違和感を覚えたほどだ。目標を追っているうちが花で、実現したときの高揚はほとんど感じられなかった。

俺は徳次に近付き、紀源市殺害容疑で指名手配されていると口から出任せを言ったのだった。

――徳次さん、警察の調べでは弧里の海岸で目撃された男女は別々に戻って来たそうです。その理由を教えてもらえますか?

俺は徳次に尋ねた。胸の内には虚しい気持ちが拡がっていて、殺人事件などどうでも良くなっていた。

――瞭子が指示したことですが……。瞭子が海岸を離れる前にわしに言ったとです。徳さん、何もなかったことにしましょう、キエさんを悲しませないで下さい。瞭子はそう言うと池に向かって合掌し、しばらく動こうともしませんでした。そうして、県道への道路脇に人がいたことを教え、自分は三十分後に行くから車に身を隠しているようにとキーを手渡されたとです。

車は上城町の方へ五分ほど歩いたところに停めてありました。わしは乗り込んで身をかがめて瞭子を待ちながら思ったとです。キエが死んだら自首しようと。

——瞭子さんはどうして徳次さんを残して島を離れたのでしょう?

——瞭子は何かを考えているようでした。民宿に帰って二人で話し合ったとです。わしは時間が経つほどに怖くなってきて、自分の手で源兄を突き落としたことを思い返しては身震いしておったとです。瞭子はそんなわしを気遣い、慰めてくれたとですよ。瞭子は……わたしが殺していたかもしれないと言いました。源兄が母を突き落としたと信じておったとです。次第に源兄と同じ家に住むのが耐え難くなり、家を出たらしかです。鹿児島にいると思わせる小細工をしたとも話しました。瞭子は誰にも会わずに毎日弧里の海岸へ行って一日を過ごしていたそうです。

瞭子は明日の飛行機で一緒に沖之島を発とうと言ったですがわしは残ることにしました。逮捕されるなら鹿児島へ帰ってキエの目の前で捕まりたくはなかったとですよ。

俺はどうすべきなのかと迷っていた。目の前の貧しげな老人を裁くことなど俺にはできない。ようやく沖之島へ来てからの謎が明らかになったにもかかわらず、妙に釈然としない思いが胸に巣喰っていた。

——徳次さん、もう少し教えてもらえますか? ……非常に聞き難いのですが、徳次さんは島を出る前にキエさんと肉体関係があったのではないですか?

百合が短い叫び声を上げて俺を睨み付けた。俺は徳次から眼を逸らさなかった。俺が鹿児島へ訪ねた時、内縁の関係かとの質問にキエは首を横に振ったが俺には信じられなかった。いくら義兄の不幸に同情したとはいえ、小舟で荒海を行く命がけの旅に従うとは思えなかったのだ。

——その通りです。……わしが復員して来てもタエは目を合わせようとはせず、身を固くして拒み続けました。しばらくして悪阻《つわり》の様相を見せ始めたタエを問い詰めてわしはすべてを知りました。

あの戦争を生きて帰った者はわしの部隊ではごく僅かでした。幾人もの戦友が目の前で死んでいったとです。それなのにわしは生き残って……悔しさと狂おしさでわしは酒浸りの日を送るようになりました。戦争で死んでおれば、と焼酎を呷《あお》りながら思ったですよ。タエはそんなわしに怯《おび》え、姿を隠していることが多くなりました。

ある日、わしが昼間から焼酎を飲んでいると、タエが芋の入ったザルを持って帰って来ました。わしは不意に暴力を振るいたい気分に取り憑かれ、着物の裾を摑んで引き倒して力ずくで抱き寄せていました。……でも、それはキエだったとです。

俺は目眩を覚えながら質問を重ねた。

——二人の関係はタエさんに知られたのですね？

徳次は顔を顰《しか》めて頷いた。

——タエを自殺に追いやったのはわしの責任ですが。頭の中ではタエを責めることはできないとわかっていながら、わしにはどうしても許せんかったとですよ。わしの心の狭さがタエを殺したとです。……百合さん。

徳次は俯《うつむ》いて百合に呼び掛けた。その横顔を窺うと唇を噛んで頬を震わせていた。

――キエが……キエが死ぬまで見逃してはもらえんでしょうか？

俺は百合の表情を盗み見た。百合は涙に濡れた眼で徳次を見詰めていた。頷くこともせず、首を振ることもなく、百合は自らの悲しみに浸っていた。

しばらく沈黙が続いた。結論を口にできる者などいなかった。その重苦しい沈黙を破ったのは来訪者の呼ぶ声だった。

――先輩、あの声は和田さんですよ。

俺は腰を浮かして言った。何という間の悪さだろう。百合は素早く涙を拭い、

――伊集院君、何も言わないでね。徳さん、何も話さないで。

そう命じて和田警部補を迎えに立った。挨拶を口にしながら警部補の声が近付いて来る。

――伊集院さんもお揃いで。

和田警部補はお揃いが好みらしく、俺たちと会えば必ずこの言葉を口にする。和田は百合の顔を見て訝《いぶか》しげな眼をしたが言及することはなかった。

――和恵さんはお出掛けですか？

――実家へ行きました。

――実家？　そう言えば兄さんの家へ移るようなことを言ってましたね。

――そうではありません。二、三日中に鹿児島へ行くそうです。その相談に出掛けたのだと思います。

――和恵さんが鹿児島へ？

和田警部補は庭に立ったまま話していた。足元には影がくっきりと映り、陽射しの強さを想わせる。和田はハンカチを取り出して額の汗を拭っていた。百合は縁側に膝立ちの姿勢で和田と向き合っている。目線の高さを同じくするための中途半端な格好だ。和田は客を部屋へ上げる配慮もできない都会の若い女を苦々しく思っているに違いなかった。

――健吾さんは昨日の午後の便で鹿児島に行きました。早速、弁護人がついたとの報告があったものですから、和恵さんに話を聞きたくて伺った次第です。三枝さんはご存知ですか？

――その弁護士はわたしの指導教授の友人です。東京へ電話を入れて相談したところ、大学時代の友人だと言って紹介してくれました。

――そうでしたか。検察庁は大騒ぎになっているようです。刑事事件では日本一の大物が弁護を引き受けたらしいというので、前代未聞のことだけに皆が真相を確かめたくて電話を掛けまくっているんですよ。こんな小さな事件を扱う人物ではないそうですね。

俺も驚いていた。比嘉さんに電話で相談するとは聞いていたが、話は大淵教授にまで届いたらしい。それにしてもあの大淵教授がよく紹介の労を取ってくれたものだ。俺が驚いたのは日本民俗学協会の大御所が一介の聴講生にすぎない百合のために動いたことだ。ひょっとすると教授は百合に気があるのかもしれない。

――雨宮省吾という弁護士です。いずれ和恵さんに連絡が来るでしょうが、名前だけでも知らせて上げて下さい。それから鹿児島での宿泊先が決まり次第、署まで電話をくれるように伝えていただけますか？　これで三枝さんも一安心ですね。

和田警部補は人の好い笑顔を残して帰った。俺と徳次が口を挟む隙など寸分もなかった。それにしても、三枝さんも一安心、とはどういう意味だ。

俺と徳次に沈黙を命じた時に、百合は徳次の犯罪を見逃す意志を固めたに違いない。徳次は百合と和田警部補の会話から訪問者が警察の人間と気付いただろう。しかし少しも動揺は見られなかった。畳に眼を落としたまま身動きもしないで坐っていた。百合は縁側から引き返して再び徳次と対座した。

——徳さんは沖之島にいるべきではありません。

百合が言った。

——徳さんのいるべき場所はキエさんの待つ家です。早く帰ってあげて下さい。

徳次は静かに顔を上げて百合を見た。俺は百合と眼を合わせて頷いた。これで良いのだと思った。少なくともキエさんが生きている限りは徳次にキエさんの側にいてもらいたかった。童女のようなキエの顔を思い出すと俺は柄にもなく胸が痛くなるのだ。

——わしは暸子のことが心配です。五月の暸子とは何かが違うとですよ。

徳次は不安そうな声で話した。心から暸子さんの身を案じているのはその眼を見れば容易に知れた。殺人を告白する際には現れなかった眼の動きだった。

――鹿児島へ来たときの暸子は素直な心がそのまま眼に現れ輝いておったとです。キエの話を聞いて涙を浮かべても、眼は澄んで光るようだったですが。でも、今の暸子は違うとですよ。わしを気遣ってくれる態度は何も変わりませんが、黙っている時や考え事をしている時の暸子は躰を硬くしておるとです。霊に取り憑かれたように思えたです。

俺は金城瑞恵を想起した。島では気が狂《ふ》れたと思われていたらしいが重度の鬱状態にあったのではないだろうか。暸子さんは瑞恵の血を引いている。過去を知ったことが引き金になったとも考えられる。

――徳さん、暸子は周囲の者が助けてあげなければ本当の病気になるかもしれません。神経を極度に緊張させているのだと思います。早く捜し出して手を差し伸べるべきです。一人ではないことを一刻も早く暸子に伝えなければなりません。

百合の言う通りだった。早く暸子さんを見付け出して保護しなければ金城瑞恵の悲劇が再現される恐れがある。しかしその行方を知る者はいないのだ。百合に心当たりを問われると徳次は悲しそうに首を振った。

徳次を伴ってホテルへ戻った。腕時計を見ると二時を過ぎている。徳次の話を聞くのに三時間を要したことになる。俺はどこかで昼食を摂ろうかと提案したが徳次は無言で首を振っただけだった。俺は沖之島シーサイドホテルの親父にシングルの部屋を頼み、一人で食事に出掛けた。

上城町商店街にある喫茶店「エリカ」に入った。喫茶と店の看板にはあるが定食屋の趣きが濃い。俺の他に客はいなかった。顔馴染みになった五十年輩のママさんが声を掛けて来た。

——今日は珍しい時間に登場したわね。

——野菜炒めをコースで。

この店のコースとは定食の後にコーヒーが付くことを意味する。ママさんは素早く準備に取り掛かりながら、

——和地《わち》部落で殺人事件があったらしいけど、伊集院さん、新聞見ました？

——いいえ、知りません。

——なんでも犯人は元町長のお孫さんで、役場に勤めていたそうだわ。少し前には元町長が海岸で事故に遭い、今度はその孫が人を殺すなんて、呪われてでもいるみたいよね？

——そうかもしれませんね。

俺は気のない返事をして話題を変えた。

——長い間お世話になりましたが、明日の船で発つことになりました。

——あらっ、急な話なのね。寂しくなるわ。

——という訳で、最後の晩餐、です。

ママさんはフライパンを忙しく動かしながら笑い声を上げげ、

——来年も調査に来るんでしょう？

隅のボックスへ移動する俺の方へ声を投げて来た。

来年？　来年の夏を俺はどうして過ごしていることだろう。再びこの島を訪れる機会はあるだろうか。

――どうなるんでしょうね。

俺は他人事《ひとごと》みたいな返事をして物思いに沈んだ。

本当に来年の夏は何をしていることだろう、と俺は思った。大学院を辞める覚悟はできている。辞めれば働かなければ暮らしていけない。働き始めれば時間を拘束されて小説など書けないだろう。堂々巡りの果てにサラリーマンになるのかと考えて俺は暗澹とした気持ちに捉われた。

百合との失恋記でも書くかと自嘲気味に低く呟き、連行される健吾さんを見詰めていた百合を思い出しては太い溜息を洩らす。いっそ今回の事件を組み立ててミステリーにしたらどうだろう？　しかし、妻を愛する老人が犯人ではどうにも盛り上がりそうもない。結局、人間のやることとは単純なのだ。心理的な要因が絡み合い、現実が少し歪んで見えるだけなのだ。病は気から、殺人は「はずみ」から。

限りなく沈みそうになる気持ちを鼓舞すべく、まだ構想さえできていない小説を思い描いても心は虚しくなるばかりだ。百合は論文を書き上げることができるだろうか？　百合は健吾さんを案じて再び鹿児島へ来るのだろうか？　百合は将来に何を夢見ているのだろう？

俺は疲れた。もう道化を卒業する潮時だ。沖之島という舞台から飛び立つ明日の卒業式は道化に相応しく笑顔で去ることにしよう。

二十二

上城町《かみぐすく》桟橋へ向かうアスファルト道路は防波堤と資材置き場に挟まれて沖合へ伸びている。鉄骨やブロックの積まれている場所の両脇に空き地があり、そこを島の人々は駐車場として利用している。百合はその一郭に軽自動車を停めた。第二奄美丸の接岸までには三十分以上の待ち時間がある。道路の混雑を予想して早めに来たのだが少し早過ぎたらしい。

百合は岸壁に佇んで沖之島の海を眺めた。曇天の下に広がる碧い海は波もなく、遠く水平線の辺りで空と融合している。視界がそのまま静止画となって網膜に焼き付くようである。

「先輩、ずいぶん早く来たんですね」

百合は伊集院の声で我に返った。間近に真っ赤なシルビアが停めてあり、伊集院と徳次が車の側に立っていた。徳次は百合を見て会釈をした。

「徳さん、よく眠れましたか?」

百合は笑顔で問い掛けた。徳次は目元を和ませ、

「波の音を聞いていると寝るのがもったいないのうて一晩中起きていました。沖之島の海もこれで見納めと思い、伊集院さんに頼んで早く桟橋に来たとですよ」

嗄《しわが》れ声で言った。そして百合の傍らに来て立ち、悲しげな表情で海を見た。百合はその横顔を窺いながら徳次の胸中を想ってみるのだったが、四十年ぶりに故郷へ戻り実の兄を殺害した老人の感情を理解できるはずはなかった。

百合は徳次を残して伊集院に近付いた。

「伊集院君、来週から講義が始まるわね。どうするの？　本当のところを教えて」

「教授への挨拶もありますから来週早々にでも東京へ行きます」

「やはり辞めるつもりなの？」

「先輩と違って学者稼業は僕には向いていないようです。しばらく鹿児島に逼塞してミステリーでも書きます」

「本当に小説家になるつもりなの？　冗談じゃなかったの？」

「僕は根が不器用で冗談の言えない性格なんですよ、気付きませんでした？」

伊集院は軽口を楽しむ口調で言った。口許に笑みを浮かべてはいるものの、百合を直視する眼は寂しげな光を帯びていた。

「先輩、どんなことをしても論文だけは書き上げて下さいよ。大淵教授の命令はともかく、そうでなければ僕たちが沖之島へ来た意義さえ喪われてしまいますからね」

伊集院の声に真摯な響きがあった。百合が真顔になって見上げると、

「不肖・伊集院一馬は沖之島で悟りを開きました。大学院を辞めるのは実践への第一歩です」

どこまで本気なのか判然としない伊集院のとぼけた顔があった。

「先輩は大学院入試を受けるつもりでしょう？　意識しているかどうかはともかく、すでに歩み始めているかもしれませんね」

その通りだった。百合は病院を辞める決心をしたときに、いずれ大学院へ進みたいと漠然とではあったが考え始めていたのだった。しかし現実的な問題もあった。大学院に入れば修士課程に二年、博士課程に三年の歳月を要する。働きながら夜間の講義を受けることは可能だが、果たしてそれ程の犠牲に見合う才能が自分にはあるだろうかと不安も覚えていた。順調に大学院を終えてもその時には三十歳になっているのだ。百合の胸には結婚という文字が浮かび、二者択一を迫られてでもいるような気分になるのだった。

そして何よりも、大学院入試を受けるには準備に少なくとも一年を費やさなければならない。失業の身でありながら大学院への進学を考えているなどと言ったら笑い者になるだろう。経済的基盤を確立しなければ進学など夢物語にすぎないのだ。伊集院は百合の胸の内を敏感に察して、あえて論文の執筆を勧めているに違いなかった。

「でも大学院入試を受けるには学部を卒業しなければならないでしょう？　復学しても二年間は大学へ通わなければならないわ」

「飛び級入試、という手がありますよ。学部三年生を対象としたものですが、二年時までの成績が優良、さらに指導教授の推薦が必要条件です。先輩はオール優だったんでしょう？　城北と城北女子は同一法人ですから、推薦状は大淵教授から貰えば大丈夫です。ノー・プロブレムじゃないですか」

伊集院はいとも簡単に青写真を描いてみせた。百合は山積する問題に思いを巡らせて気が滅入りそうになったが、伊集院の気持ちが嬉しくて感謝の笑顔を返した。

「一馬さん、東京へ帰るんか?」

不意に子供の声がした。振り向くと小学生らしい男の子が百合たちを見上げていた。

「シルビアは目立つからなあ、運がなかったと諦めて乗せてくれるか?」

口許に皮肉な笑いを浮かべて言う。妙に大人びた口調である。百合は少年から伊集院へ視線を移した。

「陽介か。人聞きの悪いことを言うものじゃない。約束を忘れていた訳ではないけどな、忙しくて果たせなかっただけだ」

伊集院は対等な言葉で少年に応じている。どうやら伊集院の年若い友人のようだ。沖之島シーサイドホテルの親父さんといい、目の前の不敵な顔立ちの少年といい、伊集院には年齢を超越した友情を結ぶ才能があるらしい。

「この人は一馬さんの恋人か?」

百合は陽介の言葉に吹き出してしまった。その傍若無人の口振りには愛嬌があった。

「陽介君、一馬さんと何の約束をしたの?」

「シルビアに乗せてもらう約束になっとる」

「約束を破るのは良くないわ」百合は伊集院に言った。「まだ時間があるのだから乗せて上げなさいよ」

「先輩、この陽介は紀家で祈禱を行ったユタの孫なんです」

「ユタの孫？　どうしてあなたが知っているの？」

「陽介とはひょんなことから知り合ったんです。聞いてみると西岡順子、これがユタの名前ですけど、その人の孫だったんですよ」

百合は疑わしげに伊集院を見た。沖之島は小さな島とはいえそんな都合の良い偶然があるとは思えない。伊集院は百合の問い質す視線から逃れ、

「陽介、学校はどうしたんだ？」

話題を転じて年若い友人の方を向いた。

「母ちゃんを見送るんで休みにした。耳が悪くて鹿児島の県民病院に入院するんだ。一馬さん、船で鹿児島へ行くんか？」

「そうだよ。俺の実家は鹿児島の川内というところだ」

「そんなら一馬さん、頼まれてくれないか？　シルビアで母ちゃんを県民病院まで連れて行ってもらえんかな。……母ちゃんは島を出たことがないから、県民病院がどこにあるかも知らんのや」

陽介は照れくさそうに言った。言葉尻に歳相応の不安を滲ませていた。陽介は他人に頼み事をするのに慣れていないらしく、苛立たしげに躰を揺すって返事を待っている。

「母ちゃんの耳はだいぶ悪いのか？」

「精密検査をするんで、一週間くらい入院するという話や」

「わかった。鹿児島に着いたら病院まで連れて行って、入院の手続きが終わるまで一緒にいるから心配するな。……陽介、助手席に乗れ。船が来るまでその辺を一回りして来よう」

伊集院は陽介を促してシルビアに乗り込み、派手なエンジン音を響かせて桟橋を飛び出して行った。

徳次は相変わらず海を見ていた。路傍の石地蔵みたいにひっそりと佇んでいる。百合は徳次に近付いて声を掛けた。

「……徳さん。暸子はキエさんと一緒にいると思いますか？」

徳次は海を見詰めたまま首を振った。

「暸子は……東京へ行ったかもしれんですが」

「東京へ？　暸子がそう言ったのですか？」

「わしが一緒に住めたらどんなに嬉しいかと洩らした時に、暸子が言ったとです。東京である人に会って気持ちの整理が付いたら、その時には鹿児島へ行くかもしれないと」

百合は不可解な思いを抱いたまま黙った。暸子の東京での知人は限られているはずだ。いったい誰に会うために上京したというのだろう。

「百合さん、わしは生きとるうちにはもう暸子に会えんと思うとりますが……。別れた日の暸子の眼が忘れられんとですよ。寂しそうな眼でした」

「徳さん。キエさんを励まして二人とも元気でいて下さい。暸子は必ず鹿児島へ行きます、その時を楽しみに待ってあげて下さい。――それから徳さん、沖之島へ来たことは決してキエさんには話さないで下さいね。徳さんは東京へ行ったんです、沖之島でのことは夢だったんです」

徳次は深く頭を垂れた。

やがて鹿児島行きの第二奄美丸が接岸し、下船客が降り始めた頃に伊集院と陽介は戻って来た。伊集院は昇降階段の側に立っている船会社の若い男と短く立ち話をしてから船尾の車両用乗降口へ向かった。陽介は母親から留守時の注意を細々と聞かされ煩わしそうに顔を顰《しか》めている。

伊集院が昇降階段を慌ただしく駈け下りて来た。陽介が甲高い声を上げて伊集院を呼んだ。第二奄美丸の出港する定刻に八分前である。陽介は友達だと言って伊集院を母親に紹介した。

「母ちゃん、一馬さんが県民病院まで付き添ってくれる言うとる。礼を言ってや」

陽介が胸を張って言う。

「陽介がいつもお世話になっとります。初めて鹿児島へ行くもんですから、そうしていただければどんなに心強いか、本当に有り難うございます」

母親は深々と頭を下げて礼を言った。船のマストに取り付けてあるスピーカーから「蛍の光」

が流れ始めた。徳次と陽介の母を促して昇降階段へ向かった伊集院は、階段の手前で立ち止まって百合を手招いた。

「先輩、陽介を喜美《きび》部落まで送ってもらえますか？　それから僕たちが乗り込んだら見送らずに帰って下さい。陽介は涙を見せるのを恐れているようなんです。涙もろい先輩と一緒では愁嘆場になりかねませんからね」

伊集院はニヤリと笑って見せると背中を向けて階段を駈け登った。

陽介は船上から手を振る母親に決まり悪げに手を上げて応えると、いきなりきびすを返して歩き始めた。百合はあわててその後を追った。

「陽介君、家まで送ってあげるわ」

百合の声に陽介は黙ったまま頷いた。陽介は不機嫌な顔をして足早に歩む。百合は小走りに歩きながら少年の姿を微笑ましく思った。

軽自動車に乗り込み空き地から道路へ出ようとした時、老人が急ぎ足で車の前を横切った。百合は咄嗟にブレーキを踏み込んで悲鳴を上げていた。七十歳くらいに見える男はよろめきながら運転手を睨み付けてきた。

「大丈夫か、爺ちゃん。そんな歩き方をしていたら棺桶がいくつあっても足りんぞ」

陽介が窓から首を突き出して怒鳴っていた。老人は気勢を削がれたように唖然とした眼を少年と運転手に向けた。その顔が突然ほころび、嬉しそうに車に近付いて来た。

「先輩、いやぁ、間に合って良かったです」

老人は親しげに話し掛けてきた。沖之島シーサイドホテルのオーナーだった。百合は老人に怪我がなかったことに安堵したが、同時にその脳天気な呼び掛けに腹が立ってきた。

「いきなり飛び出すなんて、ひどいじゃないですか」

百合は運転席の窓に手を掛けて笑っている親父さんに苦言を呈した。しかし親父さんは益々嬉しそうに声を弾ませ、

「すまん、すまん。船が出たらいけん思うて、年甲斐もなく走ってしもうた」

片手に持った大学ノートを振りながら言った。

「一馬さんの忘れ物です。届けてもらえますか？　いやぁ、先輩に会えて良かったです」

親父さんに先輩と呼ばれる筋合いはなかったが、百合はその笑顔を見ていると自分の態度が恥ずかしく思われてきた。宿泊者名簿の住所へ送り返せばすむ用件なのに、わざわざ自らの手で届けようとした親父さんの行為が胸を熱くしていた。百合は車から降りて礼を言った。

「では頼みましたよ」

親父さんは散歩を楽しむ隠居老人のようにのんびりと歩き去った。

大学ノートの表紙には「創作ノート」と金釘文字が踊っていた。百合は初めて沖之島署を訪ねた日の情景を思い出した。瞭子の失踪届を出すために健吾と三人で訪ねたのだった。和田警部補の話を聞きながら伊集院はノートに何かを書き付けていた。あのノートに違いない。

百合は再び車に乗り込み伊集院の創作ノートを開けてみた。ホテルに置き忘れるくらいのものだ、大した内容を記述してはないだろうと理由付けをした。任意の頁を開くといきなり百合の名前が眼に飛び込んできた。「先輩、三枝百合、三枝先輩、百合さん、百合先輩」と書き付け、それを抹消してある。

「ひどい字だなあ、俺の方がうまいよ」

陽介が覗き込んで言った。百合は笑顔を返して同意した。頁を繰る百合の手が止まった。そこには百合の神経を刺激する文章が記されていた。

紀源市の変死は瞭子さんのシナリオに含まれていたというのか。俺には信じられない、いや信じたくない。百合の前では死んでも口にできない言葉だ。こんな結論しか導き出せない自分の頭を呪いたくなる。人を信じる気持ちより疑う感情の方が多いらしい自分が嫌になってくる。しかし。

別の頁には伊集院が意図してユタに会いに行ったことが書かれてあった。

俺は西岡順子の家を目指した。紀家で祈禱を行ったユタである。彼女の住む部落は百合がいない時に健吾氏から聞き出してあった。隠すわけではないが、百合のことだ、俺がユタを疑っていることを知れば嫌味の一つも言いかねない。伊集院君、ユタムニが気になったみたいね？

「伊集院君、なんてことを考えるの？」

百合は思わず呟いていた。伊集院が目の前にいれば怒りのあまり張り手を飛ばしていたかもしれない。

「百合さん、美人は怒ったらいけんと谷口先生が言うとったが。シワが増える言うぞ」

陽介が真顔で見上げている。百合の怒りはたちまち氷解した。さすがにユタの孫だわ、と百合はその言動がおかしかった。

「陽介君、お婆ちゃんはユタをやっているのよね？　二ヶ月くらい前になるかもしれないけど、お姉ちゃんくらいの女の人がお婆ちゃんを訪ねて来たことがないかしら？」

「覚えとる。百合さんみたいなお姉ちゃんがバッチャのところへ来た。髪が短くて、目がきらきらしとった」

「お婆ちゃんに会わせてくれないかな？」百合は助手席の陽介を見て言った。「お婆ちゃんに尋ねたいことがあるの。とても大切なことなの」

「バッチャは昼に帰って来るから、その時に聞けばいいさ」

百合は陽介の道案内で喜美《きび》部落へ向けて車を走らせた。沖之島へ着いた日に見たユタの姿を思い浮かべていた。小柄で髪の長い老婆だった。すべてはあの祈禱から始まったのだ、と百合は思い当たった。ユタに会って確かめなければならない事柄が胸を騒がせた。

西岡順子が畑から戻って来たのは正午を過ぎてからだった。百合は気が急いた。三時の飛行機で沖之島を発つことになっている。時間の余裕はなかった。

「紀瞭子の友人で三枝百合と申します」

庭先で自己紹介をする百合の言葉を陽介が引き取った。

「バッチャ、友達の百合さんや。バッチャに訊きたいことのある言うとる。百合さんのお陰で母ちゃんを県民病院まで連れて行ってもらえるようになったんや。恩人やぞ、何でも教えてやってくれ」

百合は傍らで口添えをする少年を呆然と見下ろした。利発な子供だと思った。陽介は伊集院が同じ船で鹿児島へ行き、県民病院の入院手続きまで面倒をみてくれると誇張して祖母に伝えている。

「西岡さんは紀瞭子を覚えていますか?」

百合は尋ねた。西岡順子は無言で頷いた。百合の訊きたいことは一つだけだった。しかしユタを職業とする者が容易に真実を語るとは思えない。事情を正確に伝え、西岡順子の心に訴えるしか術はなかった。百合は今日までの経過を短く話して頭を下げた。

「西岡さん、瞭子には自殺の恐れがあるんです。早く捜し出して護ってあげなければ心を病む可能性もあるんです。……ひとつだけ教えて下さいませんか。……あの日、西岡さんは演技をしたのではありませんか？　瞭子に頼まれた内容を喋ったのではないですか？」

西岡順子は応えなかった。表情にも変化は見られない。風が渡って木漏れ陽がその顔に陰影をつくった。西岡順子は穏やかな目を孫に向けていた。

「バッチャ、なぜ答えんのや？　人の命が掛かっとるんやぞ」

西岡順子は慈しむように頷いて見せた。

「その通りです。イーチのお嬢さんに頼まれた文句を口にしたユタムニですが。……瞭子さんと言うんですか、法事の日に父親の霊を呼んでほしいと依頼に来ました。本来ならお断りする仕事でした。……けれども瞭子さんを見ているうちに心が動いたとです。あの人は尋常ではなかったです。わたしにはすぐにわかりました。心の病気に掛かっていると思ったです。その病気と闘うためにわたしを訪ねて来たのだと判ったとです。

……でも、あの日は、本当に誰かの霊がわたしに乗り移りました。瞭子さんに頼まれた文句を話し終えた瞬間に、躰の中を強い衝撃が駈け抜けて、金縛りに襲われました。霊が乗り移る時にはいつでもそうなんです。……その後のことは覚えとりません」

百合は慄然とした。伊集院が創作ノートに書き付けた通り、一連の出来事は瞭子が書いたシナリオなのだろうか？

「あの日、西岡さんはこう言いました。

　我《ワヌ》が子《クワ》は名《ナ》む無《ナサ》しが（わたしの子には名もない）……土《ツチ》が重《ウム》さむち（土が重たいと）、泣《ナ》ちゅんどや……。

絶《タ》たにばならん（絶たなければいけない）……子《クワ》ぬ骨《ホネ》を祀《マチ》らなならん（子の骨を祀らねばならない）……ヌサリどや（宿命なのだ）……。


　この言葉に記憶はないのですか？」

「覚えとりません」

　西岡順子は低く呟き、頭を下げてから居間の方へ去った。陽介が怪訝な顔で百合を見上げていた。百合の口から瞭子の名が震え声で洩れていた。

「瞭子、あなたは……」

二十三

　一九九七年十一月。

　三枝百合は駿河台下への坂道を緩慢な足取りで歩いていた。この十年の間にどれほどこの道を往来したことだろう。周囲に樹木はなく季節感には乏しい街並みだが、百合は物思いに浸りながらこの道を歩くのが好きだった。

　城北大学駿河台校舎の正門を入って研究棟へ向かった。今日は講義日ではなかったが比嘉助教授と明日の葬儀について打ち合わせをしなければならなかった。大淵憲次郎教授の日本民俗学協会葬が明日十一時から青山で行われる。葬儀委員長は学会の双璧として大淵教授と並び称される東都大学の近藤雅夫教授が引き受けてくれたが、実際の運営は大淵門下の比嘉や百合の手に委ねられていた。

研究棟十一階にある比嘉の研究室は相変わらず扉が開け放されている。ハイヒールの靴音で百合の来訪に気付いたらしく、比嘉は回転椅子を勢いよく回して振り返った。

「研究日に気の毒だけど、僕たち門下生の最後の勤めだからね」

「わたしは非常勤ですから研究日なんて関係ありません。比嘉さん、他にも非常勤の口があったら回して下さいね。生活するのに精一杯で研究どころではないんですよ」

比嘉は片頬に薄い笑みを浮かべ、

「心掛けておきます。――ところで」

近年とみに顕著になった性急さで話題を転じた。二年前に大淵教授が大学を去ると比嘉はそれまでにも増して多忙になった。大淵憲次郎の後継者としての責任と期待がその双肩にのし掛かっているのだ。

「明日の葬儀だけどね、門下の者は全員九時に斎場へ集合してもらうことにした。遺漏があってはならないからね。伊集院君からも電話があって手伝わせてくれとのことだった」

「最近出版されたエッセイ集では、大淵憲次郎に破門された劣等生なんて書いていたのに、義理堅いところもあるんですね」

「彼は破門されたお陰で小説家になれたようなものだからね、教授には大いに感謝すべきだよ」

「この前会ったときに本人が言ってました。人間万事塞翁が馬ですね、って」

「あの楽天家ぶりが鬱陶しい現代社会に受け容れられたのだろう。けっこう売れているらしいね」

「女子高生あたりに人気があるらしくて、ユーモアミステリーと銘打たれた小説は売上げベストテンに入っています」

「まったく何が幸いするかわからないものだ」

比嘉は大淵研究室の落ちこぼれを自認していた頃の伊集院を思い出したのか、百合に共犯者めいた眼差しを向けて笑った。

「比嘉さん、教授が蔵書をわたしに遺したというのは本当なんですか？」

百合は数日前から気になっていたことを尋ねた。教授の密葬に参列した比嘉からの電話で知らされたのだった。三万冊にも及ぶ膨大な蔵書を百合に与えるとの遺書があったのだという。百合には大淵教授の真意が摑めなかった。

「雨宮弁護士が保管していた遺書に確かに書かれていました。雨宮さんという人は覚えているでしょう？　教授の学部時代の友人で、沖之島の紀さんの事件のとき弁護を引き受けてくれた方です」

雨宮省吾の名前は事件に関わった人々の間では神格化されて記憶に残っている。雨宮は大淵教授の依頼で紀健吾の弁護を引き受け、無罪を主張して法廷闘争を繰り広げたのだった。当時、刑事裁判では日本有数と言われていた人物だが、関係者でさえ無罪を勝ち取るのは難しいだろうと予想していた。しかし雨宮は一貫して無罪を主張し、一審判決の過剰防衛を不服として控訴、二審では無罪判決の逆転劇へと導いたのだった。

「遺書はかなり前に書かれたものらしいけど、教授は書き直しはしなかったそうです。教授は三枝君の才能を高く評価していましたからね、今後とも研鑽を重ねるようにとのメッセージだと僕は思いますよ」

「教授のお宅は北鎌倉ですよね？　それほど広い家なんですか」

「古い木造家屋ですが相当広いようです。親の代から引き継いだものと聞いたことがあります。教員の給料では鎌倉に家は持てません。教授は六十三歳で大学を去りましたが、あと二年は城北大学にも残れたし、短大からの誘いも幾つかあったんですよ。その中には副学長として迎えるとの条件を提示した短大もありました。でも教授は健康上の理由ですべて断って引退したんです。

……三枝君は教授の死因を知っているでしょう？　噂になっていた通り癌だったんです。十年ほど前に最初のガン細胞が発見され、その時は入院して摘出手術を受けました。教授は詳しく話してくれませんでしたが、数年前に再発していたようです。けれども再入院を拒否して死亡されたとお嬢さんが話していました」

「大淵教授には娘さんがいらしたのですか？　独身ではなかったのですか？」

百合は思わず大声を発していた。教授の周辺には家族の存在を感じさせるものは何もなかった。おそらく門下生の誰もが一生を独身で過ごした学者と信じているだろう。

「僕も知らなかったんだけどね、実の娘として雨宮さんに紹介されました。教授は晩年を娘さんに看取られて亡くなられたんです。大淵は幸せな死に方をしたと雨宮さんが言っていました。年齢は二十代の後半に見えましたが、三枝百合に劣らぬ美しい女性です」

「比嘉さんもそんなお世辞を言えるようになったんですね」

「僕も立派な中年男になりましたからね。体型は変わっていないように見えても、下腹が如実に中年を教えてくれます」

比嘉はそう言って苦笑いを洩らした。若々しい風貌ながら比嘉は四十三歳になっているはずだ。この数年白髪も目立つようになった。

「明日の学会葬には教授のお嬢さんも出席されるのですか？」

「いや、僕も是非にと誘ったんだが断られました。父は密葬だけで充分だと言うに違いありません、そう言われたんですよ」

「教授の蔵書はどうしたら良いでしょう？　六畳二間のわたしのアパートにはとても収まりません。大学に寄贈すべきでしょうか？」

「教授がわざわざ君を指名して遺されたものです。何らかの意図があったのだと思いますよ。葬儀が終わったらお嬢さんと相談してみたら良いでしょう。教授から口頭で指示があったかもしれませんからね」

大学院入試に始まり博士課程を終えるまでの六年間、百合は教授の鋭い眼の監視下に置かれ、時には罵声を浴びながら研究を続けて来たのだった。比嘉助教授の庇護がなければ早々に逃げ出していたに違いない。三枝君、教授の罵声は喜ぶべきことです、見込みのない者は寛容に無視するのが教授の一貫した姿勢です。比嘉のそんな甘言に乗せられて民俗学にしがみついて来たというのが実状だった。

「三枝君宛に小包が届いています。一週間前に研究室気付で手紙が来たでしょう? どうも同一人物らしいですね。筆跡が似ています」

比嘉は机の上から掌に載るほどの小包を取り上げて百合に渡した。

瞭子に違いない。百合はその場で包みを開けながら嬉しくて涙が出そうだった。次第に瞭子が近付いて来る、そんな手応えがあった。

中から現れたのは一本のカセットテープだった。ラベルには何も記されてなかった。しかし百合は確信していた。この四十二分テープには瞭子の声が録音されているに相違ない。百合は訝《いぶか》しそうに手元を覗き込む比嘉に言っていた。

「ごめんなさい、比嘉さん。親友からなんです」百合は詫びの言葉を口にしながらすでに立ち上がっていた。「わたし、一人で聴きたいんです。帰ってアパートで聴きます。ごめんなさい、比嘉さん」

百合はハンドバッグにテープを仕舞うと慌ただしく比嘉の研究室を飛び出した。

百合。ほんとうに久しぶりです。

先だっての手紙には驚いたでしょう？　もう少し順序立てて書くつもりだったけど、どうしても書けなかったの。ペンを持つと指先が震えてきて、いろいろな思いに捉われてしまってね……手紙ですませるには余りにも長い時間だもの……あなたと別れてから八年が過ぎたのね……。

どこから話したら良いかしら？　あなたと伊集院さんのことは徳さんから聞きました。感謝しています。……キエさんはあれから二ヶ月後に死亡しました。そして徳さんも一ヶ月もしないうちに亡くなりました。深い悲しみが徳さんの寿命を縮めたのでしょう。でも良かったとは思いませんか？　徳さんはきっと微笑みながら死を迎えたものとわたしは信じています。

百合。わたしは実の父が生きているかもしれないと地引から聞いていました。地引が金城の親戚にあたることを知ったわたしは意を決して子供の頃から怖れていた男を訪ねたのです。地引は小狡いところのある小心者でしたが、奇妙にも本質を見抜く眼を備えていました。紀の家は呪われている、と地引は言いました。戦後の事件が基因となって金城瑞恵の死に及び、今後も何が起こるか知れない、と酒焼けの顔を歪めて予想したものです。それが地引本人の死に繋がったのですから皮肉という他はありません。

わたしは些細な事実をも知りたくて鹿児島に徳さんとキエさんを訪ねました。それが不幸の始まりだったかもしれません。わたしは徳さんたちの前では平静さを装い続けましたが、空港で別れた瞬間から悪寒を覚え始め、周囲の話し声が虫の羽音のように聞こえて不快な気分でした。キエさんから聞いた話はわたしを苦しめました。紀源市が実の祖父であったことよりも、実の母が爺様に殺されたのだという地引の言葉が日増しに真実味を帯びて感じられるようになったのです。爺様の姿を見掛けては疑心暗鬼となり、動悸が早くなって不安とも怒りとも知れない感情を抱くようになっていました。

わたしは自分自身に恐れを覚えてもいました。衝動的な行動に走りそうな漠然とした苛立ちがありました。けれども、わたしはそんな自分に気付かないふりをして過ごすように努めました。弱った神経の生み出す幻影だと信じたかったのです。今から当時を振り返れば、それが完全な鬱の症状であることがわかります。でも、その時のわたしは、抜き差しならない状況になるまで何の問題もないと自分に言い聞かせ、またそんな精神状態と馴れ合って生きようとさえ思い詰めていたのです。

わたしは幾度も弧里の海岸へ足を運びました。池の傍らに立って母を想い、しばしば白昼夢に襲われもしました。池に飛び込む自分の姿を何度も想い描きました。自殺の危険を承知していながら、わたしは実の母が死んだ池を眺めずにはいられなかったのです。

地引の洩らした短い言葉を元にわたしは父親かもしれない男について調べ始めました。男は民俗学を研究する学者でした。確かにわたしが生まれる前年に調査のために沖之島へ来ており、紀源市が調査の手伝いをした事実も判明しました。次第に明らかになる男の実像は、百合、あなたから話に聞いていた大淵憲次郎でした。

わたしは父親かもしれない大淵憲次郎と会うために飛行機で東京へ向かいました。城北大学駿河台校舎の裏手にあるホテルに宿を取りました。白くそびえる研究棟は目の前にあります。わたしはホテルから大淵憲次郎の研究室へ電話を入れました。大学の夏期休暇が始まると面会が難しくなると考え、わたしは六月のこの日に会いたい旨を先に手紙で知らせてありました。一方的に日時を指定して、沖之島を飛び出して来たのです。当時のわたしには他人の都合を慮《おもんぱか》る余裕さえありませんでした。

大淵は一階のロビーで待つようにと指示しました。初めて耳にする父親かもしれない男の声は嗄れていて聞き取りにくいものでした。紳士録には城北大学教授と並んで日本民俗学協会理事と記載されていました。要職を兼ねている初老の男性です、多忙な生活をしているのだろうと想像しながら、わたしはロビーで落ち着かない気分でした。そんな男性を手紙一本で呼び出した無思慮さに思い至り急に恥ずかしくなったものです。

数分後に現れた大淵憲次郎はいかにも大学教授らしい威厳があり、わたしは気後れを覚えました。大淵はわたしが坐っていたソファの側へ来て立ち止まり、無言でわたしを見詰め続けました。眼鏡の奥の眼が冷徹なほど鋭く光っていました。大淵は何も言わずに、眼をわたしに向けたまま腰を降ろしました。ロビーには宿泊者らしい外国人の老夫婦の姿があるだけです。人目を気にすることはありません。

——手紙を差し上げた紀瞭子です。

わたしは言いました。大淵はやはり無言で頷き、わたしを見続けています。

——教授は金城瑞恵をご存知でしょうか？　わたしは瑞恵の娘です。

大淵は再び頷きました。大淵の眼が潤んでいることにわたしは気付きました。急に悪寒を覚えました。当時のわたしは極度の緊張に見舞われると躰が硬直し、震え始めるのでした。歯が嚙み合わなくなり、頬が痙攣《けいれん》してしまうのです。大淵はわたしの精神状態を一瞬のうちに見抜いたようです。

——僕は北鎌倉に住んでいます。ここを引き払って僕の家に来て下さい。

やっとの思いで頷くわたしを残して大淵はロビーの一隅にある公衆電話へ向かいました。何人もの相手に電話を掛けて予定をすべてキャンセルする様子でした。大淵はフロントで精算をすませると優しい眼差しでわたしを促しました。

ホテルから大淵教授の家まではタクシーに乗りました。狭い沖之島で育ったわたしには一時間以上もタクシーに乗るなど初めての経験です。沖之島の変化を言葉少なに尋ねる大淵にわたしは躰を硬くして応えました。誇張した言い方をすれば、わたしの人生が大きくうねり始めたようで、眩暈《めまい》を覚えたほどでした。

大淵教授の住居は樹木に囲まれ、そのたたずまいには沖之島の紀家を思わせるものがありました。わたしは不思議な安らぎに包まれ、次第に気持ちも静まってきました。大淵の書斎に通されました。三方の壁がすべて書棚になっていて、夥《おびただ》しい本が押し込まれています。爺様の書斎を見慣れていた眼をも圧倒する書籍の量にわたしは半ば呆れて感心したものです。

——瞭子さん、わたしのことは調べたのですか?

皮のソファに対座すると大淵は穏やかな声で聞きました。わたしは地引の名前は伏せて知り得た事柄をすべて話しました。そして、わたしの父はあなたなのでしょうか、と問い返したのです。

——そうだと思います。

大淵は平坦にも感じられる口調で言いました。視線を逸らすことなく、まったく動揺もせずに応えるのです。わたしは実の父を目の前にしながら自分の気持ちが摑めませんでした。黙ったまま大淵を見返していました。どれほどの時間を無言で見詰め合ったのでしょう。語り掛ける言葉を一片も思い付かなかったのです。

——瞭子さん。

やがて大淵が静かに呼び掛けて来ました。

——僕は若い頃、調査のために奄美群島を歩き廻りました。沖之島も調査対象の一つでした。君の母……瑞恵とはその時に知り合いました。

調査で島を訪れる際には、その地域の郷土史家に助力を願うことが多いのです。僕は高校の教員をしていた紀源市さんに沖之島の歴史や風土に関して多くの示唆をいただきました。教員をしておられた紀さんは忙しく、調査地への案内役は外戚の金城瑞恵が引き受けてくれたのです。瑞恵は十八歳でした。僕は大学院を出て三十歳を越えてはいましたが独身でした。毎日のように沖之島を二人で巡り歩きました。恋に落ちるのは当然のことでした。瑞恵はともかく、若かった僕には自然の成り行きだったのです。

沖之島に滞在できる時間は限られていました。僕は一族の中で長老的な存在であった紀源市さんに瑞恵との関係を打ち明けました。大学での身分はまだ低いものでしたが暮らしていける自信はありました。僕は瑞恵を東京へ連れて帰りたいと申し出たのです。紀さんはしばらく瞑目した後にきっぱりと拒絶しました。こう言ったのです。君には野心がある。島の自然の中で生育した瑞恵は、君の野心に食い潰されるに違いない、と。

今なら紀源市さんの言葉が理解できます。当時の僕は野心の塊でした。すべてを投げうって学問に取り組んでいたのです。瑞恵は東京へ出て来ても、僕の野心の犠牲になっていたかもしれません。……紀さんは僕の内面に巣喰う暗い情念を看破していたのです。それができたのは、紀さんも僕と同じく野心を抱いていたからなのです。僕たちは資質を同じくする者でした。

東京に戻って学究生活に入ると、僕には沖之島を省みる時間も環境もありませんでした。次々に論文を発表し、民俗学協会における地歩を固めることしか念頭にはなかったのです。僕は野心を実現すべく邁進する日々を送りました。……自分の娘が瑞恵の胎内に宿っていることなど夢想もしませんでした。

僕は一九六六年に再び沖之島を訪れました。当時は船便しかなく、東京から鹿児島まで夜行列車で行き、それから船に乗り換える丸二日の旅でした。僕は島を離れる時に必ず迎えに来ることを瑞恵と約束していました。その約束を果たすつもりでした。しかし島で瑞恵の消息が摑めません。僕は町長になっていた紀さんを町役場に訪ねて瑞恵の失踪を知りました。

僕は瑞恵がいつの日か訪ねて来ることを信じて待ち続けました。瑞恵は僕の後を追って島を出たのではないかと考えたのです。瑞恵に対する自責の念が頑《かたく》なにそう思わせたのです。頭では信じていない瑞恵の出現を念じて独りで暮らして来ました。やがて学内における地位を確立し、民俗学協会でも一目置かれるようになりましたが、現実の生活は虚《むな》しいものでした。」

過去を語る大淵の眼には言葉にならない思いが明らかに感じ取れました。

――金城瑞恵は、紀源市の実の娘です。

わたしの言葉に大淵は初めて表情を動かしました。よほど驚いたのか、口許を引き締めてうなり声を洩らしました。

――そうでしたか。……僕が再び沖之島を訪れた時、紀さんは故意に瑞恵の死を教えなかったのですね……。

大淵は眼を瞑《つむ》り、頬を細かく痙攣《けいれん》させていました。その様子にわたしは不安を覚えたほどです。やがて静かに眼を開けた大淵の顔には深い憔悴《しょうすい》が浮かんでいましたが、眼には怖いくらいに鋭い光が宿り、周りの空気を震わせるような緊迫感を漂わせていました。

わたしは長い時間を掛けて戦死の誤報に始まる不幸な出来事を大淵に伝えました。話しているうちに、わたしは胸の中で快感を味わっていました。大淵教授をカウンセラーに見立てていたのかもしれません。後に受けた精神療法において、幾度となくこの時の気分に浸ったものです。わたしは些細な事実も省略せずに話しました。大淵は柔らかな眼差しを向けて、黙ったまま頷き返してくれました。

――教授は三枝百合をご存知ですか?

百合、あなたの名前を口にしながら、わたしは大淵の驚く顔を想像して愉快でした。大淵は思い掛けない名前を聞くというようにわたしを見返しました。

――三枝百合はわたしの親友です。大学時代の友人です。

――世の中には思い掛けない巡り合わせがあるものですね。

百合。……大淵教授にあなたの名前を告げた瞬間に、わたしたちの運命は激しく転回を始めたのかもしれません。わたしの鬱病の根本原因は紀源市、爺様にあったのです。数日間を共に過ごすうちに、大淵はわたしを紀源市と対決させることが唯一最良の療法と信じるようになりました。そして、大淵憲次郎の壮大なシナリオが描かれ、百合、あなたを沖之島へ向かわせることにしたのです。

二十四

鬱病は病気ではないと言われます。けれどもその症状に見舞われると限りない自己嫌悪に身動きができなくなるのです。もちろん自分がどのような状況に陥っているのかは理解しています。だからこそ意識的に明るく振る舞っては嫌悪に捉われ、鬱々とした気分の中にいる自分を解放しようと焦ってはより深い嫌悪に襲われるのです。そうして、そのような在り方に疲れては、無気力に症状と馴れ合おうとさえ考えるようになります。

当時のわたしがそうでした。北鎌倉の大淵の家で過ごしながら、わたしは自己撞着を来たし、出生を呪いたくなるのでした。大淵は幾度も家系にまつわる話をわたしに繰り返させ、考え込んではしきりにメモを取っていました。大淵は地引が目撃した爺様と母の情景を詳細に話すように求めました。わたしが話し疲れると労《いたわ》りの言葉を掛け、また環境を変えては問い続けるのでした。

北鎌倉の家で過ごして五日目です。大淵はひとつの提案をしました。わたしの内奥にある爺様への敵意を打ち破ることによって、わたしは現在の辛い状況から抜け出せるはずだと言うのです。それは精神療法の一つなのです。不適応行動を起こしている心理的原因に患者自身が気付くことによって、その行動に変化をもたらそうとする理論です。わたしは大淵の提案に怯《ひる》みました。弧里の海岸で爺様と対決するなど考えただけで身が竦《すく》みます。大淵はわたしを観察し確信を抱いたようでした。爺様と同じ資質という大淵には何らかの心算があったのでしょう。大淵はその時には傍らに三枝百合の存在が不可欠とも言いました。いまのわたしなら大淵の判断が正しかったことを理解できます。心の許せる友人が寄り添っていてくれるだけでどれほど心強く感じられるものか、健常な人には想像を越えた世界なのだと思います。

わたしは時期が来たらすべてをあなたに打ち明けるつもりで鹿児島に寄ってもらいました。百合、あなたのことです、きっと何かを感じ取ってから沖之島へ来ると信じたのです。わたしは大淵憲次郎のシナリオを忠実に実践すべくユタの登場を画策していました。民俗学をやる者なら飛び付くという大淵の発案です。教授の目論見通りあなたはすぐに紀家の系図の不自然さに気付き、健さんの協力を得て着実にその背景を探り出していきました。

けれども現実と机上のシナリオの間には二つの齟齬《そご》が現れました。そのひとつがユタでした。あなたはユタの演技に気付いたでしょうか？

わたしはユタに話すべき言葉を指示し、あの夜は演技を楽しめば良いはずでした。途中まではシナリオ通りに展開されました。しかし演技を終えたはずのユタの口から漏れ聞こえた文句は依頼したものではなかったのです。その時のわたしは驚愕のあまり気を喪う寸前でした。それは悠太さんとわたしの子どもを暗示する内容でした。

わたしと悠太さんのことは母から聞き出したでしょう？

流産の後、わたしは部屋に閉じこもって悠太さんのことを想い続けました。他には何も考えられなかったのです。昼夜の別なく果てのない回想に浸っていました。爺様や健さんの目を盗んで訪ねて来る母が強引に外へ連れ出さなければ、わたしはあのまま狂気の世界へ踏み込んでいたかもしれません。

ほぼ一ヶ月ぶりに強烈な沖之島の陽光を浴びました。陽の光には生命を育てる力のあることを実感しました。心の中に光が満ちて来るようでした。私は庭を跳び歩きながら笑みさえ浮かべていました。

紀の家に戻り何事もなかったかのような生活が始まりました。誰もわたしの行動を詮索することはしませんでした。役場へ向かう前に墓地に寄ることがわたしの日課になりました。この土の下には悠太さんと名前も付けてあげられなかったわたしたちの子が眠っている、そう思いながら掌を合わせて瞑目すると不思議と心が静まりました。地引から実の母の存在を教えられるまでは、わたしは悠太さんと子どもの霊に語り掛ける毎日を過ごしていました。

わたしは思い掛けないユタの言葉に狼狽して逃げ出したくなりましたが、シナリオを修正することでより真実のわたしをあなたと伊集院さんに知らせることを思い付いたのです。気の好い健さんにさりげなく勧めて、あなたを改葬に立ち会わせるようにしました。伊集院さんの登場も好都合でした。伊集院さんがあなたに恋していることは誰の目にも明らかです。あなたが窮地に立ったときには素晴らしいナイトぶりを発揮するに違いありません。あなたと伊集院さんのコンビは予想以上の早さで核心に迫りつつありました。

もう一つの齟齬は紀徳次、徳さんの登場でした。一途な徳さんのことです、わたしが説得したくらいでは鹿児島へ帰るわけがありません。わたしは再びシナリオを修正せざるを得なくなりました。

人目に付きたくないという徳さんに弧里の海岸で兄の源市と会ってはどうかと水を向けました。徳さんは人を疑うことを知りません。ましてわたしの言葉なら何でも信じてしまうような人です。わたしは嬉しそうな徳さんを見ながら自責の念に駆られ、自分でもわかるほど気持ちが揺れ動いていました。本当の孫のように接してくれる徳さんに、精一杯の愛情で応えられない自分に苛立ちが募り、危うい精神状態になっていたのです。

徳さんから沖之島へ行くとの連絡を受けたとき、わたしは不在証明の必要を感じました。わたしの中に巣喰う爺様への憎しみが本能的に知らせたのです。殺人者を生んだ家は沖之島では暮らしていけません。個人的な事情のために健さんたちを、もう少し正確に言えば、紀の家を巻き込むことはできなかったのです。わたしは徳さんに速達で手紙を送り、同封した別の封筒を鹿児島市内で投函するように頼みました。それがあなたへのお詫びでした。

失踪は当初から大淵憲次郎が考えたことです。大淵は島の人々にとってどれほどイエが大きな比重を占めるかを熟知していました。大淵の願いは娘の身の安全だけでした。そのために途方もないシナリオを書いたのです。大淵は娘を失踪させることによってより安全な演出を遂行する考えでした。悠太さんとのことはさすがに大淵にも話せませんでしたが、わたしは三年前にも数ケ月に及ぶ失踪劇を演じた経験がありましたから、不慮の事故が起きた時には完璧な隠れ蓑になるとの思惑もありました。

徳さんは実の兄にも会いたくない素振りでした。鹿児島から手紙を書いて金の無心をしたものの、返事さえもらえないことに憤りを感じて四十年ぶりに故郷へ足を向けたのです。爺様とはわたしが交渉することにして徳さんを説得し、爺様を呼び出す手紙を書いてもらいました。兄弟の間には、戦後の不幸な出来事の代償として、密約が交わされていました。島を出て行く徳次・キエに将来必ず償いをすることを爺様は誓っていました。紀源市には約束を履行する義務があったのです。

弧里の海岸近くに民宿から借りた車を止め、徳さんには車の中で待つようにと言ってわたしは海岸へ向かいました。そして母が死んだと思われる池の傍らで爺様を待ちました。爺様は約束の時間に現れました。背広を着た爺様が岩場を渡って来る姿をわたしは見詰めていました。

爺様はわたしが弧里にいる理由を問うことはしませんでした。うっすらと微笑みさえ浮かべているのです。そのような爺様の顔を見るのは初めてでした。

——瞭子、良い機会をつくってくれた。礼を言おう。

爺様はそう言って慈しむ眼を向けるのです。書斎で読書をしている爺様とは明らかに雰囲気が異なっていました。

——徳次は島に来ているのか？

わたしは無言で頷きました。爺様は更に質問を重ねることはなく、眼を閉じて頭を振り深く息を吐きました。

——手紙は読んだ。いつでも償いに応じると伝えてくれるか。……二人には不憫な人生を強いた。イエを捨てれば別の人生もあったのだ。

この時のわたしには爺様の言葉を理解することはできませんでした。呼吸が苦しくなり立っているのも辛くなっていました。わたしは懸命に憎悪を掻き立て、大淵憲次郎のシナリオを思い出したのです。

——爺様……爺様はここで母を殺したのですか？

次の瞬間に爺様の顔を過《よぎ》ったのは深い悲しみでした。爺様は毅然とした態度は崩さず、微笑を浮かべて静かに言いました。

——お前の実の母・金城瑞恵は自らの意志で身を投げた。わしは今でも思い出すことがある。この池の中を潮に流されて廻っていた。その顔に苦痛はなく、むしろ喜びが見えた。……昨日、お前の友人には真実を語った。三枝さんと言ったか、あの人は心からお前の身を案じている。瞭子、友人は大切にするものだ、心して置きなさい。

ユタの言葉を聞いたとき、わしはすべてを理解した。考えてみるまでもないことだ。語られた言葉に繋がる人物は瞭子しかいないではないか。わしはお前からの連絡を待っていたのだよ。こうして会えたことを嬉しく思っている。

……わしは権力を持たねば世の中を変革できないと信じてきた。権力を握るために多くのものを犠牲にもした。野心は人を育てる原動力ともなるが、諸刃の剣でもあるのだ。

わしは権力を手に入れ、思い描く世界を創り出せるようになった。そして気付いた、この現実も虚しいものだと。どのような意図の下に為される行いであれ、時を経れば現実に組み込まれる小さな動きにすぎないのだ。人間は微小な存在だ、孤独の中では幻想を真実と思いこむようになる。……瞭子、お前は独りではないということを受け容れなさい。その時に本当の現実が見えて来るはずだ。

爺様は口を閉ざすと白い封筒を手渡しました。爺様の視線に促されて封筒から便箋を引き抜いた時、爺様の姿が忽然と消え、水音が響き渡りました。

爺様の躰が潮に流されて池を浮遊しています。まったく音が聞こえません。わたしはかつて幾度となく見た白昼夢の中にいるのだと思いました。躰は硬直し胸が高鳴っていましたが、目の前で展開している光景が現実であることは理解していました。爺様の躰は一度底へ吸い込まれ、逆流と共に再び浮き上がりました。

爺様を助けなければならない。わたしは漸く鮮明に現実を捉えていました。靴を脱ぎ捨て、胸いっぱいに息を吸い込みました。池を覗いて飛び込もうとしたその時、わたしの躰は力強い腕に抱えられていました。徳さんでした。徳さんはわたしを羽交い締めにして放そうとしません。

——徳さん、爺様を助けなければ。

わたしは叫びながら懸命の力で徳さんの腕から逃れようとしました。老人とはいえ男の力には敵《かな》いません。わたしの躰は後方に引き倒されていました。

——この池に沈んだらお終いだ。

徳さんは喘《あえ》ぎ声で叫び返しました。爺様が町長を勤めていたときに池を開通させたことを徳さんは知らなかったのです。徳さんは岩場に倒れたわたしに被さり、渾身の力で押さえ付けているのです。わたしは絶望の叫びを上げていました。

徳さんは岩場に潜んで爺様とわたしの様子を窺っていたのです。考えてみれば当然のことでした。身内の話し合いとはいえ、弧里の海岸は因縁深いところです。不安に駆られて後を追って来るのは予想できたことでした。徳さんの眼にはわたしが爺様を突き落としたと映ったかもしれません。徳さんは周囲を見回してから畑仕事をしている農婦の存在を告げ、車まで別行動をすべきだと主張しました。

——暸子、鹿児島に行こう。

徳さんは言い添えました。鹿児島に隠れてキエと三人で暮らそうと言うのです。徳さんは明日の飛行機で鹿児島へ向かうようにと命じました。わたしは思考能力を喪っていました。激しい眩暈と躰の奥底から突き上げて来る恐れがありました。不安が時を刻んで沸き起こり、躰は震え続けていました。わたしは幼児みたいに徳さんの言葉に頷いていたのです。わたしは岩場に落ちていた白い封筒を拾い、徳さんに促されて弧里の海岸を去りました。

爺様が池に身を投げる寸前に手渡した手紙には、徳さんとわたしへの謝罪が記してありました。端正な文字が少しの乱れもなく並び、遺書めいた文言はまったく見当たりません。

爺様は金城瑞恵の自殺を失踪として処理したことを詫びていました。瑞恵が自殺をした状況を考えれば、地引が推察した通りの解釈がなされることを爺様は恐れたのでした。その当時、爺様は教職員の組織票を背景に町長選挙への出馬を考えていたのです。戦後間もない頃から沖之島の本土復帰運動を先頭に立って推進した爺様の指導力は誰もが認めるところでした。選挙を目前にしてのスキャンダルは何としても避けねばならなかったのです。爺様は地引の口を封じるために毎月幾ばくかの金を渡し続けてきたことを告白し、金城家の血を引く地引には憎しみよりも哀しみの感情を抱いたと書き添えていました。権力を握った爺様には地引を追放することは簡単にできたに違いありません。けれども爺様は自らへの戒めとして地引を葬ろうとはしなかったのです。

また手紙には、徳さんとキエさんに不自由のない生活を保障するようにと健さんへ命じる一文がありました。死を予想して証文として残されたものです。爺様は徳次・キエを心に掛けない日はなかったと詫びていました。昭和二十三年当時、沖之島はアメリカ軍の占領下にありました。日本は外国だったのです、容易に渡れる場所ではありませんでした。沖之島にいてその後の消息を求めることは不可能だったのです。

わたしは翌日の飛行機で沖之島を離れました。鹿児島空港に降り立った時、キエさんを訪ねることを考えましたが、そのまま東京へ向かいました。わたしにはキエさんを見守るだけの精神力はありませんでした。病人はわたし自身でした。必ず北鎌倉の家へ戻るようにとの父の言葉を支えに、放心状態で飛行機を乗り継いだのです。

徳さんは様子を見るために島に残りました。元町長の変死が露見すれば警察は全力で捜査を開始するに違いありません。わたしは徳さんが心配でした。警察が徳さんの存在を知れば容疑者として追われる身になります。わたしは爺様の遺体が浮上しないことを祈りさえしたものです。

百合。ここに至ってあなたと伊集院さんを核心へ導こうとした行為が裏目に出る恐れが生じて来ました。あなたたちが徳さんの帰郷を知ればその理由を紀源市殺害に結び付けるのは自然のことでした。そして、あなたたちは桟橋で徳さんを発見したのです。

わたしが爺様を突き落としたと信じ込んでいる徳さんは、自らを犯人と名乗りました。徳さんが逮捕されていたなら、わたしは生きていることはできませんでした。百合、あなたと伊集院さんの対処には心から感謝し、いまも胸を熱くして思い返すほどです。誤解が更に不幸を生んでいたかもしれなかったのです。

わたしは大学病院の精神科に通いながら北鎌倉の家で療養を続けました。ときどき爺様の夢を見てはうなされました。指先に爺様を突き落としたような感触が残っているのです。わたしは現実と夢の境を見極められなくなり、一日中震えて父の帰りを待つ日も度々でした。

——誰の罪でもない。瞭子の心の罪は生まれながらに贖《あがな》われているのだ。

父はそう言って慰めてくれました。

わたしと父の最大の関心事は鹿児島で行われている健さんの裁判でした。健さんの事件は父の描いたシナリオの禍根でした。父は健さんの人生を狂わせたと悔やんでいたのです。大学時代の友人で弁護士の雨宮さんに電話を掛けては、何としても無罪を勝ち取ってくれと威嚇とも懇願ともつかない話しぶりでした。

雨宮さんにはどれほど感謝しても足りません。雨宮さんは無罪判決を勝ち取ったばかりでなく、弁護士としての経験から健さんの将来を案じ、父に就職先を捜すようにと予め指示していたのです。事実、健さんは裁判が終わると沖之島へは戻らない意志を雨宮さんに伝え、職を見付けて母と共に鹿児島で暮らしていくことを決めていました。

健さんの就職に際しては高等学校の教員免許を取得していたことが幸いし、私立高校の数学教師として採用されました。もちろん父が高校の理事長をしている友人に頼み込んで成就したことですが、大淵の名を表に出すことは一度もありませんでした。すべて雨宮さんが代行したのです。雨宮さんは多忙にもかかわらず機会があると健さんを訪ねてくれました。そして、健さんは女生徒たちに絶大な人気があり、教職に新たな喜びを見出したようだと電話で知らせてもくれました。紀家は教育者の家系です。健さんには教育者としての適性があるのかもしれません。

北鎌倉へ来て一年が過ぎた頃、わたしは漸く爺様の幻影から解放されました。天気の良い日には外出をし、高名な東慶寺や円覚寺へも足を運べるようになりました。父はそんなわたしの姿を嬉しそうに見ながらも、なお不安を拭い切れずにいたのだと思います。折に触れてこう言いました。

——瞭子、いまの君に最も必要なのは心を許せる友人の存在だと思う。君はもう病人ではない。自らの手で現実を切り拓いていく時期だ。……三枝君に連絡を取ってみてはどうかね。

百合。わたしはあなたの活躍をずっと見守って来ました。心が翳りかけたとき、どれほどあなたの声を聞きたいと願ったことでしょう。父はあなたの才能をとても高く評価していました。学問をやる人間に最も必要な資質は対象を捉える視点だと父は言いました。三枝にはその眼が備わっている、あれは天性のものだ。父は晩酌をしながらあなたのことを話してくれました。

父があなたに沖之島の調査を命じたとき、父はまだあなたの資質には気付いていませんでした。半信半疑の気持ちであなたを沖之島へ送り込んだのです。父はそのことに疚《やま》しさを抱き続けていました。あなたが博士課程を終えたことを一番喜んだのは大淵憲次郎だったと思います。蔵書をあなたに遺した背景にはこの疚《やま》しさへの償いの気持ちがあったのでしょう。

父は三年前から癌を患っていました。学究生活を続けられる状態ではありませんでした。父は大学を辞め、すべての公職から身を引きました。しかし入院することは拒み続けました。喜んで死を迎えるふうさえありました。そして二週間前にこう言い遺して死んだのです。

――紀源市を殺したのは僕かもしれない。僕には紀さんの心が読めていた。……瞭子、僕は君から紀家にまつわる話を繰り返し聞くうちに紀源市の犯した過ちに気付き、君を救うにはどう対処したら良いのかを模索し続けた。紀源市の犯した過ち、それは過去の出来事に捉われ、瑞恵の症状を宿命として受け容れたことだ。瑞恵を救うには真実を知らせ、実の父として娘に接するべきだったのだ。しかし紀源市は娘の病が悪化するのを恐れ、瑞恵の妊娠を僕にさえ知らせようともせず、ただ刺激から遠去《とおざ》けようと腐心したに違いない。

人は往々にして錯覚を真実として信じ込むことがある。自分が直接経験しなくとも、他者の行動を見たり聞いたりすることで、いつしかそれを現実と認識してしまうのだ。この誤った現実から抜け出すには、自分でその現実を直視し、幻影に気付かなければならない。……僕は君と紀源市を弧里の海岸で対決させるべきだと考えた。しかし、君が誤った現実の中へ飛び込む危険性があった。君を真の現実に引き留める存在が必要だった。それが三枝百合だ。紀源市を牽制するには第三者である三枝君に事実を探らせ、その事実を直接紀源市に突き付けさせることが必要だった。それが君の身を護る保険になると考えたのだ。門下生とはいえ一人の女性の人生を狂わせるかもしれない身勝手な命令を僕はあえて下した。そして紀源市が自ら生を閉じる予感にも眼を瞑《つむ》ったのだ。それしか君を救う道はなかった。

……瞭子、僕が死んだら三枝君に連絡しなさい。そして新しい人生を始めなさい。

百合。わたしは八年前にした約束を覚えています。長い年月を費やしましたが、父の言う通り、いまこそあなたへ連絡をすべき時だと思います。あなたに会いたいのです。百合。次の日曜日に北鎌倉へ出掛けませんか。二人で鎌倉を歩きたいのです。十一時に大淵の住居を訪ねて下さい。楽しみに待っています。

エピローグ

三枝百合はJR横須賀線の北鎌倉駅で電車を降りた。細長く伸びるプラットホームの上に樹木が張り出し、鄙《ひな》びた印象を与える駅舎である。最後尾の車両に乗っていた百合は傘をさして遠くに見える改札口へ向かった。霧雨の中を若い男女や中年女性のグループが先を行く。

駅前の狭いロータリーを抜けて信号を右折する。左へ曲がれば東慶寺や円覚寺への観光コースである。日曜日のためか片側一車線の道路は自動車で埋まり、諦め顔の運転手は鬱陶しげに雨空を見上げたりしている。

百合は比嘉助教授が描いてくれた地図を開いた。女子大学前と案内のある信号を左折するように矢印が書き添えてある。百合は高台にある大学の建物から裾野へ広がる町並みを眺めた。緑の濃い町だった。霧雨の流れが樹木の緑に映えて、静謐《せいひつ》な雰囲気を醸し出している。

百合は女子大学へ続く坂道へ足を向けた。まもなく急勾配の坂になった。雨に濡れた道路は鈍い輝きを放っている。百合は足元を見詰めながら坂道を登った。胸が高鳴り始めた。この先を右折して脇道を進めば大淵教授の家があるはずだ。そこには暸子がいる。八年前に沖之島で忽然と姿を消した親友が百合を待っているのだ。

比嘉の地図は正確だった。目印の生け垣を迂回して幅二メートルほどの私道を進んだ。両側に民家がひっそりと建ち並んでいる。百合は砂利道の立てる音を快く聞きながら歩いた。ふと視線を感じて眼を上げると、孟宗竹の繁る一郭に鮮やかな青色の傘が見えた。百合の眼はたちまち涙で曇った。暸子だった。傘を少し傾け微笑を浮かべて立っている。

黒いセーターにジーンズ姿の暸子は歳月を素通りしたようだ。短い髪も華奢に見える躰も八年前と少しも変わってはいない。

百合は笑顔を返しながら孟宗竹の蔭に佇む暸子の方へ近付いた。暸子もゆっくりと歩み寄って来る。

「YAH」

暸子が笑顔で言った。

「YAH」

百合は涙声で合い言葉を返した。

〔了〕

ヌサリ

二〇〇一年三月一日第一版一刷発行

著　者―伊集院一馬
発行者―大野俊郎
発行所―八千代出版株式会社
〒一〇一-〇〇六一　東京都千代田区三崎町二-二-一三
ＴＥＬ　〇三-三二六二-〇四二〇
ＦＡＸ　〇三-三二三七-〇七二三
振　替　〇〇一九〇-四-一六八〇六〇
印刷所―シナノ印刷㈱
製本所―美行製本㈲
＊定価はカバーに表示してあります。
＊落丁・乱丁本はお取替えいたします。

ISBN4-8429-1178-6